BBULMEDIA

http://www.bbulmedia.com

혈왕전서

血王全書

사사묵련(死牙隱竍聯)

2

혈왕전서

미르영 신무협 장편 소설

목차

1장. 북경지사(北京之事)

북경(北京)!

명의 황도이자 중화의 중심지라는 북경은 천오백여 년 전부터 동북부 국경 지대의 중요한 군사와 교역 중심지였다.

원대에 이곳에 대도(大都)라는 이름의 신도시가 건설되어 행정 수도가 되었다가 명의 홍태조(洪武帝)와 건문제(建文帝)의 재위 기간에는 남경(南京)을 수도로 삼았으며, 전대의 수도였던 대도는 북평(北平)으로 이름을 바꾸었다.

그러나 명의 삼대 황제인 영락제(永樂帝)는 북평을 다시 수도로 삼고 북경(北京)이라는 새 이름을 붙였다.

이런 북경에서 제일 유명한 곳은 다름 아닌 자금성. 황제가 거하는 황궁이기 때문이다.

자금성은 구궁(故宮)이라고도 불리며, 높이 삼장에 사방 십 리에 이르는 길이의 담으로 둘러싸인 성곽으로 된 궁궐로 당금 주인은 명의 구 대 황제인 순황제(憲宗 純皇帝)다.

　자금성의 정문은 오문(午門)으로 그 앞에서는 주작 대로가 있어 북경을 관통하고 있었다. 명의 중심지인 북경에는 그런 주작 대로를 따라 구획을 나누고 있었는데 그렇지 않은 곳도 존재하고 있었다.

　바로 낭빈가(浪貧街)였다.

　낭빈가가 처음부터 있었던 것은 아니다.

　북경이 계획도시로 만들어진 이후에 수도로 몰려든 이들이 옹기종기 모여 살기 시작했고, 차츰 거주지로 넓혀 온 곳으로 주로 빈민 계층이 살고 있는 곳이었다.

　북방의 이민족들과 끝없는 원정 전쟁을 벌였던 이가 바로 영락제였는데 그를 따라나섰던 군인들 중 퇴역한 자들이 고향으로 돌아가지 않고 화려한 북경에서 생활하다가 가지고 있는 것을 탕진하고 흘러든 곳이기도 했다.

　관에서는 거주를 제한하고 있었지만, 지금도 알게 모르게 몰려드는 빈민층을 말릴 수는 없었다.

　영락제의 정란지변이 있은 후 전장을 피해 몰려든 유민들이 자리 잡은 이후로 인구가 줄지는 않고 꾸준히 늘어가고 있기에 관에서도 골치 아픈 존재가 바로 낭빈가였다.

　사령오아가 의탁하고 있는 천잔도문은 북경의 빈민가인

낭빈가에 있는 흑도방파.

영락제에 의해 명의 수도로 정해질 때부터 생긴 천잔도
문은 흑도방파로는 드물게 일 갑자의 역사를 가지고 있는
유서 깊은 곳이다.

특히, 십여 년 전에 사령오아가 나타남으로써 일약 북경
의 밤을 지배하는 패자로 등장한 문파이기도 했다.

사령오아가 활동하기 전 북경에는 세 군데의 흑도방파가
난립하고 있었다. 천잔도문(淺殘屠門)과 사림방(死林幇),
그리고 흑창문(黑槍門)이 북경의 밤을 삼분했다.

사림방은 주작 대로를 중심으로 고관들의 뒷배를 봐주며
세를 키워 온 자들이었다. 세 방파 중에 제일 세력이 막강한
곳으로 고관들의 비밀스러운 일들을 수행했기에 고수들이
많이 속해 있었기 때문이다.

흑창문은 주로 홍등가를 주 무대로 움직이는 자들로 기
루나 객잔의 뒷배를 봐주는 자들이었다.

그러나 홍등가를 주름잡는 여느 흑도방파와는 다른 구석
이 있는 곳이었다.

다른 곳이 인신매매 등을 하는 것과 달리, 흑창문은 오로
지 기루나 객잔에서 난동을 피우는 자들을 처리하거나 전장
에서 대여해 준 금전을 수거하는 일만 하던 특이한 문파였
다. 흑창문의 무사들은 흑창을 사용했는데, 일개 흑도방파
라고 하기에는 솜씨가 고절하기 그지없었다.

그에 반해 천잔도문은 뒷골목에 힘깨나 쓴다 하는 왈패들이 모인 곳이지만 어려운 이들이 자위를 위해 만든 방파로, 사림방과 흑창문은 성격이 조금 달랐다.

때문에 두 방파에 비해 세력이 미미하기 그지없었는데, 십여 년 전 사령오아가 활동을 시작함으로써 상황이 달라진 것이다.

사령오아가 활약한 오 년 동안 사람방과 흑창문이 천잔도문의 휘하에 둘 수 있었고, 북경의 밤을 지배하는 패자가 되었던 것이다.

당금 천잔도문의 문주는 도문검(屠文劍) 천계중(天癸仲)으로 짧은 단창을 무기로 쓰는 이였다.

천계중은 백정의 피를 이은 자답지 않게 문에도 일가견이 있어 서문광자(西門狂者)라 불리는 사람으로 일류의 경지에 든 자이기도 했다.

성겸으로 화신해 있는 유진성은 수련을 마쳤다는 보고를 하기 위해 문주의 처소에서 천계중을 만나고 있었다.

"그래, 잘 다녀왔는가?"

"예, 문주님. 염려해 주신 덕분에 성과가 있었습니다."

"내 이미 소식은 들었네. 개방도들을 도왔다고?"

소식이 전해졌는지 천계중이 물었다. 정파 무림인과 얽혀서 좋을 일이 없기에 질책의 뜻도 담겨 있었다.

"앞으로의 일을 위해서는 어쩔 수가 없었습니다. 본 문이 북경의 밤을 지배하고는 있지만, 정파인들에게는 눈엣가시일 수도 있으니 말입니다. 그래서 그들에게 우리가 가진 힘을 보일 필요가 있었습니다. 북경에서 활동하기 위해서는 어느 정도 우리의 눈치도 보아야 한다고 말입니다. 그리고 개방에 빚을 지워 둔다면 앞으로의 행보에도 도움이 될 테고 말입니다."

"으음, 그런 생각이 있었군. 그나저나 개방을 도와줬을 정도면 자네들이 이번 수행에서 큰 성과를 얻은 것이 분명한 것 같은데, 어떤가?"

"문주님이 주신 것을 덕분에 조금 성취를 보았습니다. 사사묵련(死邪默聯)이라 할지라도 본 문을 쉽게 건드릴 수 없을 겁니다."

"하하하, 그렇단 말이지!"

천계중은 환하게 웃으며 기꺼워했다.

"자네들의 성취가 그 정도라니 본 문의 홍복이로군. 역시, 그것은 자네들에게 딱 맞는 것이었어. 본문에 잠자고 있던 것이 이제야 빛을 발하니 본문의 경사가 틀림없는 것 같네."

"그저 문주님께 감사드릴 뿐입니다."

성겸은 고개를 조아리며 감하해했다.

"그것이 어디 내게 감사할 일인가. 다 자네들의 노력 덕분이지. 먼 길 다녀오느라 고생했을 텐데, 그만 가서 쉬게.

그리고 좀 쉬다가 문의 일도 좀 보도록 하고."

"알겠습니다."

치하에 대한 고마움을 느끼며 성겸은 문주의 처소에서 물러 나와 형제들이 기다리고 있는 곳으로 찾아갔다.

천잔도문의 특성상 오자마자 수하들의 단속부터 했을 형제들은 지금쯤 자신의 처소에 모여 운기조식을 하고 있을 것이 분명했기 때문이다.

"으음."

성겸이 나간 후 천계중은 자신도 모르게 표정을 굳혔다. 오랜 우환이 생각난 때문이다.

"백절광자의 유진이 저 녀석들의 손에서 빛을 발하게 됐으니 좋기는 하지만, 서린이 그놈 때문에 마음이 하나도 놓이지를 않는구나."

천계중에는 고민거리가 하나 있었다.

자신의 아들인 천서린이 그의 심중(心中) 우환이었다.

어려서부터 고질병을 알고 있어 요양 차 선기가 가득하다는 장백파에 보냈지만, 오 년이 지나도록 감감무소식이었다.

그저 잘 있다는 소식만 간간이 들려올 뿐이었다.

몇 번이고 찾아가고자 하는 마음이 굴뚝같았으나 그러지 못하고 있었다.

북경의 밤을 놓고 치열한 쟁패의 와중에 있기도 하거니와 다른 문파와의 전쟁에서 혹시라도 입을지도 모르는 화를 피하기 위해 피신시킨 이유도 있었기 때문이었다.

"이제 천잔도문의 다섯 기둥이 돌아왔으니, 나도 서린이 놈을 한번 찾아봐야겠구나. 불쌍한 놈, 어려서 어미를 잃고 병마에 시달렸으니……."

어렴풋이 떠오르는 아들의 모습에 눈이 아른거리는 천계중이었다. 나이 열하나에 보내, 오 년이니, 지금쯤 열여섯 살이 될 터였다.

한창 재롱을 피울 나이에 멀디먼 땅에서 혼자 지내 왔을 아들을 생각하면 마음이 아팠다.

"그래, 내 이번 일만 끝이 나면 바로 너에게로 가마."

눈에 아른거릴수록 더욱 보고 싶은 아들이었다.

많이 변했을 것이란 생각이 들었지만, 그로서는 지금 당면한 문제를 해결하는 것이 급선무였다. 천잔도문의 머리라 할 수 있는 자신이 자리를 비울 수는 없는 일이었다.

*　　　*　　　*

삼국지연의의 영웅이자 민중의 성웅인 관우는 민간신앙으로 우상화될 만큼 놀라운 바가 큰 사람이었다.

살아서 무용(武勇)이 그러했고, 죽어서 보인 이적(異蹟)이 놀라웠기 때문이다.

관우는 중원 곳곳에 그의 사당이 세워져 발복(發福)을

원하는 자들의 신주(信柱)가 되었다. 살아서는 인간이요,
죽어서는 신이 된 것이다.

북경에는 관제묘(關帝廟)가 여러 곳이 있었다.

북경을 수도로 정한 영락제가 관우를 우상시했기 때문이
다. 사람들의 발길이 끊어지지 않고 이어져 관제묘에는 언
제나 복을 기원하는 사람들의 발걸음이 끊이지 않았다.

그런 관제묘이건만 북경에 위치한 관제묘 중 하나는 사
람들이 발길이 끊어진 지 오래였다. 주야장창 관제묘에 웅
크리고 있는 사람들 때문이다.

언제부터인가 북경의 외곽에 있는 관제묘에는 오랜 궁핍
함으로 인해 잠잘 곳이 없고 먹을 것이 없는 이들이 모여들
어 무리를 이루기 시작했다.

누더기를 입고 여기저기 걸터앉아 있는 자들!

아침에 얻은 식은 밥을 먹고 게트림을 하며 게슴츠레하
게 졸린 눈을 이기지 못하는 자들이 게으름을 피우고 있는
관제묘는 북경이 수도로 정해진 이후부터는 어느새 개방의
북경 분타가 되어 있었다.

채색이 벗겨진 지 오래된 관우상의 앞에 한쪽이 떨어져
나간 탁자를 마주 보며 두 사람이 대화를 나누고 있었다. 탁
자를 마주하고 앉은 사람은 개방의 분경 분타주인 주인성과
북경분타의 정보를 총괄하고 있는 탐개(探丐)인 대목개(大
目丐) 갈수덕(鞨修德)이었다.

"그들에 대해서 조사한 것이 나왔나?"

주인성이 지시한 것에 대해 물었다.

"지시하신 대로 조사는 하고 있지만, 일단은 북경 분타에서 간직하고 있는 내용과 새로이 조사한 내용이 전부입니다. 저희가 보낸 기초 자료를 토대로 조사해야 하기에 총타에서는 시간이 좀 걸릴 것이라는 전언이 있었습니다."

"그럼 자세한 정보를 알려면 시간이 조금 걸리겠군. 일단 분타에 보관되어 있는 자료를 토대로 이야기해 보게."

마음이 급한 주인성은 갈수덕을 재촉했다.

"사령오아가 나타난 것은 정확히 오 년 전이었습니다. 그들은 각기 어린 나이에 고아로 떠돌다가 나이가 찬 후 천잔도문의 문주인 천계중에 의해 거두어졌습니다. 어린 시절 무렵은 변변한 것이 없는데, 천잔도문에 들어간 후 점차 달라지기 시작했습니다. 그들이 보여 주었던 활약상은 분타주님도 아시다시피 굉장한 것이었습니다."

"자네는 무지렁이가 오 년 만에 그런 실력을 낼 수 있다고 생각하는가?"

단서를 잡은 듯 주인성이 눈빛을 빛내며 물었다.

"저희도 의문이 들었기에 자세히 조사해 봤습니다. 사령오아가 천잔도문에서 일을 시작한 것이 오 년 전이었고, 그전에는 예림원(藝林院)에 있었다는 사실이 밝혀졌습니다."

"으음, 예림원이라면……."

"그렇습니다. 분타주님도 아시다시피 예림원은 천계중이 비밀리에 운영하는 고아원입니다. 우리가 천잔도문을 가만히 두고 보는 이유도 그들의 행사가 그리 가혹하지 않고, 몇 곳에 비밀리에 고아원을 만들어 불쌍한 고아들을 거두기 때문이지 않습니까. 분타주님의 명을 받고 다시 조사한 결과, 사령오아는 예림원 출신임이 밝혀졌습니다."

"의외로군. 그럼 사령오아는 아주 어렸을 때부터 천계중에 의해 키워진 존재라는 말인가?"

"거의 확실합니다. 아무리 그들이 재질이 출중하다고 해도 어려서부터 체계적으로 수련을 쌓지 않았다면 결코 보일 수 있는 실력이 아니니까 말입니다."

작정하고 키운 인재가 아닌 이상에는 오 년 만에 뭔가 성취를 이룬다는 것은 불가능한 일이었다.

예림원에 머물던 어린 시절부터 체계적인 수련을 받지 않았다면 설명이 되지를 않았다.

"이보게, 대목개."

"예, 분타주님."

평소와는 다른 굳은 목소리에 대목개의 대답도 경직되어 있었다.

"아무리 그들이 어려서부터 체계적으로 수련을 쌓았다고 하더라도 그들의 진짜 실력을 볼 수 있었던 나는 생각이 다를 수밖에 없네. 일개 흑도방파의 것이라고는 믿을 수가 없을 정도였지."

"그 정도였습니까?"

어떤 모습을 본 것인지 대목개는 궁금하지 않을 수 없었다.

"그들의 무예는 놀라운 바가 컸네. 우리를 습격했던 자들이 순식간에 죽어 나갔으니 말이야. 웬만한 비무는 거의 직접 보았던 내 안목으로 볼 때, 사령오아는 거의 초절정에 육박해 보였다네."

"저어…… 분타주님."

의문스러워하는 주인성의 말에 뭔가 할 말이 있다는 표정으로 갈수덕이 말했다.

"뭔가?"

"아직 확인된 사실은 아니지만, 천잔도문이 만들어진 배경에는 저희가 미처 파악하지 못했던 기인이사가 관여했을 수도 있습니다."

"그건 또 무슨 소리인가?"

들어 보지 못한 이야기이기에 주인성의 눈이 커졌다.

"자세한 것은 총타에서 밝혀내겠지만, 저희가 조사한 바로는 일 갑자 전, 천잔도문이 들어설 무렵에 백절광자의 행적이 북경으로 이어졌다는 단서를 포착했습니다."

"배, 백절광자가?"

너무 놀라 주인성의 목소리가 떨렸다.

석년의 백절광자는 천잔도문과 결코 연관 지을 수 없는

초강자였기 때문이다.

"그렇습니다. 그가 그런데 북경에 들어왔다는 것만 파악이 됐습니다. 그 후부터는 그의 행적이 다른 곳에서는 전혀 나타난 적이 없습니다."

"그러니까, 천잔도문에 백절광자가 말년을 의탁이라도 했다는 말인가?"

"그렇습니다. 천잔도문은 만들어진 당시에 문파를 개창하면서 협의를 기치로 내세웠습니다. 백절광자가 무인에게는 무척이나 가혹했지만, 일반 백성들에게는 협의로 대하던 사람이고 보면 천잔도문에 합류했을 가능성이 상당히 높습니다. 비록 체면 때문에 전면에 나서지는 못했겠지만 배후가 되었을 가능성이 크다는 뜻입니다. 제 생각이 맞는다면 백절광자의 무예가 사령오아에게 이어졌을지도 모릅니다."

상당한 추론이었다.

아니, 평소 백절광자의 괴팍한 성품을 볼 때 그럴 가능성이 거의 십 할이었다.

"그럴지도 모르겠군. 당시에 그는 공공연히 제자를 찾아 헤맸으니까 말이야. 그런데 백절광자와 사령오아가 관계가 있을지도 모른다는 것은 자네 혼자만의 생각인가?"

자신이 아는 대목개로서는 절대 혼자서 추론할 수 없는 일이기에 주인성이 물었다.

"아닙니다. 분타주님의 지시를 받고 조사한 자료를 바탕으로 밀개(密丐)들이 검토하고 내린 결론입니다."

"밀개들이 그런 결론을 내렸다는 말이지……."

소문을 취합하고 분류해 정보로 만들고, 그런 정보를 바탕으로 미래를 예측하는 것이 밀개들이다. 중요한 사안에 대한 밀개들의 추론은 거의 구 할에 가까운 적중률을 보이기에 주인성은 머리가 복잡해졌다.

"총타에서 소식이 와야 정확한 것을 알 수 있겠지만 거의 확실하다고 봐야겠군."

"그렇습니다. 총타는 중원에 산재해 있는 밀개들이 모아 온 소식이 모이는 곳이니, 사령오아의 십 대 조상까지 파헤칠 겁니다. 그리고 백절광자가 천잔도문에 의탁한 것인지도 확실히 파악할 수 있을 겁니다."

"그렇겠지."

어차피 며칠이 지나지 않아 그럴 확률이 높았다.

"그럼, 사령오아에 대한 자네 개인적인 의견은 어떤가?"

"제 사견(私見) 말입니까?"

"그래, 자네야말로 이곳 북경에서 정치하는 자들의 암투를 가장 많이 지켜봤고, 인근의 정보도 해박하니 잘 알 것이 아닌가? 그러니 자네 생각을 말해 보라는 말이네. 사령오아가 어떤 자인지 말이야."

북경분타의 탐개(探丐) 중 우두머리인 갈수덕은 눈치가 빨랐다. 분타주가 사령오아에 대한 판단을 내리기 위해 자신에게 묻는다는 것을 알았다.

"분타주님이 하문하시니 말씀드린다면, 들어온 정보를 토대로 그들을 분석한 결과 그들은 한마디로 말해 사나이입니다."

"사나이?"

뜬금없는 말에 주인성이 반문했다.

"흑창문이나 사림방을 통합할 때 그들이 보여 준 행동은 정파에서도 쉽게 보여 줄 수 있는 모습이 아니었습니다. 정당한 비무로 제압한 것 하며, 비겁한 암수에도 처음엔 용서를 해 주었다가 다시금 시도할 때 보여 준 과감한 손속을 보면 전형적인 호협의 기질을 보이는 자들이었습니다. 북경의 밤을 장악한 이후, 일반 백성들이 천잔도문을 손가락질하지 않는 것도 모두 사령오아가 수하들을 엄히 단속하기 때문이기도 하고 말입니다."

"으음, 그건 그렇지? 흑도방파가 휘하로 거둔 자들의 은원을 그리 달려들며 정정당당하게 해결해 준 예도 없으니까 말이야. 그들의 실력이 그리 출중한 것도, 사는 방식이 그런 것도 백절광자의 손길이 스며들었다면 충분히 가능한 이야기야."

"맞습니다. 그들은 두 문파를 흡수하며 그들의 은원을 확실히 매듭지었습니다. 은원에 관계된 자들이 다시는 달려들지 못하도록 깨끗하게 말입니다. 그것만 보아도 그들이 어떤 사람들임을 쉽게 알 수 있습니다. 그리고 그들이 하는 행사는 명문 정파와 다름이 없습니다. 힘없는 자를 대변하는 역할을 톡톡히 수행했으니 말입니다. 그들 덕분에 개방의 일이 많이 준 것도 사실입니다. 억울한 민초들의 일을 해결해 주는 일에 그들이 앞장섰으니까요."

갈수덕은 신이 난 듯 사령오아의 행정에 대해 말했다.

"그런데 말이야. 난 그것이 더 의심스러워! 명색이 흑도방파가 아닌가? 아무리 백절광자의 진전을 이었다지만, 그들이 그렇게 나설 이유가 없는데 나섰다는 것이 말이야?"

"분타주께서는 잘못 아시고 계시는군요."

"무얼 말인가?"

"엄밀히 말하자면 천잔도문은 흑도방파가 아닙니다."

"흑도방파가 아니라는 말인가?"

"그들이 개파를 한 이유가 민초들의 보호에 있으니 흑도방파로 출발한 것이 아닙니다. 원래 그들은 백정들이 모여 만든 결사였습니다. 관리들의 횡포에 맞서기 위해서였지요. 그러다가 여러 부류의 사람들을 휘하에 거느리게 되기는 했지만, 아직까지 초심을 잃지 않고 있습니다. 천잔도문의 문주인 서문광자의 집안에서 아직도 정육을 북경성 내에 공급하고 있는 것이 그것을 증명합니다."

"서문광자가 아직도 정육점을 운영한다는 말인가?"

일개 문파의 수장이, 그것도 북경의 밤을 장악하고 있는 자가 아직까지 정육점을 하고 있다는 말이 이상했다.

"모르고 계셨습니까? 한 달에 두어 번씩 분타 내 식구들이 고기를 먹을 수 있는 것은 서문광자가 운영하는 정육점에서 고기를 무상으로 보내 주기 때문입니다. 비록 뼈에 붙은 것들이지만, 제법 실해서 걸개들이 아주 좋아합니다. 굶어 약해진 몸을 보신하라고 고기를 전해 오는 것은 천잔도문이 생겼을 때부터니 무척이나 오래된 일입니다."

"으음."

아주 오래전에 분타주로 취임하면서 들었던 것이 생각난 주인성이 신음을 토했다.

"제 생각으로는 천잔도문은 웬만한 명문 대파의 행사보다 나은 점이 있으면 있었지, 못한 점이 없습니다. 오늘날 다른 곳보다 북경이 살기 좋아진 이유는 그들의 덕이 크다고 할 수 있을 겁니다."

"자네가 그리 생각한다면 대부분 맞겠지. 하지만 그래도 미심쩍은 구석이 많은 것은 사실이네. 하니 총타에서 조사가 끝나면 내게로 가지고 오게. 사령오아나 천잔도문에 대해 감시하는 것도 게을리 하지 말고 말이야."

"알겠습니다."

의심하고 의심해야 하는 것이 자신의 일이다.

의심할 것이 별로 없는 천잔도문에 대해 의혹의 눈길을 보내는 분타주가 너무한다고 생각이 들었지만 주인성은 분타주였다.

사령오아의 무공이 그리 높아진 것은 분타주로서 주의해야 할 사항이라는 것을 알기에 갈수덕은 대답과 함께 타주의 처소를 나섰다.

갈수덕이 밖으로 나가자 주인성은 그날 자신을 위기에서 구해준 사령오아의 무공에 대해 생각이 미쳤다.

'그들이 뿜어낸 경력에서 사악한 기운이 느껴지지 않기는 했지만, 너무 잔혹한 것은 사실이다. 마치 군부에서 쓰는 실전 무예를 보는 것 같은 느낌이었다. 이아인 도운과 오아인 백천을 제외한 나머지는 모두 기병을 쓰는 것도 특이하고 말이야. 일단 총타의 조사 결과를 기다려 봐야 할 것이다. 대목개의 의견대로라면 섣불리 살필 수 없는 일이니 말이다. 만약 아무런 하자가 없다면 반드시 끌어들여야 할 자들이다. 무슨 수를 쓰더라도 말이야. 후후, 아직은 이 정도가 한계이니 이제 그만 보고를 드리러 가야겠군.'

생각을 정리한 주인성은 일어서서 관제묘에 흉물스럽게 놓여 있는 관우상의 뒤로 돌아갔다.

그곳에는 연화문으로 되어 있는 벽화가 그려져 있었는데 꽃잎을 따라 그의 손이 몇 번 움직였다.

그르르릉!

벽을 긁는 소리가 울렸다.

그의 처소에 장치되어 있는 기관을 움직인 것이다.

기관이 작동하자 벽면이 움직이며 작은 암로가 나타났고, 주인성은 주저 없이 안으로 들어섰다.

　그르르릉!

　기관의 문이 닫히고 관제묘 안은 아무 일 없다는 듯이 주인을 잃은 채 고요한 적막에 쌓였다.

*　　　*　　　*

　천계중에게 보고를 마치고 자신의 처소로 돌아온 성겸은 운기조식에 든 사제들을 볼 수 있었다.

　'이제 우리들만으로 헤쳐 나가야 되는구나.'

　인연에 끈에 의해 무예를 배웠지만 익힌 이가 없어 사장된 것이기에 장백파에는 별다른 미련은 없었다.

　마음에 걸리는 것은 오직 하나, 자신들에게 무예를 사사한 장백진인만은 마음에 걸렸다.

　그저 약속한 무예만 전수하면 그만이 일이었지만 장백진인을 그렇게 하지 않았다.

　기명제자로 들이는 것도 아니면서 세상에 한 번도 나온 적이 없는 장백파의 비전 절예를 자신들에게 아낌없이 전수해 준 이가 장백진인이었다.

　어떻게든 살아남으라는 뜻에서 그리한 것을 알기에 마음의 빚이 남아 있었던 것이다.

'어차피 운명이 정해진 대로 가야 하는 신세니 어찌할수 없지만, 만약 살아남게 된다면 남은 생은 장백파를 위해서 살아가도록 하겠습니다. 하지만 우리가 그럴 수 있을 확률은 전무하니 미리 죄송하다는 말씀을 드립니다. 스승님.'

마음속으로 스승에게 사죄를 한 성겸은 사제들을 둘러보았다.

자신으로 인해서 가지 않아야 길을 선택한 사제들이었다. 자신의 사제이기 이전에 피보다 진한 정을 쌓아 온 동생들의 앞날이 걱정되었기에 착잡한 마음이 들었다.

'호연지기와 포부를 품었던 동생들이거늘, 나 때문에 고난의 길로 들어섰으니 정말 미안하구나.'

자신을 따르기 위해 꿈들을 접어야 하는 동생들이 안타까웠다.

창창했던 꿈 대신, 사령오아로서 양손에 피를 묻히게 될 앞날이 눈에 선한 까닭이었다.

그렇게 안타까운 마음으로 성겸은 조용히 동생을 살피며 호법을 서기 시작했다.

"대형, 근심이 있으십니까?"

사령오아 중 둘째인 도운이 운기조식에서 깨어나자마자 물었다. 눈을 반개한 채 호법을 서도 있던 성겸의 표정이 심상치 않다고 느꼈기 때문이다.

동시에 운기조식을 마친 나머지 동생들도 걱정스러운 표

정으로 성겸을 바라보고 있었다.

"아니다. 다만 은혜를 갚을 날이 있을까 하는 생각이 들기도 하고, 너희들의 앞날을 내가 망친 것이 아닌가 해서 잠시 마음이 어지러웠다."

"으음."

모두들 성겸의 말이 무엇을 뜻하는지 알고 있기에 신음성을 흘렸다.

"대형, 어차피 저희야 처음부터 모든 것을 던질 각오로 시작한 일입니다. 그러니 저희에 대한 안타까움은 이제 그만 접으십시오. 그리고 그분께 받은 은혜는 갚을 수 없을지 몰라도, 최선을 다한다면 흡족해하실 겁니다."

"그래, 우울해하지 말도록 하자. 우리는 우리에게 내려진 사명에 최선을 다하면 그뿐이니까."

"맞습니다. 최선을 다한 생이라면, 사나이로서 잘 살았다고 볼 수 있지 않습니까?"

막내인 백천이 웃음을 지으며 마무리하듯 말했다.

"그래, 그것도 괜찮은 삶이지. 막내의 말이 맞다."

성겸은 얼굴에서 우울함을 걷었다. 그런 감정은 사치에 지나지 않음을 그 누구보다 잘 알고 있기 때문이다.

"그래 수하들의 동태는 이상이 없더냐?"

문의 특성상 우두머리가 자리를 비운다면 원래의 성정대로 돌아갈 확률이 크기에 수하들의 동태를 물었다.

"다들 별일 없었습니다. 저희가 없는 동안 문주님께서 애를 많이 쓰신 것 같습니다. 육 개월 동안을 비워 놓았는데도 맡은 바 소임대로 잘해 준 것 같습니다."

"다행이로군. 너희들이 맡은 아이들은 수련을 잘 해내고 있는 것 같더냐?"

"예, 대형. 어려서부터 기초를 잡아 놔서 그런지 예상보다 성취가 빠르다고 합니다."

호명이 자신 있게 대답을 하자, 성겸의 얼굴이 밝아졌다.

"좋아, 그럼 이제부터 본격적으로 시작하면 되겠군."

"대형, 아직은 섣부른 감이 있는 거 같습니다."

명수가 성겸을 말리고 나섰다.

"아직이라? 그렇게 말하는 이유가 있겠구나."

최혼명수라는 절기를 익히고 있는, 진짜 이름인 유청수를 버리고 명수라 불리고 있는 셋째의 말에 성겸이 이유를 물었다.

다섯 형제 중 가장 냉철하게 상황을 파악하고, 형제들이 움직일 방향을 제시하는 이가 명수였기 때문이다.

"놈들의 꼬리는 잡았습니다만 섣불리 나섰다가는 찾아낸 꼬리마저 자르고 도망갈 수도 있습니다."

"꼬리라서 아직은 때가 아니라는 말이지?"

"문주님께서도 그 때문에 고심하시는 것 같습니다. 사림방이나 흑창문의 수뇌부들이 그들과 연결된 것은 확실한데 아직도 연락이 없는 것을 보면 우리를 관찰하고 있는 것이 틀림없습니다. 문주님께서 뭐라고 하실지 모르겠습니다만, 그들이 우리를 살피고 있는 이상에는 그저 내실을 기하며 기회를 기다리는 것이 나을 것 같습니다."

"네 생각이 그렇다면 기다려야겠지."

"문주님께 말씀을 드려 보고 난 다음, 행보를 취하는 것이 좋을 것 같습니다. 아무래도 사사묵련이 개입되었다고 판단이 난 이상 그것이 좋을 것 같습니다."

도운도 같은 의견을 말했다.

"그렇겠지. 사사묵련이 개입되지 않았다면 사림방의 사혼야(死魂爺) 냉소(冷燒)나, 흑창문의 단혼창(斷魂槍) 곽효증(郭驍烝)이 그렇게 감쪽같이 사라질 수 없을 테니까. 일단 모든 일은 그 두 놈과 사사묵련에 초점을 맞춘다. 다른 활동은 평상시처럼 하도록 하고, 대외적인 활동은 잠정적으로 중단한 후 놈들의 도발에 대비하는 것으로 하자."

"알겠습니다, 대형."

천계중과 사령오아가 고민하고 있는 것은 다른 것이 아니었다.

천잔도문이 북경을 삼분하고 있는 사림방과 흑창문을 접수했지만, 그것은 온전한 것이 아니었기 때문이다.

이 년 전 마지막 결전이 있은 후, 다른 이들은 모두 제압되었지만 수뇌들만 감쪽같이 사라진 것이다.

천잔도문에서는 그때부터 그들을 계속해서 추적해 오고 있었다. 수뇌인 사혼야 냉소와 단혼창 곽효증을 그대로 둔다면 언제 뒤통수를 맞을지 몰라서였다.

하지만 끝없는 추적에도 그들의 행방은 알 수가 없었다.

둘의 행적이 전혀 드러나지 않았다. 마치 증발해 버린 것처럼 북경 어디에서도 그들의 모습이 보이지 않았던 것이다.

그러다 일 년 전 뜻하지 않은 곳에서 사혼야의 종적이 발견되었다.

당금 흑도의 하늘이라는 사사묵련과 무당과의 소규모 접전이 있었던 곳에서 사혼야를 본 자가 나타난 것이다.

천잔도문에서는 급히 사혼야와 사사묵련의 관계를 추적하기 시작했다.

그런 와중에 흑창문의 문주인 단혼창 곽효증의 행적이 드러났다. 그가 사사묵련에 소속되어 있다는 것이 밝혀졌던 것이다.

천잔도문에서는 고심하지 않을 수 없었다.

흑도를 통합한 거대 방파인 사사묵련에 어찌 그들이 있는지 의문이 들었기 때문이다.

사사묵련에서 단혼창의 행적을 파악한 결과, 목적은 알 수 없었지만 그들의 위치가 그리 낮지 않음을 알 수 있었다.

당금 흑도의 하늘인 사사묵련의 행사는 은밀하면서도 무

자비했기에 천잔도문으로서도 그에 대해 대비를 하지 않을 수 없었다.

가장 먼저 준비해야 할 것이 무력이기에 사령오아는 문주의 허락을 얻은 후 육 개월을 시한으로 잡고 수련을 떠날 수 있었던 것이다.

'문주님께서도 아직은 방법이 없어 고민이시겠지. 두 가지 중 하나는 거의 불가능하니까. 무엇 때문인지 아직은 잠잠하지만 분명 놈들은 우리를 도발해 올 것이다. 누구를 보내 올지 모르지만 최선을 다해 준비해야 한다.'

어차피 하루이틀에 끝나는 일이 아니었기에 조급할수록 실패할 확률이 큰 계획이었다. 지금은 최선을 다해 준비를 해야 할 때였다.

'어차피 빠르게 해결되지 않을 일이라면 문주님의 마음 고생이나마 덜어야 할 텐데 걱정이로군. 장백에서 빨리 소식이 전해져 조금이나마 문주님에게 위안이 되었으면 좋으련만……'

계속해서 긴장된 나날을 보내야 한다. 그리고 언제 터질지 모르는 일이었다.

자신들이 천잔도문의 중추라 해도 머리라고 할 수 있는 문주의 심기가 어지럽다면 계획이 틀어질 수도 있기에 성겸은 그나마 심려를 덜 수 있는 소식을 빨리 전해지기를 기원했다.

　　　　　*　　　　　*　　　　　*

　사령오아는 육 개월의 수련을 마치고 오자마자 바쁜 날
을 보냈다. 비워 둔 시간의 공백을 메워야 했기 때문이다.
비록 천계중이 잘 이끌었다고는 하나 그들의 공백이 천잔도
문 곳곳에 남아 있었던 것이다.

　그렇게 사령오아가 천잔도문으로 돌아온 지 열하루가 지
난 날이었다. 성겸의 처소로 장백파에서 온 소식이 전해졌
다.

　서찰을 받아 든 성겸은 읽기를 다 마친 후 서둘러 자신의
처소를 떠나 문주가 있는 곳으로 향했다.

　그곳은 문주가 처소가 있는 곳이 아니었다.

　어차피 이 시각이면 언제나 시간을 보내는 곳에 있을 것
이기에 문주의 처소가 아닌 천잔도문의 뒤편에 마련된 조그
만 불당으로 향했다.

　"문주님, 저 성겸입니다."

　"들어오게."

　불당 안에는 조그만 불상 하나와 향로, 그리고 천계중의
부인인 유씨(柳氏)의 위패가 놓여 있었다.

　천계중은 불당 안에 앉아 있었는데 자그마한 서탁(書卓)
을 차지하고 앉아 책을 읽고 있는 중이었다.

"무슨 일인가? 뭐, 할 이야기라도 있나?"

"예, 문주님."

"그래 무엇인가?"

"먼저 사사묵련에 대한 이야깁니다. 그동안 많이 생각해 봤습니다. 어째서 사사묵련이 가만히 있는지 말입니다."

"으으음, 말해 보게."

성겸의 진지함에 계중은 이야기를 재촉했다.

"사사묵련이 흑도의 하늘이라고는 하지만 행사에 있어 깨끗한 면이 있는 곳입니다."

"그렇지."

"사혼야와 단혼창이 그곳에 머무르고 있었다는 것은 원래부터 그들과 연관을 가지고 있었다는 이야기입니다."

"그렇다고 봐야겠지."

당연히 생각할 수 있는 추론이었다. 계중 또한 그런 생각을 굳히고 있었다.

"그들이 사사묵련과 관계된 것과 아직까지 아무런 조치를 취하지 않는 것을 보면 오직 하나밖에는 생각해 볼 여지가 없습니다."

성겸의 말에 계중이 고개를 끄덕였다. 자신 또한 같은 의중이었기 때문이었다.

"나도 그리 생각하네. 그들이 이곳을 포기하고 사사묵련에 들었다면 오직 하나, 그들의 자식들이 후계자 쟁투에 끼어들었음이 분명하네. 사혼청비(死魂請比)를 받을 수 없었다면 그렇다고 봐야겠지."

지난 시간 동안 생각을 거듭한 결론이 같다면, 확률의 십 중 구이기에 두 사람의 얼굴이 굳어졌다.

사사묵련(死邪默聯)은 삼십여 년 전에 홀연히 나타난 흑도문파다. 맨 처음 그들이 모습을 드러낸 곳은 사천이었다.

아미, 청성, 점창, 그리고 당문이 운집해 있는 사천은 예로부터 무림인의 고향이라 일컬어질 만큼 고수들이 많은 지역이었던 곳인데, 당당히 모습을 드러낸 것이다.

흑도로 시작된 사사묵련은 모습을 드러낸 지 다섯 해 만에 사천에 있는 모든 흑도방파를 규합했다.

청살림(請煞林)을 비롯해 잔혈방(殘血幇), 흑사청(黑砂廳) 등 무수한 흑도방파들이 불과 오 년 만에 신생 문파에게 통합을 당한 것이다.

그들이 흑도방파를 휘하에 둔 것은 아주 특이한 방법이었다. 바로 사혼청비(死魂請比)와 유룡취주(孺龍取珠)가 일컬어지는 방법이 바로 그것이었다.

사사묵련의 말로는 사혼청비는 정중한 비무였다. 휘하로 들이기 위해 힘을 겨룬다는 뜻이었다.

하지만 말이 정중한 비무지, 사혼청비는 죽음의 비무였다.

처음 사혼청비를 받은 것은 청살림이었다.

실수 단체인 청살림은 사사묵련의 사혼청비를 단칼에 거절했다.

해 볼 테면 해 보라는 자신감의 발로였다.

그러나 그들의 자신감은 하루를 넘지 못했다.

청살림이 전력을 기울인다면 사천의 하늘 중 하나라는 아미의 장문도 무사하지 못할 것이라는 세간의 평과는 달리 너무도 허무한 종말이 그들을 기다리고 있었던 것이다.

사혼청비의 거절이 있었던 그날, 청살림에는 개미새끼 하나 살아 있는 생명체가 없었다. 사사묵련의 손길에 죽임을 당했던 것이었다.

사람들이 성도에 있는 장원이 청살림의 총 단이라는 것을 안 것도 사사묵련 때문이었다.

사사묵련이 총 단 안에 있던 모든 사람을 죽인 후, 자신들의 사혼청비를 거절한 청살림을 도륙했다는 사실을 알리는 방을 내거는 통에 그곳이 총단임을 알게 되었던 것이다.

그 이후 사사묵련이 보낸 사혼청비는 거절되지 않았다.

하지만 그렇다고 달라진 것은 없었다. 사혼청비가 날아들어 승낙한다면 사사묵련의 고수들과 비무를 벌여야 했던 것이다.

각기 세 명씩 비무에 나오는 사혼청비에서 사사묵련 측의 사람들 중에 고수가 아닌 자가 없었다. 무엇보다 그렇게 사혼청비에 나섰던 사사묵련의 고수들은 상대방을 한 사람도 살려 두지 않았다.

사혼청비는 항상 사사묵련 측에서 승리를 취해 왔고 진 쪽은 사사묵련에 흡수되었던 것이었다.

그 다음 세인들이 사사묵련에 대해 놀란 것은 유룡취주였다.

유룡취주(孺龍取珠)는 말 그대로 어린 용이 구슬을 취한다는 뜻이었다.

유룡취주는 흑도방파이면서 사혼청비의 대상이 아닌 문파에 전달되는 것이다.

흑도방파의 인물들에게 사사묵련의 후계자가 될 수 있는 기회를 주는 초대장이 바로 유룡취주였던 것이다.

그 후계자들이라는 것이 세인들이 상상하는 것과는 다른 것이었지만, 무림에 큰 반향을 불러일으키기에는 충분했다.

꼭 소문주나 후계자뿐만 아니라 문파의 실력자들도 선택된다는 것이었다. 그렇게 받아들여진 이들이 사사묵련에서 차지하는 비율이나 힘은 무시하지 못할 정도였다.

사사묵련이 중원을 호령하는 사대 거파로 자리 잡을 수 있었던 것은 이 사혼청비와 유룡취주 덕분이었다.

사혼청비의 비무 대상이 되는 자들은 용서할 가치가 없는 천하의 악인들이었으며, 유룡취주의 대상이 되는 자들은 흑도방파지만 그래도 호협의 기질이 있어 백성들을 위하는 마음이 있던 방파들에 해당되었다.

그렇게 사천에 자리 잡은 사사묵련은 그 손길을 귀주에서 호남, 호북, 복건, 절강 등으로 뻗치더니 단 십 년 만에 북경을 제외한 거의 모든 흑도방파들을 손아귀에 넣었다.

하지만 그런 행사에도 불구하고 사사묵련은 아직까지 비밀에 가려져 있는 곳이었다.

구성원이 몇인지, 총련주는 누구인지, 그리고 총단이 어디에 있는지 하나도 밝혀지지 않았던 것이다.

구대문파에서도 사사묵련의 행사에 의구심을 가지고 조사를 해 오고 있지만 그들의 정체는 아직도 파악되지 않고 오리무중인 신비의 문파였다.

*   *   *

"이토록 도발이 없다는 것은 아무래도 우리에게 시혼청비보다는 유룡취주를 전할 가능성이 큽니다. 본문의 개파이념도 그렇고, 북경의 밤이 우리 천잔도문에 의해 통일된 이상에는 말입니다. 그들도 사혼청비를 통해 본 문을 정리할 수는 없을 겁니다. 명분을 잃기도 하거니와, 자칫 잘못하면 잠사혈문(潛邪血門)과 마찰을 일으킬 수도 있으니 말입니다."

성겸이 걱정을 드러냈다.

"그래서 걱정이네. 어차피 서린이는 후계자로 들어갈 수 없다는 것을 자네도 잘 알지 않는가? 후계자로 들어 갈 수 있다고 해도 서린이 나이 이제 겨우 열여섯 살이네. 고질을 고친 후에 초청되어 간다고 해도, 그리 심약한 아이가 사사묵련에서 견뎌 낼 수 있을지 모르겠네."

"현재로서는 아무런 방법이 없습니다. 유룡취주를 거절하면 사혼청비를 받는 것이나 마찬가지이니 말입니다."

"그래서 어떻게 하겠다는 이야긴가? 아무런 방법이 없는데 말이야."

"문주님, 오늘 제가 이런 말씀을 드리는 것은 해결 방안이 생겼기 때문입니다."

"해, 해결 방안이 있다는 말인가?"

"그렇습니다. 제가 저번 수행 기간 동안 사람을 장백파에 보내 소문주님의 소식을 알아보게 했습니다."

"서린이의 소식을 알아보게 했다는 말인가? 그 해결 방안이라는 것이 서린이와 관계가 있는 것인가?"

급한 마음 째문인지 천계중이 빠르게 질문을 이었다.

"그렇습니다. 사람을 보내 알아본 결과, 소문주의 고질병이 거의 다 낳았다는 소식을 들을 수 있었습니다."

"자, 자네! 그게 정말인가?"

"사실입니다."

나았다는 소식이었지만 계중을 고개를 저었다.

"믿을 수 없는 일이네. 우리 서린이는 자네도 알다시피 육절맥을 타고났네. 관절이 움직이지 않아 뼈마디가 굳고 종내에는 혈맥마저 굳다가 고통 속에 죽는 육절맥이라는 것을 자네도 잘았지 않은가?"

"저도 포기하고 있었습니다. 그런데 호연자란 이인(異人)께서 소문주님의 고질을 고치셨다고 합니다."

"그, 그게 정말이라는 말인가?"

"직접 확인을 해 봐야겠으나, 사실인 것 같습니다."

"그게 무슨 소리인가?"

"호연자란 분이 소문주님을 위해 철한풍(鐵寒風)이란 것을 베풀었다고 합니다. 전에 천수신의(千手神醫)가 말한 철한풍을 말입니다."

아들을 고치기 위해 둘째가라면 서러워할 의술을 지닌 천수신의를 천금을 주고 불렀었다.

그로부터 아들을 고치려면 인세에 보기 드문 철한풍이라는 것을 얻어야 한다는 이야기를 들은 것이 기억이 났다.

"장백에서 서린이에게 그것을 베풀었다는 말인가? 지저심맥(地底深脈) 깊숙한 곳에 있어 인세에는 찾기 힘들다는 그 철한풍을 우리 서린이가 얻었다는 말인가?"

"그렇습니다. 소식을 전한 자의 서찰로는 장백진인으로부터 직접 들었다 했으니 사실일 겁니다. 이것을 한 번 보십시오."

성겸이 서찰을 꺼내 들었다. 조금 전에 장백파로부터 전해진 서찰이었다. 성겸이 준 서찰을 급히 보던 천계중의 안색이 점점 펴지기 시작했다. 그로서도 기쁜 소식이 아닐 수 없었기 때문이었다.

"하하하하하하! 이렇게 기쁠 수가! 이것이 사실이라면 장백파에 내가 모은 전 재산을 털어 주어도 아깝지가 않네."

천계중은 자신의 자식이 앓고 있는 괴질이 치료됐다는 소리에 연신 미소를 지으며 기뻐하고 있었다.

"이럴 때가 아니네. 그렇다면 내가 장백에 한번 다녀와야 할 것 같네. 내심 사사묵련의 일로 고민을 했는데, 우리 서린이를 데리고 오면 모두 해결이 되지 않겠나?"

평소와는 달리 서두르는 계중을 보며 성겸이 말렸다.

"문주님, 아직은 가시지 않는 게 좋을 겁니다. 허약해진 몸을 추스르기 위해서는 조금 더 철한풍으로 몸을 다스려야 한다고 하지 서찰에 써 있지 않았습니까. 그러니 놈들이 소문주님에 대한 요구가 있으면 그때 가셔도 늦지 않습니다. 어차피 지금 가셔도 장백파에서 소문주를 보게 해 줄지는 알 수 없는 일이니까 말입니다."

"으음, 맞는 말이네. 백절광자 어르신과의 인연으로 장백파에 비급을 돌려주고, 자네들이 이만큼 성장한 것도 큰 은혜를 입은 일이지. 거기다가 서린이까지 치료받았다고 하니 내 약조를 까먹었네. 그래 서린이를 언제 데리러 가야 하는가?"

"일단 장백파로 서신을 보내 소문주께서 언제쯤 치료가 끝나는지 살피셔야 할 겁니다. 하지만 제 생각에는 아무리 일찍 온다고 해도 일 년은 더 생각하셔야 할 겁니다. 사사묵련에서 통보가 온다고 하더라도 저쪽에서 우리의 사정을 알 것이니, 그 정도 시간이면 그들도 이해해 줄 것입니다."

"알았네. 일 년이면 서린이를 볼 수 있다는 말이지."

"예, 문주님."

들뜬 계중의 목소리에 성겸은 확인하듯 대답했다.

"찾아가지는 못하지만 내 장백으로 서신을 넣겠네. 연락이 온다면 그때는 내가 직접 서린이를 데리러 갈 것이네."

"물론 그리하셔야지요."

"하하하하, 비록 변방의 문파이기는 하나 장백파 또한 유서 깊은 곳이지. 그곳과 우리 천잔도문이 이렇게 다시 중첩된 인연을 맺다니, 참으로 천우신조라 할 수 있네."

"다 문주님의 홍복이시죠."

"아니네. 우리 서린이의 복이지. 하하하하!"

오랜만에 천계중의 웃음소리가 불당 안에 울려 퍼졌다. 천서린이 북경을 떠나서 장백으로 간 지 오 년 만의 일이었다.

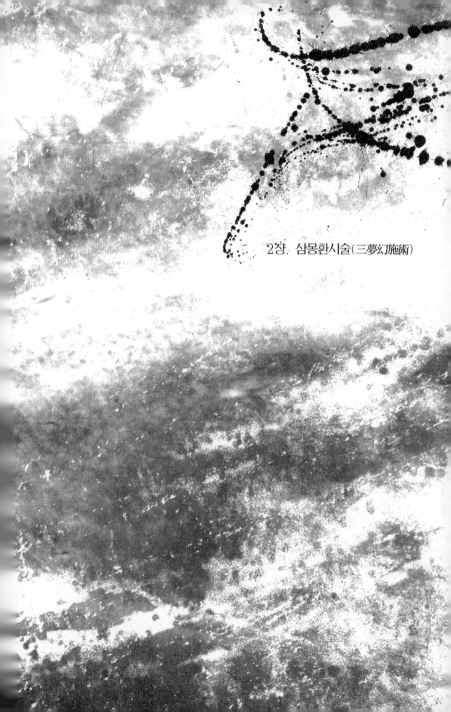

2장. 삼몽환시술(三夢幻施術)

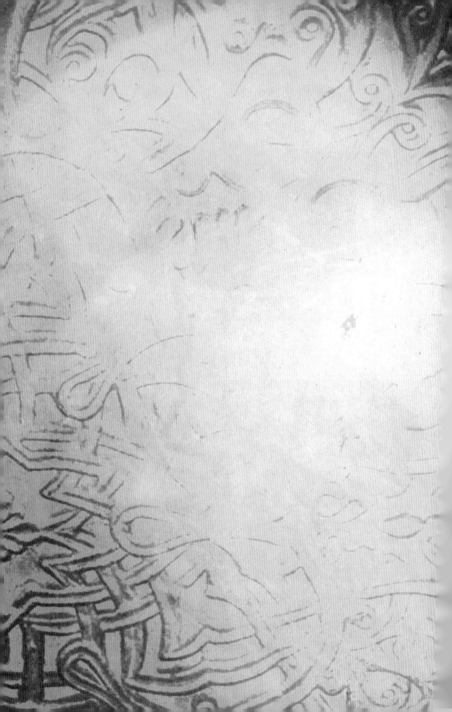

서린이 장백에 도착한지 석 달이 빠르게 지나갔다.

　그동안 서린은 호연자로부터 중원의 문물과 서법을 배웠다. 어느 정도 익힌 것을 확인한 호연자는 서린을 이름 모를 동굴 앞으로 데려갔다.

　"저 안에서 너는 새로운 운기법을 배우게 될 것이다. 이는 절대로 필요한 일이니 그리 알고 들어가도록 해라."

　유창한 관어가 호연자의 입에서 흘러나왔다.

　"그것은 싫습니다. 저에게는 스승님이 전해 주신 수련법이 있습니다."

　서린의 입에서 흘러나온 말 또한 관어였다.

　호연자가 눈을 부라리며 자신을 바라보았지만 서린을 꿈

쩍도 하지 않았다.

"네가 익힌 것이 틀어질 일은 없을 것이니 들어가도록 해라."

"저 안에 무엇이 있는지 모르지만 저와는 상극인 것이 있습니다. 새로운 운기법을 익히지 않는다고 해도 그동안 쌓아 온 것을 모두 잃을지도 모릅니다."

서린이 그냥 거부하는 것이 아니었다.

동굴 속에서 선명하게 느껴지는 기운이 자신이 가지고 있는 기운과는 절대 상극임을 본능적으로 알아차리고 있었던 것이다.

"정말 죽어라 말을 듣지 않는구나."

"저에게 왜 이러시는지 전 모르겠습니다."

갑자기 이상한 기운이 흐르는 동굴로 들어가야 한다는 호연자가 서린으로서는 이상하지 않을 수 없었다.

"후후, 모르겠다고? 네 스승은 너를 살게 해 달라고 했다. 그리고 네 할아버지는 그들을 징치할 수 있는 힘을 너에게 주라고 했다. 그래서 내가 이러는 것이다. 너를 살게 해 주고, 놈들을 징치할 힘을 주려는 것이다."

"그것하고 저곳으로 들어가는 것하고 무슨 상관입니까?"

지금까지 중원의 말로 대답을 하다 화가 난 서린이 조선 어로 물었다.

"크크크, 약조를 어겼구나. 내 말이 그리 쉽게 어길 수 있는 것이더냐?"

"아, 아니. 저는……."

서린은 다시 중원어로 떠듬거렸지만 이미 호연자와의 약
속은 어긴 뒤였다.

"내가 너에게 주어야 하는 것은 바로 독심(毒心)이다.
죽어 가는 순간에도 웃을 수 있는 진정한 독심을 말이다.
그것이 무엇인지, 어째서 그런 것인지도 모르고, 약속을 어
긴 네놈을 위해 훈계를 내려 주마."

퍼퍼퍽!

말이 끝남과 동시에 호연자의 주먹질이 시작했다.

"크아아악!!"

서린은 입에서 비명이 튀어나왔다. 엄청난 고통이 전신
을 맴돌았다.

퍼퍼퍽!

호연자의 손과 발은 보이지도 않았다. 흐릿한 잔영이
보이고 나면 여지없이 구타음이 들렸다. 피하려 애를 썼
지만 그럴 수 없었다. 삼극정법을 익히고, 남사당에서 배
운 재주로 그동안 몸을 갈고 닦았어도 아무런 소용이 없
었다.

그저 잠깐, 호연자가 스쳐 가는 느낌이 들고 나면 자신의
몸엔 극도의 고통만이 찾아올 뿐이었다.

퍼퍼퍼퍽!

'끄으윽, 어째서⋯⋯.'

어째서 자신이 이런 고통을 당해야 하는지 서린은 답답할 뿐이었다. 앞으로 중원어를 써야 한다는 말에 무심결에 알았다라고 대답을 했었다.

하지만 호연자와 간단한 약속을 어긴 것 치고는 지금 자신에게 찾아온 고통은 너무한 것이었다.

'크으, 너무 아프다.'

참을 수 없는 고통은 서린을 움츠리게 했다.

맞는 자의 고통은 너무도 두려운 것이었다.

반항이라도 할 수 있다면 그나마 나을 터였다. 피해 보려고 무던히 노력했지만, 호연자는 그 어떤 것도 용납하지 않았다. 그저 무심한 눈으로 자신을 팰 뿐이었다.

한참을 그렇게 패던 호연자가 마침내 입을 열었다.

"네 형이 들어간 곳이 어디인 줄 아느냐? 바로 천혈옥이다. 그곳은 지옥이다. 너 같이 물러 터진 놈이 간다면 하루도 못 견디고 죽어 나자빠지는 곳이 바로 천혈옥이란 말이다."

"크으으!!"

"죽더라도 너의 입에서 우리의 말이 튀어나와서는 안 된다. 지난 석 달 동안 네가 배운 것을 모두 뇌리에 각인하도록 해라. 무의식중에라도 튀어나올 수 있게 말이다. 만약 중원에 들어가서 그렇게 하지 않는다면, 그 순간, 너뿐 아니라 이 나라 금수강산은 피에 뒤덮인다는 말이다. 지금껏 천혈옥에 간 사람은 숱하게 많았지만 살아 돌아온 이는 없었다. 왜 그런지 아느냐?"

퍼퍼퍼퍽!

"그곳이 놈들의 본거지 중에 하나이기 때문이다. 대륙을 지배하는 아홉 개의 힘 중 하나라는 말이다."

퍽!

"크으으윽!!"

서린은 아무것도 생각이 나지 않았다.

오직 호연자의 주먹이 두려울 뿐이었다. 싸늘한 표정으로 자신을 패고 있는 호연자에게는 그저 무심함만이 있을 뿐이었다.

"천혈옥을 관장하는 힘이 우리에게 몰아닥친다면, 그것은 지금껏 우리가 외침에 시달렸던 것의 수십 배를 능가하는 고통을 백성에게 줄 것이다. 너 하나로 인해 말이다. 그러니 지금 고통스럽더라도 참아야 하는 것이다. 알아들었느냐? 멍청아!"

퍼퍼퍽!

"크으으윽!!"

"어떤 고통이 찾아오더라도 무조건 참아라. 너는 형을 찾으러 가는 것이라고 단순하게 생각하겠지만 네 정체가 밝혀진다면 그로 인해 수만의 목숨이 전장의 이슬로 사라져야 할지도 모르니 말이다."

단순히 말실수였을 뿐이었다.

지난 석 달 동안 중원의 문물과 말을 배웠다.

한양에 있을 동안 할아버지로부터 훈육을 받았기에 그다지 어렵지는 않았다. 조선 사람이라는 것이 티가 나지 않도록 다듬는 수준이었기 때문이다.

한 달 전부터는 중원인인지, 조선인인지 구분이 가지 않을 정도가 되었을 때 호연자는 조선말을 쓰지 말도록 했다.

생각하는 것부터 시작해 모든 말을 중원어로 해야 한다고 했다.

서린은 약조를 하고 호연자의 말을 따랐다.

그다지 중요하다고 생각하지 않았는데 무심결에 조선어를 한 것이 이토록 큰 고통을 초래할지는 서린으로서도 몰랐다.

"너의 이름은 천서린, 북경 천잔도문의 소문주다. 넌 병약한 상태에서 치료를 위해 이곳으로 온 자다. 육절맥을 앓고 있기에 백두의 영기라는 철한풍을 이용해 고질을 치료하기 위해 온 것이란 말이다. 잊지 말아라. 넌 죽기 직전까지, 아니, 죽어서도 중원인이란 말이다. 행여 꿈결에서라도 우리에 대해 말하지 마라. 내 형을 찾기 위해서나 우리의 한을 풀기 위해서는 말이다. 그리고 널 위해 자신의 생을

묻고 묵묵히 다른 길을 걷고 있는 진짜 서린이를 생각해서
라도."

퍼퍼퍼퍽!!

"크으으윽!"

호연자는 서린을 구타하면서도 말을 쉬지 않았다.

무심한 듯 보였지만 그의 눈에는 안타까운 빛이 연이어
흘렀다.

그렇다고 서린에 대한 구타는 멈추지 않았다. 그저 끊임
없이 손속을 움직일 뿐이었다.

"넌 이곳에서의 생활이 끝난 후 북경으로 갈 것이다. 놈
들의 힘이 팽팽하게 맞서고 있는 곳으로 말이다. 네가 살아
남고 꿈을 이루려면 이까짓 고통은 웃으면서 넘길 줄 알아
야 한다는 말이다. 내가 왜 이러는지는 나중에 천혈옥에 가
보면 알 것이다. 독해져라! 세상 그 누구보다도 말이다."

퍼퍼퍼퍽!

더 이상 말은 없었다.

오직 서린을 두들겨 패는 것이 목적인 듯 무심한 손길만
이 서린이에게로 향했다.

"끄어억!!"

끝없는 구타를 견디지 못한 것인지 서린은 마침 숨넘어
가는 비명을 지르며 기절하고야 말았다.

퍼퍼퍽!!

기절했음에도 호연자는 손속을 멈추지 않았다.

기절한 후에라도 서린이 실수를 할까 봐서였다.

퍼퍼퍽!

"크으으윽!!"

계속되는 구타로 인한 고통으로 서린은 정신을 차릴 수 있었다.

눈은 피로 가려져 아무것도 보이지 않았다. 서린의 몸은 이미 피범벅이었던 것이다.

도인이라는 호연자의 손속은 이후에도 무자비했다.

꼭 사람을 때려 죽일 것 같은 모습이었다. 나이가 어리다고 조금의 사정도 봐주지 않았다. 무자비한 구타로 인해 서린의 몸은 점차 만신창이가 되어 갔다.

'크으으, 참아야 한다. 그리고 누구보다 독한 놈으로 다시 태어나야 한다.'

살아남기 위해서 그리고 형을 찾기 위해서 서린은 온몸이 부셔질 것 같은 고통을 감내하기 시작했다.

"이곳까지 오는 동안 장백파의 아이들이 무엇을 가르쳐 줬던 간에 사용하지 마라. 앞으로는 무공을 쓰지 말라는 말이다. 무공은 다른 곳에서 배우게 될 것이다. 기반을 갖추었으니 천혈옥의 무공을 네 것으로 만들어라."

퍼퍼퍽!!

"끄으으윽!!"

서린이 다시 한 번 기절을 했다. 호연자의 손속은 서린이 두 번째로 기절하자 그쳤다.

"후우, 그래도 가능성은 보이는구나. 무공을 사용하지 말라고 했더니 사용하지 않고 본능적으로 피하다니 말이다."

호연자는 바닥에 누워 있는 서린을 옆구리에 안아 들었다.

"놈들의 손에 죽지 않을 정도로 만들려면 아직 한참을 단련해야 하지만 지금 이 정도라면 할 만하다."

다시 기절했다고 때리는 것을 그만둔 것이 아니었다.

본능적으로 선천지기를 사용해 약간이나마 주먹을 비껴냈기에 멈춘 것이다. 살아남기 위한 최소한의 기초를 갖춘 것이다.

더 이상 했다가는 반탄지력 속에 자신이 가진 무공의 흔적이 남을까 두려웠기 때문이기도 했다.

—앞으로 시간이 지나고 나면 너는 중원으로 들어갈 것이다. 피비린내가 진동하는 곳으로 말이다. 오늘의 이 경험이 너를 죽음에서 구해 줄 것이니 잊지 말도록 해라.

호연자는 안타까운 마음으로 서린에게 당부를 했다.

지금까지 했던 말들이 모두 심어를 사용한 것이라 뇌리에 각인되어 있을 터라 다음 단계로 넘어갈 차례였다.

휘이익!!

호연자는 신형이 날려 동굴 안으로 들어섰다.

그가 들어간 곳은 이곳 백두산에서 가장 험한 곳으로 철한풍이라는 기이한 바람이 부는 금지였다.

동굴 속으로 들어간 호연자가 어둠 속에서 멈추어 섰다.

한 점 빛조차 들어오지 않는 동굴 속이지만 호연자의 눈에는 선명하게 갈라진 무저갱이 보였다.

쐐애애애액!!

갈라진 틈 사이에서 귀를 찌르는 바람 소리가 새어 나왔다. 냉기가 가득한 바람은 마치 귀곡성처럼 뼈를 긁는 것 같은 느낌이 들게 했다.

—이곳이 철한풍이 부는 곳이다. 지하에 있는 철광맥을 타고 흐르는 음풍이 모이는 곳이다. 네놈은 앞으로 이곳에 머물게 될 것이다. 철한풍을 견뎌 내고 살아 있을 수 있다면 너는 북경에 있을 것이다.

호연자는 주저 없이 바람이 마주하는 곳에 축 늘어진 서린을 내려놓았다.

힘의 논리만이 지배하는, 선한 것은 눈을 씻고 찾아봐도 없는 악마의 대지에 서린을 보내기 위한 첫 발걸음이었다.

*   *   *

'으…… 드드, 왜 이렇게 시린 것인지 모르겠다.'

너무 추워 눈을 뜰 수가 없었다. 눈꺼풀이 위로 흘러내린 피가 얼어붙은 것 같았다.

'얼어 죽을 것만 같다.'

온몸을 잔인하게 파고드는 한기로 인해 서린은 자신의 몸이 얼어 가고 있는 것을 알 수 있었다.

휘이이이익!

오직 어둠만이 존재하는 공간에는 극한의 추위를 동반한 바람만이 불고 있었다.

'이대로 나를 죽이려는 것인가? 어째서…….'

호연자에게 두들겨 맞다가 정신을 잃은 것이 생각났다.

서린은 호연자의 의도를 알 수가 없었다.

'크으, 나를 이곳에 갔다가 버린 것인가? 여기서 죽을 수는 없다. 난 꼭 형을 만나야 하니까.'

이대로 있다면 허무하게 죽겠다는 생각에 마음속으로 크게 소리를 지르며 의지를 다졌다. 얼어붙은 듯 몸이 말을 듣지는 않았지만 끊임없이 일어서려고 했다.

―움직이지 마라!! 네놈이 살려면 그대로 있어라.

갑작스럽게 호연자의 전음이 들렸다.

'날 버린 것이 아니란 말인가?'

"으으으!!"

서린은 호연자에게 말을 하려 했지만 신음만 흘러나왔다.

―이곳은 천지에서 유일하게 철한풍이 부는 곳이다. 말을 하는 순간 한기가 너의 호흡을 타고 흘러 들어가고, 그 즉시 장기가 얼어 버려 죽게 되니 살려면 아무런 말도 하지

마라. 그러니 내 말을 듣기만 해라.

서린은 호연자의 전음을 듣고는 말하려던 것을 멈추었다. 호연자의 말처럼 살갗을 저미는 것 같은 한풍이 호흡을 타고 흘러든다면 그의 말대로 죽을 수도 있었기 때문이다.

—내가 왜 너를 그토록 무자비하게 팼는지 무척이나 궁금할 것이다. 하지만 지금은 궁금증 보다는 철한풍을 몸으로 받아들이는 것이 먼저니 네 할아버지가 가르쳐 준 것을 운행하도록 해라.

'으으, 괜히 하는 말씀이 아닐 것이다.'

살기 위한 방편이 분명했다.

죽이려고 이런 것을 가르쳐 줄 리 없기 때문이다. 서린은 호연자의 말대로 삼극정법을 운용하려고 노력했다.

'어째서 움직이지 않는 거지?'

움직이지 않았다.

얼마 전부터 마음만 일면 따뜻한 기운이 감돌던 배꼽 아래에서는 아무런 반응이 없었다.

'크으, 살려면 해야 한다, 살려면……. 제발, 움직여라!'

팟!

정신을 집중해 따뜻한 기운이 있던 곳을 관조하며 의지를 불어넣자 작은 불꽃이 피어올랐다.

'되, 됐다.'

배꼽 밑에서 따뜻한 기운이 일어나며 점차 커지기 시작했다.

행여나 꺼질 새라 서린은 더욱 집중을 했다.

점차 따뜻해지는 기운이 몸속을 파고드는 추위를 막아내고 있었기에 더욱 집중할 수밖에 없었다.

'크으으윽!'

갑자기 하단전이 찢어질 듯 아파 왔다.

이미 하단전은 철한풍의 냉기가 대부분 점령한 후였기에 삼극정법 기운 어느 정도 커지자 충돌을 한 것이었다.

─아프더라도 참아라. 너의 선천지기와 철한풍이 섞이기 때문에 발생하는 현상이니 말이다. 너의 몸에 들어간 철한풍은 이곳 백두에서만 부는 신비한 바람이다. 지하 깊숙한 곳에 있는 만년한철의 냉기가 철기와 섞여 불어오는 것이다. 고통스럽겠지만 앞으로 너는 이곳에서 철한풍을 몸에 갈무리해야 한다. 이는 네가 가진 선천의 기운을 감추어 놈들의 이목을 피하기 위해서다. 너의 몸에 깃들어 있는 삼극의 기운을 철한풍으로 감싸야만 놈들이 알아내지 못할 것이란 말이다.

서린은 심어로 전해지는 호연자의 말을 들으며 자신을 완전히 다른 사람으로 변화시키는 과정이라는 것을 알았다.

'크으, 도대체 어떤 자들이기에 이렇게 철두철미하게 하는 것인지 모르겠구나.'

자신을 다른 이로 바꾸는 과정으로 볼 때 이번 일은 아주 오래전부터 계획되어 졌다는 것을 알 수 있었다.

그런 생각이 들수록 천혈옥에 대한 궁금증이 커졌다. 서린의 궁금증을 풀어 주려는 듯 호연자의 심어가 곧바로 이어졌다.

—이곳에서 살아남는다면 넌 중원으로 들어간 후에, 놈들의 초청을 받아 천혈옥이라는 곳에 들어갈 것이다. 천혈옥에 대해서는 우리도 아직 다 파악을 하지 못했지만, 정체가 밝혀지지만 않는다면 그곳에서 너는 무예를 배우게 될 것이다.

호연자가 파악하고 있는 천혈옥에 대한 정보가 서린에게 전해졌다.

—어느 정도 섞이기 시작했으니 지금부터 다음 단계를 시작하겠다. 너를 이곳으로 데려오기 전에 했던 것과 같은 것이기는 하지만 철한풍으로 인해서 완전히 다른 차원의 고통이 시작될 것이니 이를 악물고 참도록 해라.

'크으, 끔찍한 고통이 다시 시작되겠구나.'

삼극의 기운이 철한풍과 섞여 배꼽 아래서 주먹만 해져 있었다. 이렇게 될 수 있었던 것이 호연자가 무자비한 구타로 외혈을 열었기 때문이라는 것을 알 수 있었다.

—그럼 시작하마.

퍼퍼퍽!

심어와 함께 구타가 시작됐다.

서린의 외혈을 더욱 확장하기 위한 격체타통술이었다.

＊　　　＊　　　＊

퍼퍼퍽!

한기가 가득한 공간에서 연이은 격타음이 들렸다.

만두 속을 다지기 위해 고기를 치대는 것 같은 소리가 동굴 안을 울리고 있었다.

꿈틀!

계속해서 맞고 있던 고깃덩이가 일견 움직였다.

그것은 이미 죽어 있는 것이 아닌 살아 있는 것이었다.

'상종도 못할 놈들! 이런 어린아이를 그곳에 보내겠다고 하는 놈이나, 지 할애비 말을 쫓아 이제는 비명조차 안 지르는 놈이나 다 똑같은 놈들이다.'

지금 동굴 안에서 서린이라는 고깃덩이를 다지고 있던 호연자는 두 조손의 독기에 질리고 있었다.

어차피 한번은 겪어야 할 일이지만 이건 해도 너무했다.

철한풍을 견뎌 내며 이제 거의 반년이라는 시간이 지났지만 서린의 몸에서는 아직도 피가 흘러내리고 있었다.

응징자로서 그리고 살아남기 위해 서린이 자청해하는 일이라고는 하지만 명색이 도인인 자신이 이런 처지에 놓인

원망스러울 수밖에 없었다.

'아무리 깨어날 때라고는 하지만……'

서린이 천혈옥에 들어갈 수 있도록 해 달라는 부탁을 받았을 때 거절했었다.

천혈옥이 어떤 곳인지 그 누구보다 잘 아는 자신이었기에 단호히 거절했던 것이다.

하지만 단 한마디 말로 인해 호연자는 결심을 바꾸지 않을 수 없었다.

"혈왕의 문은 이미 열렸네!"

조선에서는 충열공이라 불리며 중원에서는 한 노백이라 불리는 친우의 말은 그에게 충격이었다.

혈왕의 문은 절대로 열려서는 안 되는 것이었기 때문이다.

'하지만 노백의 말을 듣고 또 한 번 놀라야 했지. 혈왕의 비밀을 조금이나마 엿본 이가 바로 저 아이란 사실에 말이다. 창왕(蒼王)과 현왕(玄王)은 두세 번 현세에 출현했었다. 하지만 혈왕이라니……'

실존하는지 알 수 없는 전설의 존재.

한번도 확인이 되지 않은 채 세상에 회자되는 이가 혈왕이었다.

'전설에 대해 알고 있는 이가 열 손가락도 되지 않지만 분명히 혈왕은 존재한다. 내가 혈왕을 인도하는 첫 단추이니 말이다. 비밀을 엿봤다는 것도 사실일 것이다. 노백, 그 친구는 절대 거짓을 말할 사람이 아니니 말이다. 원래 혈왕을 인도하는 것은 이런 방법이 아니거늘, 도대체 그 친구가 무엇을 하려는 것인지 알 수 없구나.'

호연자는 혈왕을 위해 준비된 자였다.

같은 이름을 이어 가며 혈왕이 될 존재를 기다려 문으로 인도하는 것이 사명을 가지고 있다.

혈왕이 되기 위한 도전은 쉬운 것이 아니다. 자격을 갖춘 자만이 시작힐 수 있는 길이도 하지만 세상이 알아주는 친재라도 결코 끝까지 갈 수 있으리라 장담을 못할 정도로 험한 것이 혈왕의 길이기 때문이다.

그런데 서린은 이제 겨우 열여섯 살이 되었을 뿐이다. 이런 아이가 혈왕의 길을 따라 걸을 수 호연자로서도 쉽게 확신하지 못했다.

'그렇지만 재목은 재목이다. 저리 피를 흘리고 있지만 내부는 하나도 상하지 않았다. 철한풍은 오장을 단련시키는 것이기에 저것은 그저 피륙의 상처일 뿐.'

서린의 성취는 경이로운 것이었다.

이미 기혈이 아니, 뼈로 기를 순환하는 지경에 이른 것이다.

서린의 삼극정법이 이제 어느 정도 경지에 든 것이 분명했다.

　호연자의 예상은 틀리지 않았다.

　서린은 골수를 통해 진기를 순환하는 것이 삼극정법의 두 번째 단계를 넘어선 지 오래였다.

　굳이 생각하지 않아도 살을 저밀 것 같은 철한풍의 기운이 삼극의 기운과 섞여 골수 속으로 스며들고 있었던 것이다.

　철한풍과 삼극의 기운은 그렇게 완전히 하나가 되어 가고 있었다.

　그렇게 철한풍이 몰아치는 동굴에서 생활한 지 열 달이 될 무렵, 서린은 아무렇지 않게 호연자가 내치는 권기를 아무렇지 않게 맞을 수 있었다.

　아직도 외피에는 상처를 입어 비록 약간의 혈흔이 비치기는 했지만, 속은 그야말로 철골이 되어 있었다.

　'이제는 끝내도 될 것 같다.'

　자신의 흔적이 하나도 남지 않을 정도로 서린은 철한풍의 기운을 골수와 오장에 갈무리하고 있었다.

　피부를 통해 흘러나오는 반탄력을 하나도 느끼지 못하고 있는데도 치명적인 것은 저절로 피하고 있었다.

　권기가 주는 충격을 그대로 흡수해 흩어 버리고 있었다.

　무엇보다 동굴 안에서 휘몰아치던 철한풍이 이제는 더

이상 불지 않고 있었다.

아직도 지하에서 바람이 불어오고 있지만 그것은 더 이상 철한풍이 아니었다.

만년한철의 기운을 서린이 모두 흡수해 버린 것이다.

스으읏!

서린이 누워 있는 동굴에 호연자가 모습을 드러냈다.

"깨어 있는 것을 아니까 이제 그만 일어나도록 해라."

서린이 천천히 일어나 무릎을 꿇었다.

'으음, 뼈에 가죽만 걸친 모습이구나.'

어둠 속이지만 호연자는 서린의 모습을 똑똑히 확인할 수 있었다.

철한풍을 흡수하느라 아홉 달 동안 음식을 전혀 먹지 못했으니 당연한 결과였다.

'태령유(胎靈油)가 아니었으면 견뎌 내지 못했을 것이다. 철한풍에 견디기에 앞서 굶어 죽었을 테니까.'

해골과 같은 모습을 하고서도 살아 있을 수 있는 것은 천지의 심처에 있는 태령유 덕분이었다. 오행의 기운이 하나로 모여 액체로 응집된 백두의 정기인 태령유가 그동안 서린의 근기를 지켜 준 것이다.

호연자는 천천히 서린의 뒤에 자리를 잡고 앉았다.

손바닥을 서린의 명문혈에 댄 호연자는 자신이 쌓아 온 호연지기를 밀어 넣기 시작했다.

어떤 특성에도 속하지 않는 호연지기가 온몸에 퍼지자 서린은 점차 나락 속으로 빠지기 시작했다.

정신을 잃자 불어넣던 호연지기를 멈춘 호연자는 서린을 바닥에 내려놓았다.

자신을 찾아온 제자 때문이었다.

"스승님, 괜찮으십니까?"

"괜찮다. 자리에 앉아라."

서린과 비슷한 체격의 인영이 가부좌를 틀고 있는 호연자 앞에 무릎을 꿇고 앉았다.

"후회하지 않겠느냐?"

호연자는 자신 앞에 자리한 제자에게 물었다.

"후회하지 않습니다. 어차피 스승님으로부터 생명을 구함받았습니다. 저 또한 다음대 호연자로서의 책무를 수행해야 할 사명이 있습니다. 다음을 위한 준비는 저의 몫이니 섭섭할 이유가 없지요."

"후우, 그리 생각해 주니 다행이구나."

후인이 마음을 정한 것 때문인지 호연자의 입가에 미소가 스쳤다.

"저 아이를 보아라."

"예, 스승님."

호연자의 눈길이 누워 있는 인영에게로 향하자, 소년의 시선도 그곳으로 향했다. 그곳에는 천서린이 반듯하게 누워 있었다. 호연자가 불어넣은 호연지기를 흡수한 탓인지 전보다는 한결 나아졌지만 여전히 해골 같은 모습이었다.

"너도 겪어 봐서 알겠지만 저기에 누워 있는 저놈은 철한풍의 정수를 가졌다. 너야 철한풍의 기운을 쐬기만 해도 되는 것이니 괜찮았지만, 저놈은 지금 내부에 있는 기운을 다스리기 바쁠 것이다. 해서 지금이 삼몽환시술(三夢幻施術)을 베풀 적기다. 도와줄 수 있겠느냐?"

"제 사명이니 그리 하도록 하겠습니다."

철한풍이 맴돌던 동굴 안은 지금 바람한 점 없는 상태였다. 삼몽환시술을 베풀기에 적당한 때였다.

제자의 승낙이 있자 호연자가 천서린의 가슴에 장심을 대고는 호흡을 가다듬었다.

제자인 소년은 자신의 장심을 서린의 머리에 대고 마음을 가라앉혔다.

불세제일술이라는 삼몽환시술(三夢幻施術)을 시전하기 위해서였다.

'이제 너는 나로 살아가게 되겠구나. 부디 아버님을 잘 모셔다오.'

삼몽환시술을 시전하면 자신의 뇌리에 기억되어 있는 모든 것이 서린의 뇌리로 각인될 터였다. 성격은 물론이고 태어났을 때부터 자신이 겪어온 모든 일들이 각인되는 것이다. 그것은 무의식의 세계 또한 마찬가지였다. 무의식 깊숙한 곳에 남아 있는 잠재의 기억도 서린의 뇌리로 옮겨지는 것이다.

삼몽환시술은 세 가지 비술로 이루어진 오묘한 선술(仙術)이었다.

첫 번째는 현음천자술(玄陰千字術)로 시전하게 되면 자신의 기억이나, 물체에 담긴 기억을 다른 이에게 전달할 수 있다. 한 노백이 서린에게 펼친 것이 바로 이것이다.

두 번째 기전세혈술(氣傳勢血術)로 자신이 가진 기운이나 물체의 기운을 다른 이에게 전달할 수 있다.

그리고 마지막 세 번째인 혼몽혼원술(魂夢混元術)은 자신의 영혼을 다른 이에게 전이시킬 수 있는 고도의 정신 공부였다.

두 사람이 펼치려고 하는 것은 이중 현음천자술과 기전세혈술이었다.

호연자는 자신의 지식을 서린에게 전하는 것이고, 진짜 천서린이 하려는 것은 자신의 지식과 함께 태어날 때부터 가진 특유의 기운을 전하려 하는 것이었다.

이들이 이렇게 하는 것은 서린의 완벽한 변신을 이루기 위해서였다. 거대한 대륙을 지배하고 있는 암중의 인물들을 완벽히 속이기 위해서는 이런 방법밖에 없는 것이었다.

성패 여부는 염려하지 않았다.

이미 다섯 번의 실험이 성공적으로 끝날 수 있었기에 틀림없이 성공할 수 있을 터였다.

다만 시술하는 과정에서 의식의 교란이 일어나면 안 되기에 두 노소는 신중을 기하고 있었다.

잠시 후, 기맥의 흐름을 맞춘 호연자의 손이 푸르게 물들었다.

그와 함께 진짜 천서린의 손 또한 호연자와 마찬가지로 푸르게 물들었다.

그리고 누워 있는 서린의 미간에도 삼각여 동안 푸른빛이 물든 후에 원래의 모습으로 가라앉았다.

시술이 끝나자 두 사람은 상당히 힘이 들었던 듯 식은땀을 흘리고 있었다.

"휴우, 성공했구나."

"정말 다행입니다. 스승님."

"이제는 네 아버지가 오시는 것만 남았구나. 넌 아버지가 보고 싶지 않으냐?"

"왜, 보고 싶지 않겠습니까. 하지만 지금 본다고 달라지는 것은 아무것도 없을 겁니다. 어차피 제가 갈 길은 정해져 있으니까 말입니다."

"그렇구나."

호연자의 눈빛에 안타까움이 맴돌았다.

자신처럼 진짜 이름이 지워진 채 세상의 이념을 맴돌아야 할 운명이 가여웠던 것이다.

"너는 이제부터 혈왕의 탄생을 지켜봐야 하는 무거운 책무를 진 몸이다. 그렇지만 나처럼 떠돌기만 하는 것이 아니라 혈왕이 가야 할 행보를 준비해야 하니 나보다는 낫겠구나. 지난바 능력을 세상에 펼쳐 보일 수 있음이니 말이다."

"하지만 호연자로서 살아갈 뿐, 천서린의 삶은 아니겠지요."

결심을 했다고는 하지만 진짜 서린의 말에서는 이름을 잃어버린 허무가 짙게 배어 나왔다.

"좋게 생각하도록 해라. 세상을 변화시키는 일이다. 그리 나쁘다 할 것은 없는 일이기도 하고. 이름이 중요한 것이 아니다. 네가 어떤 마음을 가지고, 어떤 것을 남기느냐가 중요한 것이다."

"죄송합니다. 스승님."

질책과 애정이 어린 말에 천서린이 고개를 조아렸다.

"앞으로 뼈를 깎는 절차탁마가 있어야겠지만, 이미 육절맥이 치료된 이상 네 능력은 나조차 측량할 수 없다. 저 아이가 혈왕의 도전에 실패한다면 네가 원하는 것을 해도 좋다. 혈왕이 제대로 길을 걷지 못한다면 네가 혈왕이 되어도 좋을 것이다."

호연자는 자신의 뜻을 거침없이 말했다.

한노백의 뜻에 따르기는 했지만 자신의 제자 또한 혈왕의 재목으로서 결코 뒤지지 않기 때문이었다.

"그것은 안 될 것 같습니다. 저와 같은 운명의 사주를 타고 났지만 이 아이는 양휘(暘暉)고, 전 음택(陰宅)입니다. 동성이라 짝이 될 수는 없는 노릇이니 평생 이 아이를 보좌할 운명이지요. 그리고 삼몽환시술을 시전하면서 느낀 것이지만 저 아이는 혈왕의 비밀보다 더 큰 비밀을 간직하고 있을 수도 있습니다."

제자의 말에 호연자의 눈이 커졌다.

"그것이 무슨 말이더냐?"

"삼몽환시술로 이 아이에게 지식을 전하며 느낀 것이 있습니다. 말로서는 도저히 표현하지 못할 만큼 오묘한 힘이 느껴졌습니다. 제 가슴이 저릴 정도의 느낌을 가진 기운이라면 운명을 걸어 볼 수도 있을 것 같았습니다."

"으음, 그런 일이 있었다니……."

제자가 한 이야기는 호연자로서도 알지 못하는 것이었다. 삼몽환시술을 시전하면서 느낀 힘이 무엇이기에 확신에 찬 표정을 짓는 것인지 그로서는 알 수가 없었던 것이다.

"정말, 네 운명을 저 아이에게 전부 걸 것이냐?"

"그렇습니다."

확신에 찬 대답이었다. 이름을 잃어버렸다는 허무는 이제 어디에도 찾아볼 수 없었다.

"그렇구나. 그렇다면 그리해라."

육절맥을 타고나 뇌맥이 기이할 정도로 발달한 제자였다.

제자의 능력은 자신으로서도 정확히 알 수 없는 것이었다. 어린 나이지만 심계 또한 자신이 측량할 수 없을 정도로 깊었다. 그런 제자이기에 호연자는 알아서 할 수 있을 것이라 믿었다.

　"으으음!"

　서린이 깨어나려 하고 있었다.

　"이제 깨어나나 보군요. 깨어나는 순간, 저와 이 아이는 새로운 운명을 걷겠군요. 혈왕과 현왕이라는 운명의 길을 말입니다."

　"그래, 그렇겠지. 이제 그만 가 보도록 해라. 요동 쪽으로 가면 운명의 싹이 트고 있을 것이다. 그들을 인도해 혈왕에게로 이끄는 것이 네 운명이니 잘 준비해야 할 것이다."

　"알겠습니다, 스승님."

　스르르르!

　원래부터 존재하지 않는 것처럼 소년이 모습이 동굴에서 사라져 버렸다.

　"벌써 저런 경지라니 믿을 수 없구나."

　자신조차 인식하지 못할 움직임이라 호연자의 눈에는 감탄이 서렸다.

　"내 모든 것을 얻은 제자이니 잘하겠지. 이제 이 아이가 깨어나고 얼마 안 있으면 나 또한 한 줌 먼지로 스러져 가겠지만 내 대에 혈왕과 현왕을 탄생시켰으니 이제 여한은 없구나."

　희미한 미소와 함께 기분이 좋은 것 같은 음성이 동굴 안을 울렸다. 세상에 태어난 처음으로 뜻한 바를 얻은 호연자였다.

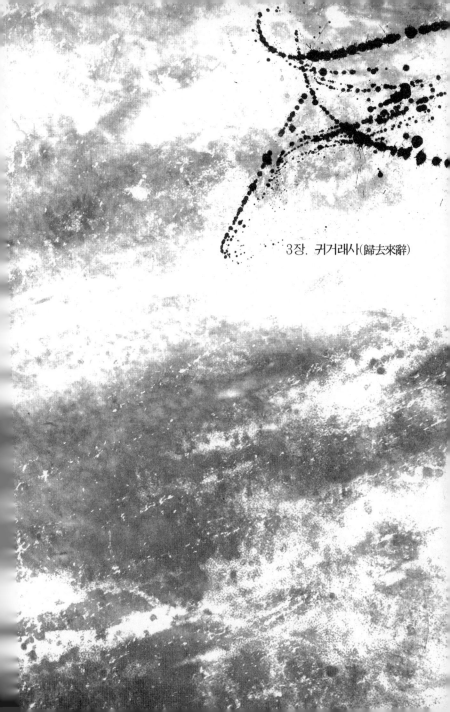

3장. 귀거래사(歸去來辭)

"으⋯⋯ 으윽."

"괜찮은 것이냐?"

정신을 차린 서린을 향해 호연자가 물었다.

"좀, 어지럽군요."

"후후, 그럴 것이다. 여기 이럴 것이 아니라 내 초막으로
가자. 거기서 한동안 정양을 해야 할 것이다. 몸이 어느 정
도 추슬러지면 명상을 해 보거라. 그럼 한결 나아질 테니
말이다."

"그러는 것이 좋겠습니다."

두 사람은 동굴을 나섰다. 호연자가 기거하는 초막으로
가기 위해서였다.

우르르르릉!!

산중턱을 내려올 무렵, 땅이 진동하며 무엇인가 무너지는 소리가 들렸다.

"이게 무슨 소립니까?"

"굳이 흔적을 남길 필요가 없어 네가 머물던 곳을 무너지도록 했다. 철한풍이 불던 곳이라 지저 깊숙이 공동이 뚫려 있어 위험하기도 해서 말이다."

"그렇군요."

치밀한 행사에 놀랐지만 서린은 표정을 드러내지는 않았다.

"난 장문인을 만나고 올 것이다."

초막까지 내려오자 호연자는 장백파의 장문인인 장백진인을 만나러 갈 것임을 알렸다.

"다녀오십시오."

"그동안 쉬고 있어라."

쉬라는 말과 함께 호연자가 발걸음을 돌리자 서린은 정양을 위해 초막 안으로 들어섰다.

"머리를 좀 식혀야겠구나."

삼몽환시술로 인한 피로감 때문이지 창백한 안색으로 초막 안으로 들어선 서린은 이내 가부좌를 틀고 명상에 잠겼다. 명상에 잠겨 있는 그의 얼굴 표정이 시시각각 바뀌어 갔다. 어떨 때는 곤혹스러움이, 또 어떨 때는 놀라움이 떠올랐다.

그렇게 반나절을 명상에 잠겨 있던 서린은 누군가 초막 안으로 들어서는 것을 느끼며 서서히 명상에서 깨어났다.

"그래, 이제 모든 것을 알게 되니 어떠하냐?"

"그 아이와 난 참 기구한 운명이군요. 서로 간의 운명을 바꾸어야 하다니 말입니다."

"모습도 많이 변했다. 후회하지 않겠느냐?"

"아닙니다. 저를 위해 그랬다는 것을 알고 있습니다."

명상을 하는 동안 알게 된 사실로 인해 서린은 지금 자신이 본래 모습이 아니라는 것을 알 수 있었다.

삼몽환시술 중 기전세혈술의 효능으로 인해 진짜 서린의 기운을 이어받은 후라 의식은 물론 모습까지 흡사하게 변해버렸다는 것을 알고 있었던 것이다.

그리고 호연자의 기억과 천서린이 전한 기억으로 인해 혈왕의 길에 대해 알게 되었다.

자신이 이제부터 어떤 길을 걸어야 하는지에 대해서도 인식하고 있었던 것이다.

"그런데 저로 인해 다른 삶을 살게 된 그 아이는 어떤가요?"

"어쩔 수 없는 선택이었다. 혈왕의 맥은 아무나 이을 수 있는 것이 아니니까 말이다. 그리고 스스로 선택한 것이니 후회는 하지 않을 것이다."

"그런데 어째서 이렇게 하신 겁니까?"

자신과 제자의 희생을 감수하면서까지 이렇게 한 이유가 궁금했다.

"반쪽뿐인 혈왕은 있으나 마나 한 것이니 이렇듯 편법을 쓸 수밖에 없는 일이었다. 어떻게 해서든지 혈왕의 유지를 합쳐야 했으니 말이다."

"천장비고라 일컬어지는 천혈옥에 나머지 혈왕의 유지가 있다는 것입니까?"

"그렇다. 네가 얻어야 할 것은 아직 비밀이 밝혀지지 않은 때문에 천혈옥에 방치되어 있다. 그들은 그것이 무엇인지 알지 못하지만 중요한 것이라는 것은 느끼고 있기에 그곳에 보관해 오고 있는 것이다."

"알겠습니다. 운명이라면 따라야겠지요. 반드시 찾아내도록 하겠습니다."

"장백진인의 말로는 이틀 후에 네 아버지라 할 수 있는 천잔도문의 주인인 천계중이 온다고 하더구나. 이미 모든 준비는 끝났으니 네가 할 일만 남았다."

"이틀 후에 온다면 저도 준비를 해야겠군요."

"그리해야 할 것이다. 그리고……."

고개를 끄덕이던 호연자가 뭔가 말을 하려다가 멈추었다.

"하실 말씀이 계십니까?"

"그래, 나는 이미 수명이 얼마 남지 않았다."

"무, 무슨 말씀입니까?"

정정해 보이는 호연자였기에 서린이 물었다.

"제자 아이에게도 말하지 않았다만, 네가 떠나면 얼마 안 있어 등선하게 될 것이다. 장백진인 또한 장문에서 물러나 등선동에 들 예정이니, 너에 대한 모든 것은 지워지게 될 것이다."

장백진인이 등선동에 든다는 것은 스스로 모든 것을 버린다는 뜻이었다. 서린의 비밀을 지키기 위해 그리한다는 것을 알기에 서린은 소름이 끼쳤다.

"진정 무서우신 분들이군요."

"어쩔 수 없는 일이다."

"장백진인이 장문에서 물러나기는 하겠지만 활동을 멈추는 것은 아니다. 머지않아 그 아이가 있는 곳으로 갈 예정이니까 말이다. 훗날이 되겠지만 장백진인이 너와 그 아이를 연결시켜 줄 것이다. 그러니 너의 뇌리에 기억되어 있는 것을 잊지 말아라. 그것을 잊게 된다면 인연의 끈은 그대로 끊어질 것이니 말이다."

"알겠습니다."

말을 마친 두 사람은 앞으로 펼쳐질 거친 운명을 아는 듯 입을 굳게 다물었다.

잠시 후 호연자는 조용히 자리에서 일어나 밖으로 나갔다. 생각에 잠겨 있는 서린을 방해하지 않기 위해서였다.

'힘들 것이라고 예상은 했지만 이런 삶이라니……'

혈왕에 대한 진실을 알게 된 서린은 이제부터 전혀 다른 삶으로 살아가야 한다는 사실에 씁쓸한 마음을 금할 길이 없었다.

'나도 그렇지만, 그 아이는 나보다 더욱 안타까운 삶을 살아가야 한다. 스스로 선택을 했다고는 하지만 어쩌다가 이런 빌어먹을 일에 말려든 것인지⋯⋯.'

자신의 운명을 버리고 전혀 다른 사람을 살아가야 할 사람이 있다는 사실에 서린은 위안을 삼았지만 열불이 오르는 것은 어쩔 수 없었다.

'형도 이 빌어먹을 일을 원해서 하게 됐을까? 그렇지는 않겠지. 그날 떠날 때의 모습 속에서는 날 두고 떠나는 안타까움뿐이었으니까. 좋아, 어차피 더러운 운명 속에 빠졌다면 내가 원하는 대로 간다.'

온전히 자신을 위한 삶을 살아가야 할 진짜 서린과 형을 위해 운명을 스스로 움직이기로 마음을 다졌다.

'일단 내 몸 안에 들어온 것부터 살피자. 지금 이 순간에 내가 믿을 수 있는 것은 오직 그것뿐이니까.'

서린은 몸 안에 있는 기운을 바라보았다.

'으음, 굉장한 힘이다. 밖으로 표출하려면 아직 멀었지만 이만 한 힘이면 내가 원하는 것을 얻을 수 있을지 모른다.'

관조하며 바라본 기운은 전과는 완전히 달랐지만, 서린

을 알 수 있었다.

강력한 한기 속에 담겨 있는 본래의 기운이 많이 자라나 있음을 느꼈던 것이다.

                    *   *   *

천계중이 장백파에 당도한 것은 유월 초닷새였다.

준마를 타고 온 탓인지 북경에서부터 장백파까지 닷새 만에 도착할 수 있었다.

"껄껄껄!"

장백파의 산문이 보이자 자신을 수행하여 온 백천을 바라보며 연신 웃음을 흘렸다. 이제 건강을 되찾은 아들을 만나 볼 생각에 설레는 마음을 감추지 않았다.

"그놈 많이 컸을 게야! 열한 살 때 갔으니 벌써 오 년인가?"

"그럴 겁니다, 문주님. 자라나는 아이들은 비 온 뒤의 죽순 같지요."

"백절광자 어르신과의 인연으로 서린이 놈이 고질을 고쳤으니 시주라도 듬뿍 해야겠는데 준비한 것으로 될까 모르겠네?"

"저희가 준비한 것으로 충분할 겁니다. 문주님께서 준비하신 것은 조금 과하신 면이 없지 않아 있습니다. 장백파는 도가일맥을 이은 선가의 문파라 명리에 담백한 곳인데 말입니다."

"어허! 무슨 소리! 구대 독자를 구해 주신 분들인데 이까짓 것이 뭔 대수라고 그러나. 난 조금 더 못하는 것이 아쉽기만 한데 말이야."

천계중과 백천의 뒤에는 여섯 필의 나귀가 따르고 있었다. 짐꾼들이 고삐를 잡고 뒤를 따르고 있었던 것이다. 나귀의 등에는 커다란 짐 보따리들이 실려 있었다.

천계중은 사례를 조금 더 준비하지 못한 것을 진심으로 아쉬워했다.

"과공은 비례라 했습니다. 이 정도면 과한 편입니다. 장백파의 문장을 새겨 넣은 북경 청가(鷫家)의 장검 일백 자루와 용정차 두 짐이면 과하고도 남는 것이니 너무 심려하지 마십시오."

"그게 남는 건가? 모자란 것이지."

"후우, 문주님도 그 정도가 모자란다는 말입니까?"

백천은 팔불출 같은 문주의 모습을 보면서 실소를 흘렸다. 말려 봐야 소용이 없다는 것을 알기 때문이다. 그런 겉모습과는 달리 백천은 속으로 씁쓸한 미소를 지어야 했다.

'운명이 뒤바뀐 것을 모르시고 저리 기뻐하시다니. 문주님, 저희의 잘못은 훗날 모두 갚겠습니다, 후우······.'

서린에 대한 비밀을 알고 있는 백천으로서는 좋아하는

천계중을 보며 뭐라 말할 수 없는 감회를 느꼈다.

'하긴, 같은 운명이다. 우리 또한 다른 이로 살아가야 한다는 운명의 굴레를 썼으니 말이다. 소문주를 대신할 사람이 누구인지는 모르겠으나 아마도 그 아이일 것이다. 그 아이도 우리와 같은 운명의 길을 걸어야 할 테니 참으로 안타까운 일이다.'

자신들과 같은 운명을 겪게 될 아이를 생각하며 마음이 착잡해져 오는 이규백이었다.

사실 유진성을 비롯한 장백오호는 서린을 장백에 데려다 주고 북경으로 향할 때는 일의 전 말을 알 수 없었다. 당시 그들의 임무는 그저 자신들이 떠날 사문의 후계를 위해 조선에서 뛰어난 인재를 데려오는 것이었기 때문이었다.

임무를 마치고 장백을 떠난 후 호연자가 중원으로 들어선 후 보라며 건네 준 서찰에서 천잔도문의 소문주가 바뀐 후 돌아간다는 사실을 알 수 있었다.

서찰에는 알려진 내용과는 다르게 육절맥을 고치지 못해 천서린이 거의 사경에 있다는 이야기가 적혀 있었다.

천서린이 얼마 살지 못하니 다른 이로 하여금 대신하게 한다는 이야기도 적혀 있었다.

누가 소문주로 화신할 것인지는 모르겠으나 오래전부터 준비되어 왔다는 것을 알게 되었다.

"이보게. 이제 다 온 거 같네."

"그렇군요."

반색을 하는 천계중에 말에 백천은 상념에서 깨었다.

어차피 운명의 수레바퀴가 돌기 시작한 이상 멈출 수는 없기에 마음을 다잡았다.

산문 앞에 마련된 작은 전각에서 접객을 맡고 있는 것으로 보이는 도사 하나가 있었다. 계중과 백천이 다가서자 그가 물었다.

"뉘신지요?"

"예, 북경에서 온 천계중이라 합니다. 이 사람은 제 휘하에 있는 백천이라고 하지요."

"아, 장문께서 기다리시던 분이군요. 어서 들어가시지요."

"고맙습니다, 도사님."

선가에 뿌리를 내리고 있는 장백파이기에 중원에서 말하는 도가와는 다르지만 접객을 맡은 진유문(蔯遺文)은 항시 겪어 왔던 일이기에 아무 말 없이 천계중을 안내했다.

"이보게 백천, 내가 뭐 잘못한 것이라도 있나?"

뒤돌아 산문 안으로 들어서는 진유문을 보며 계중이 물었다.

자신의 인사에 답도 없이 돌아서서 안내하는 진유문이었다. 무엇인가 잘못한 것이 있는 것이 아닌가 하여 불안한 마음이 들었던 것이다.

"잘못하신 것은 없습니다. 그렇지만 이곳은 도가와 비슷하지만 도가는 아닙니다. 문주님."

"그럼 도사님이 아니라는 말인가?"

"예, 여기 계신 장백의 문인들을 부를 때는 선사라 부르는 것이 맞습니다. 선문에 계신 분들이라 그렇지요. 그리고 이분들이 저희 같은 속세인을 지칭할 때는 처사라 부르니 앞으로 주의만 하시면 됩니다. 중원의 예의대로 하셨기에 받지 않으신 것뿐입니다.."

"어이쿠! 내가 큰 실수를 했구먼. 저분께 사과를 드려야겠네."

천계중이 사과를 하려 했지만 들려오는 소리에 말을 멈춰야 했다.

"처사님, 상관없습니다. 도사면 어떻고 선사면 어떻습니까. 기쁜 마음으로 오신 분이고, 기쁘게 맞이하면 그만이지요. 아드님께서 저희와 인연이 있어 좋은 만남을 가지게 됐으니 그것으로 족합니다."

"별말씀을 다 하십니다. 선사님, 예가 아닌 것은 고쳐야지요. 속세인이라 선가의 예를 몰라 큰 결례를 했습니다."

"아닙니다. 그 말씀만으로 충분합니다. 이제 장문인의 처소에 다 왔군요."

웬만한 장원보다 작은 크기의 장백파였다.

명문 대파 중에 하나인 장백파가 이리도 작을 줄 미처 몰랐던 계중은 당황스러웠다.

"벌써 말입니까?"

"예, 저희 장백선문(長白禪門)은 그리 크지 않습니다. 수행하시는 선사님들 대부분이 장백산 곳곳에 기거를 정한 터라 말입니다."

"그러시군요."

"장문인, 기다리시던 손님이 오셨습니다."

지객전주 진유문이 손님이 왔음을 알렸다. 안에서 창노한 음성이 들려왔다.

"어서 드시라고 해라."

"문주께서는 안으로 드시지요."

진유문의 안내로 계중은 장백진인이 머물고 있는 장문인의 처소로 들 수 있었다.

백천은 진유문과 함께 밖에서 기다렸다.

'상당히 작으신 분이구나.'

방안에는 오 척 단구의 장백진인과 한눈에 봐도 자신의 아들로 보이는 소년이 앉아 있었다.

계중이 들어서자 장백진인과 마주하고 앉아 있던 서린이 일어서 한쪽 옆으로 갔다.

자신의 아버지인 계중을 맞이하기 위한 것이다.

계중이 자리에 좌정을 하자 서린이 일 배를 올렸다.

"아버님, 먼 길을 오시느라 노고에 고생 많으셨습니다."

"그래, 오랜만이구나."

많이 말라 보였지만 전과는 달리 생기가 있어 보이기에 계중은 마음이 기꺼웠다.

"장문인께 인사를 드려야 할 것 같습니다. 미욱한 자식을 거두어 사람으로 만들어 주셔서 뭐라 감사의 말씀을 드려야 할지 모르겠습니다."

"별말씀을 다 하십니다. 백절광자 어르신의 유진을 전해 주신 것만 해도 저희가 다 갚지 못할 크나큰 은혜입니다, 문주."

"별말씀을 다 하십니다. 원래의 자리로 돌아와야 할 것을요. 저희도 그 어르신께 입은 은혜가 크거늘, 은혜라고 하시니 감당하기 힘듭니다."

"하하하, 모든 것이 다 인연인 게지요. 처사님과의 인연도 그렇고 아드님과의 인연도 그렇고 말입니다."

오 척 단구지만 허허로운 웃음을 흘리는 장백진인을 보며 천계중은 유서 깊은 문파의 저역을 느낄 수 있었다.

'저잣거리에서 수많은 사람들을 보아 온 나지만, 저 정도의 기운을 품고 있는 사람을 본 적이 없다. 비록 외모는 왜소하나 능히 천하를 품을 수 있는 사람이다.'

계중이 장백진인에게 느낀 것은 광대무변함이었다. 그어느 것에도 흔들리지 않은 넓은 마음을 본 것이다.

"이제 아드님의 고질은 다 나았습니다. 복연을 얻어 무예 또한 익힐 수 있게 되었으니 감축 드립니다."

"서, 서린이가 무예를 익힐 수 있다는 말씀입니까?"

계중이 놀라 반문했다. 건강해진 것만 해도 어디인데 무예까지 익힐 수 있게 됐다니 믿을 수 없었던 것이다.

"그렇습니다. 그리고 백절광자님께서 남기신 유진 중 일부지만 외우도록 했으니 가업에 도움이 될 것입니다. 문주."

"예? 가, 감사드립니다. 장문인!"

뜻밖의 말이었다. 몸이 강건해진 것도 감지덕지인데, 자신이 바친 것이지만 백절광자의 유진을 전했다는 것은 이미 주해까지 알려 주었다는 것을 뜻했기에 더할 나위없는 복연이었다.

"하나 우리는 장백파는 아시다시피 선문입니다. 천잔도문이 비록 흑도방파라 하나 어려운 백성들을 위하는 마음이 명문 정파 못지않게 크다는 알기에 알려 드린 것이니 필히 백성을 위해 쓰셔야 할 것입니다. 그렇지 않다면 할 수 없이 거두어들여야 함이니 명심하시기 바랍니다."

엄한 목소리에서 느껴지는 것도 있지만 말뜻을 모르지 않기에 계중은 고개를 끄덕였다.

"여부가 있겠습니까? 필히 그리하도록 하겠습니다. 장문인."

"지금 데리고 가셔도 될 터이니, 이만 가시는 것이 좋겠습니다. 인연이란 길다고 좋은 것이 아니니 말입니다."

장백진인은 말을 마치고 명상에 잠기듯 눈을 감았다. 어서 서린을 데리고 떠나라는 소리였다.

"작으나마 정성으로 준비한 것이 있으니 놓고 가겠습니다. 앞으로 해마다 장백을 위해 선물을 보낼 테니 약소하다마시고 받아 주십시오."

"……."

장백진인이 아무 말 없이 있자 자신의 뜻을 용납한 것으로 생각한 천계중은 조용히 일 배를 했다.

지난 시간 동안 자식을 돌보아 준 고마움의 표시이자, 작별의 표시였다.

서린 또한 감사의 눈빛을 머금은 채 장백진인에게 일 배를 올렸다.

"그럼 이만 가 보도록 하겠습니다. 서린이는 나를 따라 나오도록 해라."

"예, 아버님."

문을 나서자 백천이 기다리고 있었다.

"좋은 풍광 좀 보고 가려고 했더니 벌써부터 축객령이라니, 좀 그렇습니다. 문주님."

"여긴 선문이니 속세인이 오래 머물러서 좋을 것이 없지. 그리고 우리도 급하지 않은가. 시간을 맞추려면 빨리 가야할 테니 이만 떠나도록 하세. 분위기를 보아하니 장백에서도 무슨 일이 있는 것 같으니 말이네."

"하기 그런 것 같군요. 모두들 경건한 모습을 유지하려고 애를 쓰는 것 같은 분위기가 역력합니다. 그런데 이분이 소문주님이십니까?"

"그렇네."

"많이 장성 하셨군요, 소문주님. 어릴 때 모습은 남아 있으시긴 하지만 이리 키가 자라실 줄을 몰랐습니다."

백천은 진심으로 놀라고 있었다. 자신이 서린을 데리고 장백에 온 것이 일 년 전이었다. 키도 키려니와 얼굴도 많이 달라져 있었다. 계중의 아들인 진짜 천서린과 많이 닮은 모습을 하고 있었던 것이다.

'정말 몰라볼 정도다. 비록 삼몽환시술이 불가사의한 비전의 대법이 이라고는 하나 이 정도까지 달라지다니, 이 정도면 나라 해도 아들이라 믿을 것이다.'

전과는 완연히 달라진 얼굴을 하고 있었다.

그렇다고 변장을 한 것도 아닌 것 같았다. 얼굴 자체가 많이 바뀌어 있었던 것이다.

나이가 들어 변해 갔다면 분명 지금의 모습은 어릴 적 천서린이 성장해 보일 수 있는 모습이었다.

삼몽환시술이 원하는 자의 모든 것을 전한다고는 하지만 이 정도까지일 줄을 백천으로서도 몰랐다.

"후후, 백천 아저씨는 별말씀을 다 하시는군요. 아이가 크는 것은 세상의 이치인데 저라고 그대로 있었겠습니까."

"허허, 그렇습니까?"

목소리 또한 자신의 예상과 같았다.

조금 굵어졌다고는 하지만 어렸을 때 들었던 천서린의 목소리가 틀림없었다.

"아버님, 백천 아저씨가 아까 장백파가 경건한 분위기라고 했지요?"

"그래, 넌 그 이유를 아느냐?"

"사실, 오늘 장백진인께서 장문인의 위를 장백진인의 사제이신 천진자께 물려주는 날입니다. 아마도 오늘 저녁에 그리되지 않을까 합니다."

"장문인이 바뀐다는 말이냐?"

계중이 놀라 물었다.

"예, 아버님. 갑자기 정해진 것은 아니고, 십 년 전부터 준비했던 일이라 합니다. 장문인의 직위에서 물러나 선도에 매진하신다고 합니다."

"허허, 그래서 그분이 그리도 허허로워 보였구나. 이럴 때가 아니구나. 이런 때에 외인이 문안에 어른거리는 것은 좋은 일이 아니다. 어서 가자꾸나!"

"그러시지요."

세 사람은 장백선문을 나섰다.

두 사람이 타고 온 말과 서린이 탈 말이 산문 밖에 매여

있었다. 세 사람은 말을 타고 천천히 장백파를 내려가기 시
작했다.

"후후! 이제 떠났구나. 나 또한 이제 떠나야겠지. 저놈
이라면 잘할 수 있을 것이다. 속에 뭐가 들어 있는지 나조
차 알 수 없는 놈이니. 그나저나 그 녀석도 잘 가고 있는지
모르겠구나."

멀어져 가는 서린 일행을 바라보는 이는 호연자였다.

지난 일 년 동안 서린을 위해 모든 것을 다 바치기도 했
지만, 하나밖에 없는 제자가 가시밭길을 헤쳐 나가야 하는
것을 걱정한 때문인지 그의 얼굴은 많이 치지고 늙어 보였
다.

*　　　*　　　*

장백선문을 나선 서린 일행이 북경에 도착한 것은 이십
여 일이 지나서였다. 아직 창백한 안색을 하고 있던 서린을
위해 계중이 일정을 늦춘 탓이었다.

북경으로 오는 동안 좋은 객점에 머물며 보양 음식으로
몸을 보한 탓인지 서린의 얼굴은 많이 좋아져 있었다.

"저곳이다."

"아버님. 저곳은 우리 집이 아니지 않습니까?"

"내가 돌아온다는 소식을 듣고 이 애비가 장원을 하나

샀느니라. 이제 북경을 한 손에 거머쥔 우리 천잔도문이 변두리에 있을 수는 없지 않느냐?"

"하지만……."

"껄껄, 걱정하지 마라. 네 어머님이 열심히 불공을 드리던 불당은 통째로 옮겨다 놨으니 말이다."

어떤 걱정인지 아는 듯 계중이 말을 이었다.

"아버님이 신경을 많이 쓰셨군요. 어머님도 많이 기뻐하실 겁니다."

"하하하하, 네 어머니이기 전에 이 아비의 아내였던 사람이다. 어서 들어가자"

집에 오자마자 어머니의 흔적부터 걱정하는 아들을 보며 기꺼운 마음이 든 계중은 너털웃음을 지었다.

예전과 하나도 변함이 없는 아들이었던 것이다.

장원 앞으로 오자 성겸을 비롯한 나머지 사령오아가 장원에서 나와 인사를 했다.

"문주님, 오셨습니까?"

"다녀오셨습니까?"

"하하, 기다리고들 있었구먼."

"아저씨들이 나와 계셨군요."

"……."

─형님들, 저 아이는 소문주로 화신한 아이입니다. 저도 처음에 놀랐습니다. 진짜 소문주와 닮은 모습이라서 말입니

다. 어릴 적 소문주가 성장했다면 분명 저런 모습일 겁니다.

자신과 같은 놀람을 보이고 있었기에 백천은 문 앞에 서 있는 사령오아에게 전음을 보냈다.

"하하하, 많이 건강해진 것 같아 다행입니다, 소문주님. 어서 들어가시지요."

"으음, 좋은 냄새가 나는군. 뭘 준비한 건가?"

재촉하는 성겸을 보며 계중이 물었다.

"별거 아닙니다, 문주님. 소문주님이 돌아오신다는 소식을 듣고 잔치를 준비했습니다. 조금 있으면 문의 사람들이 모두 모일 겁니다."

"하하하, 그런가. 아주 잘했네. 들어가세."

성겸의 말에 모두들 장원 안으로 들어갔다.

나머지 사령오아의 표정에는 알 수 없는 모호함이 깃들어 있었다.

일행이 장원 안으로 들어서자 머리 골목에서 다*떨어진 회의(灰衣)를 입고 있는 장년인이 나타났다.

회의인은 장원으로 들어서는 천잔도문의 인물들을 유심히 바라보고 있었다.

그의 눈은 보통 사람에게서는 볼 수 없는 특이한 눈빛을 하고 있었다.

의심과 의혹, 그리고 뭔가 찾아내려는 눈빛!

그는 바로 개방 북경분타의 탐개인 갈수덕이었다.

"으음, 요양 차 장백파로 떠나 있던 천계중의 아들이 돌아온 모양이로군. 그렇다면 이제 슬슬 일을 시작할 때가 되었구나."

한동안 지켜보던 갈수덕도 발길을 돌렸다.

분타로 들어와 아무도 모르게 관제묘 지하에 만들어진 비처로 들어간 갈수덕은 주인성을 볼 수 있었다.

주인성은 북경분타의 호법인 취상인(醉常人) 단교명(段矯命)과 함께 있었다.

"그래, 천서린인가 하는 그의 아들이 돌아왔다고?"

"방금 도착한 것을 확인하고 오는 길입니다."

분타로 오기 전에 이미 소식을 전해졌을 터라, 갈수덕이 대답을 했다.

"탐개의 생각은 어떤가?"

"무엇을 말입니까?"

"그 천서린이란 아이 말이야?"

"이미 확인이 끝난 사안이 아닙니까?"

"육절맥을 앓고 있어 그것을 치료하기 위해 장백파에 갔고, 치료가 끝나 이제 돌아오기는 했지만 시기가 너무 교묘해…… 시기가 말이야."

"이미 어려서부터 천서린을 돌봤던 황가의방(黃家醫方)에 육절맥을 앓았다는 것을 확인했고, 장백파에 철한풍이

"부는 곳이 있다는 것을 확인했지 않습니까."

"너무 아귀가 들어맞아서 말이야."

"벌써 여섯 번을 확인한 일입니다. 분. 타. 주!"

계속 의문을 보이는 분타주를 향해 탐개는 말을 또박또박 끊어 가며 자신이 한 일을 말했다.

"쩝! 미안하네. 자꾸 머리가 간지러워서 말이야."

의혹이 일 때마다 머리가 간지러워지는 버릇이 있던 주인성이 머리를 긁적였다.

"장백파에서 파문당하기는 했지만 장백 사상 최고수라는 백절광자가 천잔도문에 머물렀던 것도 사실이고, 백절광자가 남긴 것을 장백파에 바치고, 철한풍으로 천서린의 병을 치료한 것도 사실로 밝혀졌습니다. 이제 거두어들여도 아무 문제가 없을 겁니다. 이렇게까지 뒷조사를 한 것은 천잔도문이 처음이자 유일할 겁니다."

너무 예민해하는 주인성을 바라보며 약간 짜증이 나는 갈수덕은 주인성의 의혹을 일소 시키려 지난 시간 동안 조사한 것을 다시 한 번 주지시켰다.

"나도 아네. 하지만 예감이 이상해서 말이야. 구린 구석이 한 군데라도 있어야 정상인데, 너무 깨끗해서 말이야."

"그거야 십여 년 전 이야기라면 그럴 수도 있겠지만, 지금은 아니지 않습니까? 비연선자(飛燕仙子)가 시집을 와서 천서린을 낳은 후 얼마 안 있어 죽는 바람에 천계중이 완전히 다른 사람으로 바뀐 것은 분타주도 아시지 않습니까? 돌다리를 계속 두드리다가는 시기를 놓칠 수도 있습니다."

"그래, 이번 사안은 이것으로 그만 접도록 하지. 자네 말대로 너무 끄는 것도 좋지 않은 일이니 말이야. 그래, 자질을 어때 보였나?"

"아직은 모르겠습니다. 우리가 천잔도문을 끌어들이려는 것은 사령오아 때문이지 않습니까? 천서린이란 아이의 무재(武才)가 뛰어나면 더할 나위 없고 말입니다."

"문에 있어서는 어려서부터 천재라 이름이 났던 아이니까. 그 방면은 차제하더라도 무재가 얼마간 있으면 더욱 좋겠지. 어차피 무력은 사령오아로 충분하고, 그 아이의 문재(文才)라면 군사가 될 수도 있음이니 말이야."

"그렇겠지요. 어려서부터 뛰어나 온 북경을 떠들썩하게 했던 아이니까요."

"그럼 열흘 후에 사자를 보내도록 하게. 부자간에 회포를 풀 시간은 주어야 할 테니 말이야. 그럼 난 이만 어르신께 가 보도록 하겠네."

"알겠습니다. 그럼 그렇게 조치하도록 하겠습니다."

지시를 받은 갈수덕은 관제묘를 나섰고, 그의 뒤를 단교명이 따랐다.

"나도 알려 드리러 가야겠지."

갈수덕이 나가고 나자 예의 주인성은 기관을 만졌다.

그르르릉!

육중한 소리와 함께 석벽이 밀려 나가며 암로가 나타났다.

주인성은 암로를 통해 관제묘를 나섰다. 지하로 이어진 암로는 주작 대로를 지나고, 오문을 지나 자금성 깊숙한 곳으로 이어져 있었다.

*   *   *

자금성은 오랜 세월 중원에서 명멸해 가는 왕조의 궁궐들 중 가장 거대한 궁전이다. 시황제의 아방궁이 크다고는 하지만, 소실되어 없어지고 자취가 남지 않은 지금, 제일 큰 것이라고 자랑해도 잘못이 아닐 것이다.

이만 이천 평의 너른 대지 위에 지어진 자금성은 방이 무려 구천구백구십아홉 개가 있다.

황제의 아들이 태어나 매일 방을 바꾸어 자도 스물일곱이 되어야 자신이 태어난 방에서 잘 수 있다고 하니, 그 크기를 한눈으로 짐작할 수 없는 거대한 공간이 바로 자금성인 것이다.

그런 자금성의 심처에 누군가 부복한 채 한 사람에게 보고하고 있었다. 암로를 통해 자금성으로 들어온 주인성이었다.

"어떻게 됐나?"

"여섯 번의 조사가 이루어졌고, 조사하는 동안 아무런 의혹도 발견할 수 없었습니다. 십 대 조상부터 그의 혈통까지 빠짐없이 조사했나이다. 련으로 들여도 문제가 없을 것이라는 것이 제 생각입니다."

"다행이군. 그럼 이번에 들어가게 되는 그 아이가 마지막으로 채워지는 것인가?"

"다른 곳의 통합작업은 모두 끝이 났고, 북경도 천잔도 문에 의해 통합이 끝난 만큼 그 아이를 들이는 것이 마지막이라 할 것입니다."

"그럼, 앞으로 십 년이겠군. 그 아이들이 세상에 나올 날이 말이야."

"예, 폐하! 고련이 있어야 할 것이나 앞으로 십 년 후가 되면 사사묵련이 실체를 가지고 세상에 나설 수 있을 것으로 사료됩니다."

"하하하, 대계의 첫 단추가 잘 꿰졌군. 그런데 네가 말했던 아이들도 받아들일 것이냐?"

"그들은 이미 어느 정도 완성된 자들입니다. 상당한 도움이 될 겁니다."

"정체가 불분명한 자들이다. 행정이 잘 나타나지도 않는다고 들었다."

"조사는 이미 마친 상태입니다."

"그래?"

"어려서부터 천계중에 의해 길러진 자들입니다. 백절광자의 손길이 닿은 것도 같고 말입니다. 그렇다면 안에 두고 보겠다는 소리로구나."

"그렇습니다."

"그리 생각한다니 말리지는 않으마."

"감사합니다, 폐하!"

"그나저나 구파일방에서 눈치를 채지는 않았겠지?"

황제가 눈빛을 굳히며 걱정으로 드러냈다.

"걱정하지 마십시오. 저희도 이번 일을 끝내고 나면 모든 관계를 끊을 것입니다. 또한 폐하와의 연도 오늘이 마지막이옵니다."

"그래야겠지."

황제가 눈을 감고 고개를 끄덕였다.

오랜 준비가 이제 결실을 맺기 위해 숙성의 과정을 거치고 있었기 때문이다.

"그래, 요동은 지금 어떤가? 한시도 눈을 떼지 않고는 있겠지?"

"세작(細作)들을 이미 요소요소에 심어 두었습니다. 저뿐만 아니라 개방의 총타에서도 관심이 있는 듯 산해관을 중심으로 개방도들이 움직이고 있습니다. 일전에도 요동을 다녀오다 놈들로 보이는 자들에게 습격을 받은 적이 있습니다. 해서 별도로 명을 내려 세작들에게 요동에 흐르는 암류

를 감시하라 일렀습니다. 그에 대한 정보는 수하를 통해 황
실로 흘러들어 올 것입니다."

주인성은 차분이 설명을 마쳤다.

"으음, 이제 보는 것도 오늘이 마지막이라는 이야기로구
나. 인성아."

"그러하옵니다. 아바마마."

황제가 안타까운 눈으로 주인성을 바라보며 말하자, 그
의 입에서 놀라운 말이 흘러나왔다. 주인성은 황제의 알려
지지 않은 서자였던 것이다.

"너에게 이어질 황위가 아니기에 다른 것을 너에게 주려
이런 일을 꾸민 것이었다만, 너도 알고 있을 것이다. 이제
너와의 인연은 여기서 끝이라는 것을 말이다."

"소자, 이미 결심하고 시작한 일이옵니다."

"그래, 그래서 시작되었지. 이제 그곳에 완전히 속하게
됐으니 한 가지 명심하도록 해라. 어르신이 명이 곧 우리에
게는 천명임을 말이다."

"예, 아바마마."

"그분이 안 계시기에 어르신의 말씀이 전하겠다."

"저에게 전언을 남기셨다는 말씀입니까?"

"그래, 동쪽을 경계하지 않는다면 한족의 미래는 없을
것이라는 말씀이 있으셨다. 행여 네 사욕 때문에 일을 그르
치는 일이 없도록 해라. 특히나 네가 거두어들이려고 하는

자들에 대해서 재삼 살펴보도록 해라."

"알겠습니다. 항시 경계를 게을리 하지 않겠습니다. 그리고 제 울타리는 그리 좁지 않습니다."

"너의 품이 넓다고는 하나 다른 생각을 하는 자들이라면 위험이 될 수도 있음이다."

"알겠습니다. 그리 걱정되신다면 그들에 대해 각별히 신경을 쓰도록 하겠습니다. 그리고……."

주인성이 뭔가 할 말이 있다는 듯 말끝을 흐렸다.

"소자 떠나기 전에 한 가지 말씀을 올리고 싶습니다."

"말하도록 해라."

"제위는 우당이 맡는 것이 좋을 것입니다. 그 아이만큼 천자의 재목에 어울리는 아이가 없으니 말입니다."

"으음."

황제가 잠시 고민에 빠졌다.

주인성이 우당을 언급하는 의도가 무엇인지 몰라서였다.

하지만 의문도 잠시였다.

자신이 생각하기에도 우당이 황제로 가장 적합한 재목이었기 때문이다.

"우당이라…… 알았다. 참고하도록 하마. 이제 그만 물러가도록 해라."

"예, 아바마마. 옥체 보중하십시오."

주인성은 바닥에 엎드리며 절을 했다.

그리고 주위가 잠잠해지자 고개를 들었다. 자신을 안타깝게 바라보던 아버지가 자리를 떠났음을 안 때문이었다.

"후후, 아직도 난 서자의 신분을 벗어날 수 없나 보군. 이국의 시녀에게서 난 자라 그러하다면 나 또한 어쩔 수 없지. 이미 주사위는 던져졌으니 말이다."

알 수 없는 독백을 흘리는 주인성의 눈빛은 스산하게 빛나고 있었다. 조금 전까지 경건함으로 가득했던 모습은 찾아볼 수 없는 눈빛이었다.

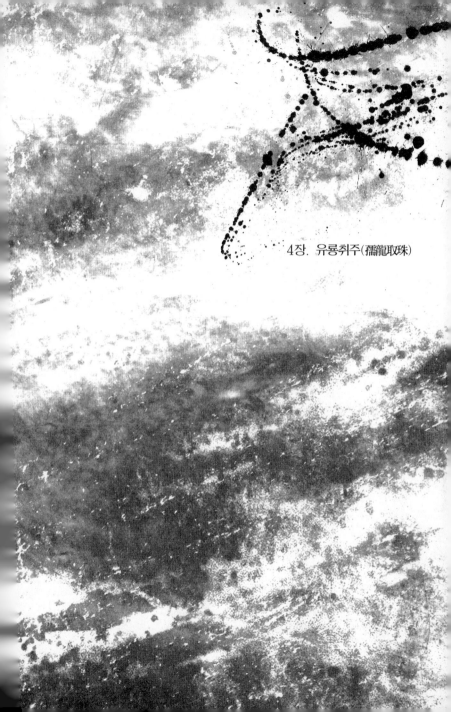

4장. 유룡취주(孺龍取珠)

천잔도문이 아주 소란스러웠다.

오랜만에 벌어지는 잔치 때문이었다.

소소한 연회는 몇 차례 있었지만 문파의 모든 식구가 모여 잔치를 연 것은 천잔도문의 소문주 서린이 태어나고 십년 만에 처음 있는 일이었다.

"하하하! 소문주께서 고질을 치료하시고 건강하게 돌아오셨다니 이보다 경사스러운 일이 있나. 문주님도 무척이나 기쁘신 모양일세."

텁석부리 장한이 문도들에게 술을 따라주고 있는 천계중을 보며 말했다.

"그러게 말이네. 문주님도 무척이나 기쁘실 걸세. 사실

나도 문주님의 뒤를 이을 후사 걱정에 걱정했는데 잘된 일이야, 잘된 일. 하하하!"

"자네도 그런 걱정을 했나? 조금 야위시기는 했지만 오랜 병마로 인해 그런 것이고, 점점 나아지고 있다고 하니 잘된 일이고말고."

"그러니 오늘은 한잔 거나하게 마시세. 요사이 너무 일에만 매달린 것 같으니 말이야."

"그렇다고 너무 마시지는 말게. 자네는 내일 아침 일찍부터 근무를 해야 하지 않나?"

"나도 조장인데 짬짬이 쉴 수 있으니 걱정 말게."

"허어, 이 사람이. 자네 일전에 술을 너무 많이 춘향루 앞에서 엎어진 것이 기억도 안 나나? 명색이 무사라는 사람이 말이야."

"예끼! 이 사람아. 내 몇 번이나 말하지 않았나. 돌부리에 걸려 넘어졌다고 말이야."

호문무사인 장평이 사정을 설명했다.

술이 많이 취한 탓에 돌부리에 넘어진 것이 진실이었기 때문이다.

하지만 장평의 친우인 호덕윤은 나무람을 멈추지 않았다.

"쯔쯔, 무예를 익힌 무사라는 사람이 돌부리에 걸려 넘어지기나 하고……"

"자, 그러지 말고 한잔하세. 오늘은 내 자제를 하겠네."

장평이 술을 덜 마시겠다고 호언을 했다.

"아무리 기쁜 날이라고는 하지만, 자제하게. 그렇지 않으면 오선루에서 있었던 일을……."

"어, 이 사람아!"

자신의 또 다른 치부를 이야기하려고 하자 장평이 잔을 들이밀었다.

"으흠! 내 오늘 자네 하는 것을 보겠네. 꿀꺽!"

허둥대는 친우의 말에 호덕윤은 헛기침을 삼키며 술잔을 비웠다.

장평 또한 거침없이 잔을 비웠다.

"카야, 좋군."

"크으, 정말 좋네."

천잔도문의 경비를 맡고 있는 호문단의 두 조장처럼 문도들이 모두들 기뻐하고 있었다.

불안했던 천잔도문의 앞날을 이끌어 갈 이가 병을 고치고 돌아왔다는 소식에 모두들 기뻐하고 있는 것이다.

천계중이 술병을 들고 기뻐하는 문도들 사이로 걸어 다니며 술을 따르고 있었다.

아들의 귀환도 축하할 일이지만 그간 자신의 지시를 잘 따라 준 문도들을 격려하는 자리이기도 했기 때문이었다.

"자자! 모두들 잔을 들게."

"문주님도 한잔하십시오."

"아암, 한잔해야지. 서린이가 돌아온 이상 천잔도문의 앞날에는 서광만이 비칠 것이니 말이오."

수하가 가져다준 술잔에 천계중은 스스로 술을 채웠다.

"우리가 비록 흑도라 칭해지기는 하나, 지난 십 년간 한 점 부끄러움 없도록 행동해 왔고, 오명을 씻어 왔다. 오늘의 이 자리는 서린이 돌아오는 것을 축하하는 자리이기도 하지만, 그가 문도들의 노고를 치하하는 자리이기도 하다. 자, 건배!"

"건배!"

천계중의 선창에 다 같이 건배를 외친 천잔도문의 문도들이 술잔을 비웠다.

천계중도 단숨에 잔을 비우며, 입술에 묻은 술을 털어 냈다.

"오늘 기쁜 소식이 또 하나 있다."

"문주님, 기쁜 소식이라니요?"

"하하하, 창선단주(槍旋團主)!"

천계중에게 말을 건 이는 천잔도문에 흡수된 흑창문의 부문주였던 회혼선창(回魂旋槍) 등세곤(橙洗坤)이었다.

그는 사림방의 부방주였던 인살도(人殺刀) 장수노(張首奴)와 함께 천잔도문에 투신한 자로 창을 주로 쓰는 자들이 모인 창선단을 맡고 있었다.

창선단에 소속된 자들은 대부분 흑창문에서 투신한 무사

들이었다.

"문주님, 궁금증을 참을 수가 없습니다. 소문주께서 돌아오신 기쁜 날에 결실을 맺은 일이 있다니 말입니다."

자신을 보고 웃기만 하는 문주를 보며 등세곤이 재촉을 했다.

"하하하, 금방 이야기해 줄 테니 너무 궁금해 하지 말게. 그러다가 창선단주가 속이 탈까 걱정이네."

"그렇게 말씀하시는 것을 보면 아주 좋은 일인 것 같습니다."

"좋고말고. 우리 서린이가 장백의 무예를 이었다고 하네. 이 아니 경사이겠는가?"

"예? 소문주께서 장백파의 무예를 이으셨다는 말씀입니까?"

등세곤이 놀람을 드러냈다.

"그렇네. 정식 제자는 아니지만, 백절광자 어르신의 유진 일부를 얻었으니 앞으로의 행보에 큰 도움이 될 것이네."

"하하하하! 그것 참 경사입니다. 흑도라 천시하는 우리 천잔도문의 소문주께서 명문인 장백파의 유진이 이어졌다는 것은 그들이 우리를 인정한다는 이야기가 아닙니까?"

"그렇다고 봐야겠지. 앞으로 우리가 가는 행보가 백성을 위하는 것이라면 서린이에게 내려진 인연은 거두어지지 않는다는 전대 장문의 말씀이 있었네. 그러니 이 아니 경사스러운 일인가? 하하하하!"

천계중이 환하게 웃음 지으며 좌중을 돌아보았다.

"경하드립니다, 소문주!"

"경하드립니다, 소문주!!"

장백파의 진전을 이었다는 천계중의 말에 여기저기 서린을 축하는 말이 터져 나왔다. 흑도방파에서는 있을 수 없는 일이 벌어진 때문이었다.

백성을 위하기만 한다면 인연을 거두지 않겠다는 말은 뒷배를 봐주겠다는 확언이나 다름없었다. 자칫 정파의 표적이 될 수도 있는 천잔도문으로서는 확실한 배경이 생긴 것이다.

"다들 고맙습니다. 제가 병이 나을 수 있었던 것은 다 여러분 덕분입니다."

연회의 중심이라고 할 수 있는 서린도 자리에서 일어나 문도들에게 인사를 했다. 아직 몸이 완전히 쾌차한 것이 아니었기에 작은 목소리였지만 힘이 담겨져 있었다.

"그렇지. 자자, 모두 한잔씩 더하게. 오늘 같이 경사스러운 날 술 한잔으로 될 말인가?"

"하하하! 그럼요, 드셔야죠. 문주님, 문주님도 한 잔 쭉 드십시오."

등세곤이 천계중의 술잔에 술을 채웠다.

"어디, 그럼 나도. 꿀꺽!"

문도들을 향해 당당하게 인사를 하는 아들의 모습에 기뻤던 천계중은 술이 담긴 잔을 단숨에 비워 냈다. 잔치에 모인 문도들도 자신의 잔을 빠르게 비웠다.

화기애애한 분위기 속에 모두가 술을 마시기 시작했다.

문도들은 문주인 천계중에게 모여 들어 술을 권하며 축하하는 것을 잊지 않았다. 서린도 좌석에 앉아 담담히 차를 마시며, 문도들의 축하 인사를 받았다.

'이 정도 앉아 있었으면 됐다. 후원에나 가 보자.'

좌중이 한창 술판으로 무르익자, 서린은 조용히 자리에서 일어나 후원으로 향했다.

서린이 문도들을 피해 간 곳은 후원에 만들진 불당이었다. 진짜 천서린이 어릴 적부터 살다시피 한 곳으로 자신에게 남겨진 기억 때문인지 아담하지만 어딘지 모르게 정감이 가는 불당이었다.

"편안한 곳이군."

서린은 불당에 들어 금빛 불상을 보며 심신을 가라앉혔다.

긴장된 시간이 지나고 난 뒤여서 그런지 서린은 자신을 다시 한 번 되돌아볼 수 있었다.

"이제는 천서린으로 살아야겠지. 이 싸움이 언제 끝날지 모르겠지만 싸움이 끝나기 전까지는 말이야. 이제 수렁에 발을 한쪽 집어넣었으니 앞으로는 예전의 나는 잊도록 하자."

누군가의 의도로 만들어진 삶이지만 아직은 힘이 없었다. 힘을 가지게 되면 운명을 거스를 것을 다짐하며 서린은 예전의 자신을 지웠다.

'누구지?'

누군가 다가오는 것이 느껴지자 서린은 이목을 집중했다. 이내 누구인지 확인을 하고는 이목을 풀었다.

"소문주님! 안에 계십니까?"

성겸으로 화신해 있는 유진성이 자신이 왔음을 알렸다.

'후후후! 재미있게 되었어.'

처음 만나 헤어질 때 다시 보면 아는 척을 해서는 안 된다고 했는데 이렇게 직접적인 인연으로 이어지게 된 것을 생각하며 서린은 실소를 흘렸다.

"어서 들어오세요."

"그럼 들어가겠습니다."

불당 안으로 들어 온 유진성은 서린의 앞에 앉았다. 그 또한 술을 마시지 않은 듯했다.

"어쩐 일인가요? 성겸 아저씨?

"드릴 말씀이 있어 왔습니다."

"무슨 말씀이신데요."

―장문인께서는 별고 없으시더냐?

"장백파의 진전을 이은 것이 사실인지요?"

"사실입니다."

전음과 동시에 말이 이어졌다.

혹시나 누군가 염탐을 할지도 모른다고 생각하는 것 같았다. 서린은 백절광자의 진전을 이었다는 대답을 하며 고갯짓으로 전음에 대답했다.

"백절광자의 유진 전부를 이으신 겁니까?"

"아닙니다, 성겸 아저씨. 일부만을 이었고, 그나마 구결로 외운 처지라 수련을 하지는 못했습니다."

"몸이 회복되신 지 얼마 되지 않으셨는데 정말 무공을 익히실 수 있으신지요?"

─알았다. 앞으로 네 갈 길이 험난함을 알 것이다. 무혹지변을 푸는 것은 조선에 사는 무인들의 오랜 숙원이다. 반드시 이번 기회에 놈들의 정체를 밝히고, 지난날 조선의 무인들이 어떻게 된 것인지 알아내야 할 것이다. 십 년이고 이십 년이고 시간이 걸리더라도 반드시 풀어야 할 우리의 숙원인 것이다. 알아들었느냐?'

"진인께서 앞으로 무예를 익힐 수 있다 하셨으니 부단히 노력해야 되겠지요."

끄덕끄덕!

전음이 끝남과 동시에 말이 이어지자 서린이 고개를 끄덕이며 대답을 했다.

"그러시군요. 천만다행이 아닐 수 없습니다. 대성하시길 빌겠습니다."

─앞으로 이곳에서의 일은 우리들에게 도움을 받아라. 하지만 네가 천혈옥에 들어간다면 우리와 연락이 끊어질 터, 앞으로 네가 잘해야 할 것이다.

끄덕끄덕!

"많이 도와주시기를 바랍니다."

"언제든지 말씀하십시오."

─그런데 오랜만이구나.

대답을 하며 성겸이 전음을 보내 왔다. 서린은 무슨 소리 나는 듯 눈을 크게 뜨고는 고개를 갸웃 거렸다.

─나를 모르겠느냐?

이어지는 전음에 서린이 고개를 끄덕였다.

─이곳에서 처음 보는 것이란 말이냐?

서린이 다시 고개를 끄덕였다.

'으음, 그 아이가 아니었던 건가?'

한양부터 장백파까지 서린을 호송했었던 성겸은 의혹에 잠겼다.

같은 이름을 썼으니 분명히 같은 아이일 거라고 생각했는데 아니었기 때문이다.

'아니?'

의혹이 깃든 성겸의 눈에 바닥에 글자를 쓰는 서린의 손가락이 들어왔다.

　전(前)！ 사(死)！ 아(我)！ 예비(豫備)！

　또박또박 써지고 있는 글자를 보며 상황을 알 수 있었다.
전의 아이가 죽고 자신은 예비 된 존재라는 뜻이었다.
　'그, 그 아이가 죽었다는 말인가?'
　장천산행을 스스로 깨우친 아이가 죽었다는 소식에 성겸
은 아연실색하지 않을 수 없었다. 형제들과 더불어 기대가
컸었기 때문이다.
　'막내가 아닐지도 모른다고 하더니…….'
　어느 정도는 예상하고 왔지만 실제로 보니 아니었다.
　자신이 전에 느꼈던 기운이 서린에게서 전혀 나타나지
않고 있었기 때문이다.
　―장문인께서 전하라는 다른 말씀이 있겠구나.
　마음을 가라앉힌 성겸이 전음을 보내자 고개를 끄덕였다.
　―지금은 곤란하니 나중에 이야기하도록 하자.
　서린이 다시 고개를 끄덕였다.
　'철한풍을 흡수한다는 것이 쉬운 일이 아니기는 하지만
견뎌 낼 줄 알았던 그 아이가 죽었다니 정말 안타까운 일이
다. 그래도 장문인께서 미리 준비를 하셨다니 다행이다. 저
리 영민한 아이를 보내신 것을 보면 말이야.'

고갯짓으로 대답을 하는 것이나.

침착한 모습을 보이는 것을 보면 심혈을 기울여 선발한 아이임을 알 수 있었기에 마음이 놓였다.

"피곤하실 텐데, 그만 쉬십시오. 전 이만 나가 보도록 하겠습니다."

"살펴 가세요. 술 많이 드시지 마시구요."

성겸은 서린에게 쉬라고 당부한 후 불당을 나섰다. 안배를 위해 투입되었던 서린이 죽었다는 것에 마음이 무거울 수밖에 없었다.

'으음, 저분들도 모든 일의 전말을 모르는 것 같구나. 무혹지변과 연관이 있는 것은 알지만 혈왕에 대해 전혀 모르고 있는 것 같으니 말이다. 어차피 이번 일은 모르는 사람이 적은 편이 났다. 나야 어차피 형을 찾으러 이곳에 온 것이니까.'

서린 또한 장백오호가 모든 전말을 알고 있지 않다는 것을 알게 되었다.

스스로 생각하기에도 아는 사람이 적은 것이 좋겠다는 판단 때문에 자신의 진정한 정체를 밝히지 않았다.

또한, 장백오호의 대형인 유진성과의 약조도 있었기 때문이기도 했다.

다른 곳에서 만나면 아는 척을 해서는 안 된다는 그와의 약조를 상기한 것이었다.

'내가 이곳에 머무르는 시간은 얼마 없다. 그 안에 백절광자의 유진을 내 것으로 만들어야만 한다.'

서린은 자신이 이곳 천잔도문에 있을 시간이 얼마 없음을 상기했다.

그동안 백절광자가 남긴 것을 모두 자신의 것으로 소화해야 한다는 생각이 들었다.

이제는 자신의 아버지가 된 천계중이 문도들에게 공포한 이상 자신이 익히고 수련한다고 해서 이상하게 볼 일이 아니었기에 결심한 것이다.

장백에서 오는 이십 일 동안도 무던히 백절광자가 남긴 비급에 힘을 쏟은 서린이었다. 이제는 어느 정도 수련의 실마리를 잡아 명상을 통해 수련하고 있는 중이었다.

머지않아 사사묵련에서 사람이 올 것이고, 그렇게 되면 시간이 없음을 알기에 짧은 시간이었지만 나름대로 수련을 해 오고 있었던 것이다.

'밖으로 나가자.'

서린은 우선 몸을 풀기 위해 불당을 나섰다. 지켜보는 눈이 많겠지만 알려져도 상관없는 일이었다.

수련을 겸한 것이지만 남들이 보기에는 몸을 푸는 것 정도 밖에는 생각이 되지 않을 것이기 때문이다.

'거의 일 년여를 쉬었더니 신체 기능이 많이 죽어 있다.'

사실 일 년 동안 호연자와의 수련으로 인해 제대로 살판을 논 적이 없었던 서린이었다.

비록 심상 수련을 했다고는 하지만 몸을 움직여 수련하는 것과는 다르게 몸을 풀려고 하는 것이었다.

휘리릭!

가볍게 재주를 넘는 서린이었다.

이미 어두워져 가고 있었지만 주위를 환하게 밝혀 둔 불 때문에 수련하는 데는 지장이 없었다.

휘리리리릭!

점점 속도가 빨라졌다.

백절광자가 남긴 것을 수련하는 중이었지만, 남들이 보기에는 영락없는 몸 풀기나 재주 넘기에 불과해 보일 뿐이었다.

'아직은 제대로구나. 오히려 몸이 더 유연해진 것 같다. 하긴 호연자 어르신이 그리 애를 썼는데…….'

몸이 비쩍 마른 것은 상관이 없었다.

철한풍을 흡수한 후 근육의 탄력이 장난이 아니었다. 조금만 힘을 주고 있는데도 알아서 몸이 돌고 있었다.

지금 서린은 삼극정법의 호흡을 자연스럽게 하고 있는 중이어서 철한풍으로 인해 변해 버린 몸이 자연스럽게 어울려 최적의 상태를 유지하고 있었던 것이다.

'오셨구나.'

살판을 노는데 후원으로 누군가 온 것을 알 수 있었다.

연회를 마친 천계중이 서린을 찾아 온 것이다.

"후우, 끝나셨나 보네요?"

살판을 멈추고 숨을 깊게 들이쉰 서린이 물었다.

"그래, 이제 막 끝났다. 그런데 힘들지 않느냐?"

"괜찮습니다."

"그래 천천히 해라. 집으로 오면서 이야기했다만 넌 사사묵련에서 피나는 수련을 하게 될 것이니 말이다."

"소자가 알아서 할 테니, 너무 걱정하지 마십시오. 아버님!"

"껄껄껄! 그래, 이제 우리 서린이가 다 컸구나. 자신의 의견을 솔직히 말할 줄도 알고. 하지만 너무 과한 것도 좋지 않은 법이다."

"명심하겠습니다."

"그래, 쉬도록 해라."

천계중이 불당에서 물러가고 서린은 수련을 멈출 수밖에 없었다. 사사묵련에 들어가게 되면 앞으로 수련할 시간이 많이 있었던 것이다.

'그거나 찾자. 그 아이의 기억대로라면 이곳에 있겠지. 불당을 옮겼다면 발견될 수도 있었겠지만 통째로 옮겼다니 있을 것이다.'

서린이 찾고 있는 것은 진짜 천서린이 남긴 것이었다. 천서린의 어머니는 천계중에게 시집을 오기 전 유명한 무림의 여고수 중 하나였다.

그리 미인은 아니지만 재기와 함께 뛰어난 경공 무예를 겸비했다 하여 무림인들로부터 비연선자로 명호를 얻고 칭송을 받았던 사람이었다.

천계중이 비연선자(飛燕仙子) 조미령(曹渼玲)을 얻을 수 있었던 것은 비연선자가 암중의 무리들에게 쫓기고 있었던 것이 계기였다.

부상을 입고 쫓기던 비연선자가 천계중에 의해 구함을 받았고, 인연이 이어져 그것을 기회로 결혼을 할 수 있었던 것이다.

비연선자가 죽은 것은 천서린이 세 살 되던 해였다. 암습으로 부상이 채 다 낫기도 전에 천서린을 가짐으로서 내상이 악화되어 버렸다. 산후 조리를 했으나 악화된 내상은 돌이킬 수 없었고, 끝내는 병고를 이기지 못하고 그만 죽고만 것이다.

천서린이에게는 언제나 그것이 한이었다.

비록 세 살이었지만 타고난 천재였던 천서린은 당시의 비연선자를 기억하고 있었던 것이다.

비연선자는 죽기 전에 천서린이에게 자신의 독문신법과 무예가 담긴 비급을 남겼다.

암중의 무리에게 위협이 될 수도 있기에 천계중에게조차도 알리지 않았던 비밀이었다.

진짜 천서린 또한 당시 유언으로 그것을 물려받기는 했지만 미처 그것을 살펴본 적이 없었다.

　그것을 알고 있는 서린은 지금 찾아보려고 하는 것이다.

　"몸이 아파 그동안 익히지 못했지만 어머님이 남기신 것을 수습해야겠지. 분명 불상 안쪽이라고 했으니……."

　서린은 혼자서 중얼거린 후 다시 불당으로 들어갔다. 그리고는 불상으로 다가가 권인(拳印) 맺고 있는 왼손 중지 만졌다.

　기이익!

　기관이 장치되어 있던 듯 불상의 중지는 가볍게 펴졌다.

　'보기가 좀 그렇군!'

　스르르르!

　손가락이 펴진 모습이 보기가 흉했지만 불상의 흉중이 올라가는 것을 본 서린은 이내 잊어버리고는 복중에 든 보자기를 꺼내 들었다.

　'이것을 내가 얻어도 될지 모르겠으나 그 아이가 허락한 일이니 취하도록 하자.'

　진짜 서린에게 미안한 마음이 들었지만, 어차피 자신에게 필요한 것이기에 보자기를 풀었다.

　그 안에는 제법 두툼한 책이 들어 있었다.

　아가, 젖도 제대로 물리지 못한 것 용서하거라. 네 총명이 과인하여 죽어 가는 어미를 볼 때마다 슬퍼하는 네 모습이 가슴이 아팠지만, 아가를 바라볼 때마다 난 기뻤단다. 무림사에 이름을 남기기 원했지만 뜻하지 않은 일을 겪어 이 세상을 떠나지만 아가가 있어 이 엄마는 행복했단다.

은원에 얽매일까 봐 남기기를 저어했지만, 이 세상에서 아가에게 이 엄마가 왔다 갔다는 것을 알려 줄 수 있는 것은 이것밖에 없기에 남기니 엄마를 기억해 주기를 바란다.

깊은 이야기는 할 수 없지만 네가 장성하면 네 아버지께 모든 것을 들을 수 있을 것이니, 엄마에 대한 이야기는 아버지께 듣도록 해라.

그렇지만 이 엄마가 태어나고 자란 곳은 우리 아가에게 이야기해 주고 싶구나. 훗날 외할아버지를 찾아뵈려면 알아야 할 테니. 우리 가문은 저 멀리 동쪽 땅……

처음 장에는 천서린이에게 남기는 비연선자의 유언이 적혀 있었다.

아들에게 남기는 글에는 사랑이 점점이 묻어나고 있었다.

한번도 모정에 대해 느껴 보지 못했던 서린이었지만, 눈시울이 붉어 오는 것을 어쩔 수가 없었다.

'그래도 나보다는 나은 놈이로군. 엄마에 대한 기억이라도 간직하고 있으니 말이다.'

문득 천서린이 부럽다는 생각을 한 서린은 서둘러 다음

에 기록되어 있는 비연선자의 독문절기를 살폈다.

비연선자가 남긴 것은 경공 신법 하나와 수법 하나, 그리고 체대를 이용한 편법이 하나였다.

서린은 비연선자가 남기 것을 모두 읽고 난 뒤, 적혀 있는 것들이 예사 절기들이 아님을 알 수 있었다.

'창천무심행(蒼天無心行)과 곤룡수(困龍手), 그리고 제룡신편(制龍神鞭)이라. 아직 자세히 살펴봐야 알겠지만 정말 무서운 절기들이다. 사연이 있는 비급이다. 다 외운 후에 태우라고 했으니 그렇게 하도록 하자.'

서린은 세 가지 절기가 적혀 있는 비급을 읽고 또 읽으며 수습하기 위해 애를 썼다.

이미 삼극정법으로 심신을 닦고, 천간십이수로 손을 쓰는 법을 완전히 익혔다.

지난 시간 동안 장천산행을 참오 해, 몸을 쓰는 법까지 익힌 서린은 심상 수련만으로도 비연선자가 남긴 세 가지 절기를 어느 정도 쓸 수 있을 것 같기에 구결을 외우기에 전념했다.

밤을 새운 결과 날이 밝기 전에 비급에 적인 구결을 완전히 외울 수 있었다.

"당분간은 심상 수련에 전념하자."

외우기는 했지만, 체화된 것이 아니기에 심상 수련을 통해 각인을 해야 했다. 시간이 필요한 일이었다.

다음 날, 서린은 천계중을 찾아 수련이 필요함을 알렸다.

천계중이 수련하는 것을 말리자 서린은 비연선자가 남긴 비급을 내놓았다.

천계중은 아내가 남긴 것을 보며 이내 눈물을 보였다. 죽어 가면서도 아들을 걱정했던 아내의 심정을 느꼈기 때문이었다. 서린은 몸으로 하는 수련이 아니라 며칠 간 불당에서 명상을 하며 장백파와 어머니의 절기를 수습하겠다는 것으로 천계중의 승낙을 받았다.

그리고 여드레 동안 비연선자가 남긴 비급에 매달릴 수 있었고, 어느 정도 성취를 이룰 수가 있었다.

"휴우……! 이제 어느 정도 수습한 것 같구나. 신법과 수법은 어떻게 될 것 같지만 편법은 많은 수련이 필요하겠구나. 회전하는 힘을 주축으로 하는 것이니 상모 돌리는 것하고 맞춰 보면 뭔가 될 수도 있기는 하겠는데 말이야.'

창천무심행과 곤룡수는 시전이 가능할 정도가 되었지만, 제룡신편은 아직도 미미한 편이었다. 편에 대한 경험이 전혀 없었기 때문이다.

그러나 제룡신편 또한 어느 정도 실마리를 잡은 상태이기에 걱정하지 않았다.

지난날 놀이패에서 배웠던 상모 돌리기와 비슷한 면이 있었기에 가능한 일이었다.

"아버님이 걱정하시니 이것으로 끝을 내야겠다. 어머님

께서 다 익히고 나면 비급을 없애라 하셨으니 편지만 남기고 태워야겠다."

서린은 서신에서 전한 유언대로 비연선자의 절기는 태워버렸다. 촛불로 불을 붙여 불당 앞에서 태워 버렸다.

"다 외운 것이냐?"

비급이 거의 타 갈 무렵 나타난 이는 천계중이었다.

유언으로 비급을 태워 버리라는 비연선자의 당부가 있었다는 것을 알기에 서린이 다 외웠다는 것을 알고 말을 꺼낸 것이다.

"예, 아버님. 어머님이 원하신 일이라 서간(書簡)만 남겨 놓고 태우는 중입니다. 그런데 어쩐 일이신지요. 중요한 일이 있으셨던 것 같은데⋯⋯."

"오면서 네게 말했던 그 일이구나."

"드디어 사사묵련에서 연락이 왔군요."

"이틀 후 온다고 하더구나."

"이틀 후라면⋯⋯ 생각보다 늦었네요. 조금 일찍 연락이 올 줄 알았는데 말입니다."

천잔도문에 들어오면서부터 몇 줄기 시선을 느꼈었다.

자신을 감시하는 눈길임을 짐작하고 기다리고 있었는데 예상 보다 늦은 통보였다.

"그렇기는 하다만 이 애비는 걱정이 앞선다. 네가 잘 해낼 수 있지 말이다. 사실 사사묵련은 암중으로 천하 흑도를 통합한 상태다. 그들의 배경이 무엇인지 궁금하기는 하지만 아직은 알 수 없으니 더욱 걱정이 아닐 수 없다."

천계중은 염려스러운 눈빛으로 서린을 바라보았다.

"지난 삼십 년 동안 한결 같다고 했으니 그리 달라지지 않았을 것입니다. 그들이 하는 행사를 보면 정대한 면도 있고, 한 번도 관부나 명문 정파와 시비가 붙지 않고 지금까지 지내 왔다는 것은 그들과 연관이 있을 수도 있다는 반증이니 너무 걱정하지 마십시오. 혼을 초청하는 비무를 청하지 않은 것만 봐도 그들이 우리를 어떻게 하지 않겠다는 뜻이니 말입니다."

"허허, 그럴 수도 있겠구나."

나이답지 않게 정확한 상황 분석에 천계중의 눈매가 둥글게 휘어졌다. 아들의 모습이 자랑스러웠던 것이다.

"아버님, 유룡취주를 제안했다는 것은 지금까지 아버님이나 천잔도문의 행사가 그들의 눈 밖에 벗어난 적이 없다는 것이니 그리 염려하지 않아도 될 일입니다."

서린은 다시 한 번 사사묵련이 해를 가할 생각이 없다는 것을 알렸다.

"다행스러운 일이지. 그런데 말이다, 서린아."

"예, 아버님."

"그것이 그들이 우리에게 보낸 유룡취주가 모두 여섯 개니 문제가 될 것 같다."

"후후후후!"

"왜 웃느냐? 이미 예상하고 있었던 일이더냐?"

"예, 아버님. 그것이 무엇이 문제겠습니까? 저라 해도 사사묵련이라면 사령오아 아저씨들을 그대로 두지는 않겠습니다. 아저씨들의 나이가 이제 스물둘에서 서른 사이입니다. 충분히 후계자 자리에 들고도 남는 나이고, 그 나이에 아저씨들의 실력은 각대문파의 일대제자를 상회하니, 충분히 그럴 수 있을 수 있을 것이라 예상하고 있던 일입니다."

"으음, 역시나 이미 짐작하고 있던 일이었구나."

"흑창문과 사림방의 문주들이 사사묵련의 행사에 모습을 보이고도, 그들의 움직임이 늦다는 이야기를 듣고 짐작하던 일입니다. 저라면 모르겠지만 아저씨들에 대해서는 조사할 시간이 필요했을 테니까 말입니다."

"으으음."

'이 아이 장백파에 있으면서 무엇을 배운 것인지?'

어릴 때부터 천재라 이름이 났던 아들의 모습을 확실히 볼 수 있었다, 아니, 그때보다 오히려 더한 면이 있었기에 장백파에서의 생활이 궁금해졌다.

'본파가 변방에 있고, 제자의 상당수가 이족들이라 경원시되는 장백파지만, 그 신비함은 곤륜에 필적한다는 것이 허명이 아니었던가?'

천서린이 나이 이제 열여섯 살이었다. 어려서부터 천재

라 이름이 났지만 이 정도까지 앞날을 예측할지는 몰랐던 천계중은 장백파를 다시 보게 됐다. 여섯이나 유룡취주를 받았다는 것과 앞으로 일을 예측했던 아들의 판단을 보며 장백파에서의 가르침이 녹록치 않았다는 것을 알 수 있었던 것이다.

"그럼 우리는 어떻게 해야 하느냐?"

"기다려야지요. 아무리 유룡취주의 대상이 여섯이라고는 하나, 그것을 받아들이고 아니고는 우리의 판단이니 말입니다. 제 생각으로는 모두 받아들이는 것이 좋을 것 같기는 하지만 모든 것은 문주님이신 아버님의 뜻에 달린 것이니 말입니다."

"사령오아가 모두 유룡취주를 받아들인다면 우리 천잔도 문의 주력이 모두 빠져나가는 것이나 마찬가지다. 당분간 무력의 공백이 생길 텐데 어떻게 했으면 좋겠느냐?"

걱정을 드러내는 계중을 향해 서린이 미소를 지어 보였다.

"왜, 웃는 것이냐?"

"아버님, 엄살이 심하시군요. 제가 장백파로 떠나기 전에도 아버님의 실력은 사령오아 아저씨들을 모두 합친 것보다 뛰어난 것이었습니다. 그런데 사사묵련의 위협이 계속되는 오 년 동안 아버님이 그냥 놀고만 있었다고는 생각하고 싶지는 않군요. 다른 분도 아니고 제 아버님이신데 말이죠."

뜻밖의 대답에 계중은 한동안 멍한 표정을 지어 보이더니 이내 환한 웃음을 보였다.

"하하하! 네가 이 애비의 얼굴에 금칠을 하는구나. 네 말이 맞다. 아 애비도 그동안 놀고 있지만은 않았다. 유룡취주를 받고 난 후에 다시 돌아오는 시간이 십 년이니, 네 말대로 그 정도 시간까지는 버틸 수가 있다."

천계중은 기분이 좋았다. 자신의 예상대로 모든 것을 알고 있었다. 너무도 뛰어나기에 육절맥을 앓고 있던 자신의 아들이 얼마나 안타까웠던가.

이제는 걱정이 없다. 고질에서 벗어나 무공을 익힐 수 있게 됐을 뿐만 아니라 재기는 더욱 빛을 발하고 있었다.

오 년 전 자신에게 보여 준 아들의 천재적인 재기는 스스로 밝히지 않는다면 알 수 없을 정도로 안으로 깊숙이 침잠되어 있었지만 이제는 빛을 발하고 있었다. 그 어떤 노강호라도 이런 생각까지 하고 있을 줄은 짐작하지 못할 것이 분명했다.

'이 정도면 무사히 사사묵련을 나올 수 있겠구나. 장백파에 보내기를 정말 잘한 것 같구나.'

자신이 아니었다면 하지 않았을 이야기였고, 몰랐을 사실이었다.

천계중은 아들의 이런 점이 마음에 들었다. 강호를 살아

가려면 삼 푼의 힘은 감추어 두라는 격언처럼 아들은 스스로를 숨기는 데 무척이나 능숙했다. 삼 푼을 감추는 것이 아니라, 절반도 내보이고 있지 않았다.

                    *   *   *

　이틀 후, 약속대로 사사묵련의 사람들이 천잔도문을 아침 일찍부터 방문했다.

　'예상외의 자들이 찾아왔구나.'

　사사묵련에서 온 자들 중에는 뜻밖에도 사혼야(死魂爺) 냉소(冷燒)와 단혼창(斷魂槍) 곽효증(郭驍烝)이 함께 있었다. 계중으로서는 뜻밖의 인물들이었다.

　'명불허전이라고는 하지만 저들은 이름에 비해 알려진 것이 훨씬 적은 자들이었군.'

　두 사람은 회의 중년인은 호위하듯 따라왔는데, 오 년이라는 시간이 그들의 변모를 가져온 것인지, 말로만 듣던 것과는 다른 신색을 보이고 있었다.

　담담한 안광에 튀어나온 것이 없어 보이는 태양혈을 보고 두 사람의 성취가 지난날 보다 일취월장했음을 짐작할 수 있었다.

　'두 사람이 왔는데도 등세곤과 장수노의 기색이 흐트러짐이 없는 것을 보니 안심해도 되겠다.'

흑창문의 부문주였던 등세곤과 사림방 부방주였던 장수노는 별다른 신색의 변화 없이 이들을 맞고 있었다. 지난 오 년간 두 사람에게 들인 노력이 허사가 아님을 알게 된 천계중은 기분이 좋은 듯 엷게 미소를 지었다.

"천문주께서는 어떻게 생각하시오. 이번 유룡취주를 받아들이실 생각이시오."

말을 꺼낸 것은 냉소였다. 장수노가 완전히 천잔도문에 돌아선 것을 느낀 듯 그의 목소리는 자못 쌀쌀했다.

"아직 우리 서린이가 오지 않았으니, 그 아이가 온 다음에 대답하는 것이 좋을 것 같소. 모든 결정은 그 아이가 할 것이니 말이오."

천계중의 말대로 장내에는 서린의 모습이 보이지 않았다. 장내에는 사령오아 그리고 천잔도문의 간부급 인물들만이 자리하고 있었다.

"아직까지 나오지 않았단 말이오?"

"준비할 것이 있다고 해서 나도 기다리고 있는 중이오."

"허허!"

천계중의 느긋한 태도에 허탈한 웃음을 흘리는 회의 중년인이었다.

"나는 사사묵련의 접룡사자(接龍使者)인 진성곤(晉城昆)이라 하오. 유룡취주를 받은 자가 늦는 경우는 처음이라 뭐라고 할 수 없지만 우리는 시간이 별로 없소."

타다다다!

그때였다.

후원에서부터 누군가 뛰어나오고 있었다. 흑의를 입고 피풍의를 걸친 서린이었다.

"아버님 죄송합니다. 준비할 것이 있어 늦었습니다."

"서린아, 이제 왔구나. 그런데 네 복장이 그게 무엇이냐?"

"먼 길을 떠날 것 같아서 준비를 했습니다. 그리고 확인해 볼 것도 있고요."

"확인?"

"유룡취주를 받는 것은 전적으로 본인의 판단에 달려 있다고 알고 있습니다. 그래서 사사묵련에 대해 확인해 본 후에 유룡취주를 받으려고요. 사사묵련이 저를 거둘 만한 단체인지, 아닌지 말입니다."

"허허허!"

천계중으로서도 서린이 이런 생각을 하고 나왔을 줄은 뜻밖이었다.

"이보시오. 접룡사자! 우리 서린이가 저런 생각을 가지고 있는데 가능한 일이오. 나로서도 뜻밖이니 접룡사자가 판단할 문제인 것 같소."

무거운 짐을 접룡사자에게 떠넘기는 천계중이었다.

"의중을 들었으니 다른 다섯 분에 대해 유룡취주를 받을 것인지 확인한 다음에 말씀을 드려야겠군요."

"오아단주를 비롯해 다른 이들이 어떻게 할지 먼저 들어보고 결정한다는 이야기요?"

"그렇습니다."

진성곤의 대답에 계중은 사령오아를 바라보았다.

"자네들의 생각은 어떠한가?"

"저희도 소문주님과 같은 생각입니다. 사사묵련의 행사는 이미 잘 알려져 있지만, 실제 어떤 단체인지도 모르고 가입한다는 것은 저희로서도 꺼려지는 일입니다. 소문주님의 말씀대로 사사묵련이 어떤 단체인지 확인을 하고 유룡취주를 받을 것인지를 결정하는 것이 좋지 않을까 하는 것이 저희들의 생각입니다."

성겸 또한 천서린과 같은 말을 하자 진성곤의 안색이 일그러졌다.

무조건 영입해야 한다는 명령이 아니었다면 그의 성격상 이미 발작을 해도 남는 상황이었다.

'빌어먹을 놈들. 명령만 아이라면 육시를 냈을 텐데.'

열불이 치밀이 올라왔지만 상부의 명령을 거역할 수 없는 일이었다. 서린은 몰라도 사령오아는 희생을 치르더라도 반드시 영입해야 할 대상이었다.

"좋소. 사사묵련에 대해 스스로 판단하겠다면 그리하도록 하겠소. 하지만 어디로 가는 것인지는 밝힐 수는 없소.

어떤 판단을 할지는 모르지만 총 단에 들어가게 되면 다시 돌아올 수 없을지도 모르오. 총 단의 위치는 비밀이어야 하니까 말이오."

한마디로 총 단으로 가게 되면 사사묵련의 사람이 되어야지 그렇지 않으면 살아서 돌아오기는 힘들다는 소리였다.

"뭐, 그 정도는 예상하고 있는 일입니다. 그렇게 되면 그냥 유룡취주를 받아들이도록 하지요."

"허허!"

서린의 대답에 허탈해지는 진성곤이었다.

'나를 놀리려는 것인가?'

사사묵련에 대해 알아본 후에 판단하겠다고는 하지만 유룡취주를 받아들이겠다는 소리이기에 내심 서린이 자신을 놀리는 것이 아닌 것인지 의심이 들었다.

'재기가 넘친다더니 건방진 놈이군. 으드득, 내 성질을 건드렸으니 살아온다면 그만한 대가를 치뤄 주도록 하겠다.'

총 단에 들어가서 살아 돌아올지 모르겠지만, 설사 살아서 돌아온다고 해도 뼈에 사무치는 고통을 겪고 난 뒤일 것이다.

사사묵련을 우습게 보는 것은 고쳐지겠지만, 그것으로 끝내지 않으리라 다짐하는 진성곤이었다.

북경 일대가 자신의 관할에 있는 한 , 돌아온 서린은 자신의 휘하에 있을 것이기 때문이었다.

"알았다. 그렇게 하도록 하겠다. 이미 떠날 준비를 한 것 같으니 빨리 떠나자. 시간이 없다."

유룡취주를 집행하고 처음 있는 일이라 짜증이 묻어나는 목소리였다.

"아버님, 소자 다녀오겠습니다. 그동안 옥체 강령하십시오."

"하하하, 오냐. 잘 다녀오너라."

"문주님, 속하들도 다녀오도록 하겠습니다."

서린의 인사가 끝나자 사령오아도 일제히 고개를 숙였다.

"그러시게. 우리 서린이도 잘 보살펴 주시도록 하고. 내 자네들만 믿겠네."

"걱정하지 마십시오. 문주님!"

마치 어디 여행이라도 떠나는 작별인사에 더 이상 할 말이 없어진 진성곤이었다.

'천둥벌거숭이 같은 놈들! 유룡취주를 받은 것을 다행으로 여겨야 할 것이다.'

옆에 있던 냉소와 곽효중 또한 매한가지 표정을 지으며 천잔도문을 나서기 시작했다.

두 사람을 따라 정문을 향해 돌아서는 진성곤의 표정이 변했다. 조금은 멍해 보이던 모습은 간데없고 싸늘함만이 묻어나고 있었다.

'정말 알 수 없는 놈들이다. 이런 성정을 지녔다고는 보고조차 없었는데 말이야. 아무래도 다시 한 번 조사를 시키는 것이 좋을 것 같구나.'

아무것도 모르는 천방지축처럼 행동하고 있는 것 같지만 자신이 보기에는 달랐다. 서린을 대하는 사령오아의 태도에 진심이 묻어나는 것도 그렇고, 아들을 떠나 보내는 천계중의 태도에는 여유가 있었다.

정말 아무것도 모르거나, 여유를 가질 수 있는 실력을 지닌 자만이 보일 수 있는 모습이었다.

'후후, 좀 어이가 없을 것이다. 하지만 네놈들이 사령오아 아저씨들에게도 유룡취주를 집행한다고 했을 때부터 칼자루는 우리 손에 쥐어진 것이니 그리 억울해 하지 마라. 자고로 급한 놈이 우물 판다고 했으니 말이다. 그나저나 이제 시작이구나. 형님은 그냥 막무가내로 저들의 본거지를 찾으러 떠났지만 난 다르다. 초청을 받아서 가게 됐으니 말이다.'

여러 사람의 고심으로 만들어 낸 잠입 계획이 성공한 것 같아 마음이 놓였다.

'앞으로 잘해야 한다. 꼭두각시가 될 수는 없으니까.'

이전까지는 다른 이들이 만들어 낸 계획대로 움직였다면 지금부터는 달랐다. 모든 상황을 자신이 헤쳐 나가야 하는 것이다.

'기물을 찾는 것도 그렇지만 형의 행방도 찾아야 한다.'

임무도 임무지만 형을 찾는 여정이 시작되었다는 생각에 서린의 마음이 싸늘하게 식었다..

'만약 네놈들이 형님에게 위해를 가했다면 모두를 죽여서라도 핏값을 받아 내 줄 것이다.'

형은 신앙과도 같은 존재였다.

형이 안 좋은 일을 당했다면 반드시 대가를 치르게 해 주겠다는 의지를 굳혔지만 아무런 표정도 드러나지 않고 있었다.

웃는 얼굴과는 달리 속으로 칼을 품은 서린이었다.

마(魔)란 무엇인가?

혹자는 패도라 하고 혹자는 지옥이라 했다. 그리고 혹자는 도를 추구하는 방편이라고도 했다.

하지만 사람들은 진정한 마를 몰랐다.

그것은 패도 아니고 지옥의 힘을 보여 주는 것도 아니었다. 그저 세상을 살아가는 한 방편일 뿐이었다.

수많은 사람들이 얽혀 사는 인생 중에 무엇이 정(正)이고, 무엇이 마(魔)며, 무엇이 도(道)란 말인가?

그저 한줄기 부평초 같은 인생을 살아가는 덧없는 인생인 것을⋯⋯.

그런 한줄기 부평초 같은 인생들이 모여 사는 세계가 있었다. 그곳은 무림(武林)이라 불리는 세계였다. 한 자루 검(劍)에 목숨을 걸고, 한 자루 도(刀)에 생애를 바치는 거친 자들이 사는 곳을 무림이라 칭했다.

자신의 삶의 방식이 정(正)이든 사(邪)든 마(魔)든 한쪽에서 사는 것이 운명인 사람들의 대지를 무림(武林)이었다.

무림에도 여러 세계가 있었다.

어느 것이 먼저 생겨났는지는 아직도 미지수지만 거의 동시에 생겼다고 해도 과언이 아닐 것이다.

투쟁의 역사가 인간의 역사인 만큼 힘 있는 자들이 모여 그들만의 세계를 이룬 곳이 바로 무림이었기에 그곳은 어느 곳에나 존재하고 있었다.

하지만 말하기 좋아하는 중화인들은 자신들의 강호가 진정한 무림이라 칭하며, 세외의 이족들을 무시했다.

세외의 다른 곳의 무예가들은 인정하지 않은 것이다.

그러한 중원의 오만함이 극에 달했지만 세외의 이족들은 그들의 오만한 태도에도 불구하고 반발하지 못했다.

중원인들은 그만한 힘을 지녔기 때문이었다.

그렇게 무림이라는 세계가 장구하게 이어지던 어느 날, 중원은 자신들이 가진 힘이 최고가 아니었다는 것을 깨달아야 했다.

그것은 그들의 오만이 부른 결과였다.

강해지기 위해서라면 무엇이든 하는 족속이 무림인이라

지만 그들이 세외라 칭하는 곳의 무림을 먼저 건드린 것이
화근이었던 것이다.

서쪽으로는 멀리 서역이 그랬고, 사시사철 눈보라가 몰
아치는 북해 또한 중원무림인들의 악랄한 손길이 닿았다.

또한 동쪽의 청구와 왜의 본성에도 힘을 앞세운 약탈이
라는 피의 손길이 닿았던 것이다. 사방 세계라 칭하는 곳에
서 그들의 자존심이라 할 수 있는 것들이 중원의 무인들에
게 짓밟힌 것이다.

한두 번 이라면 모를까 그런 일은 무수히 반복되었다. 사
방 세계의 진정한 주인들이랄 수 있는 사람들이 더 이상 참을
수 없을 만큼, 중원인들은 집요하게 그들을 약탈해 왔었던 것
이다.

그리고 그것은 중원에 피를 부르는 불씨가 되어 가고 있
었다.

누구도 끌 수 없는 거대한 화염이 되어 가고 있었다.

그리고 그 불길 중 하나가 형이 걸어가고 있는 길 위에
놓여 있었다.

5장. 삼양진걸(三陽眞傑)

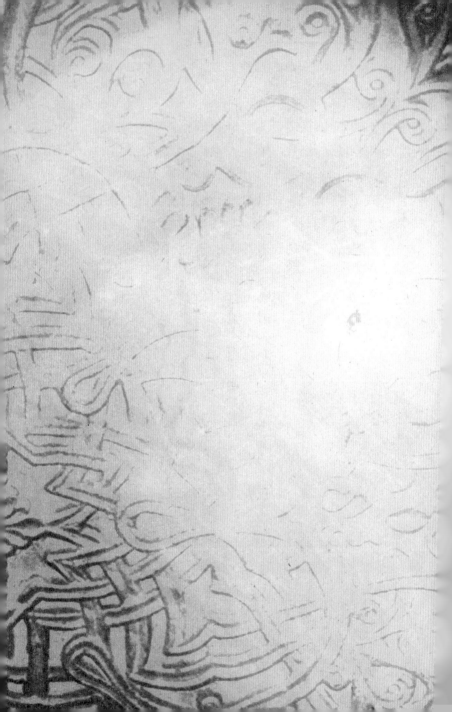

사천(四川)은 서쪽은 서장(西藏 : 티베트), 북쪽은 감숙(甘肅), 산서(陝西), 남쪽은 귀주(貴州))와 운남(雲南), 북서쪽은 청해(青海), 동쪽은 호북(湖北), 호남(湖南)과 접하고 있다.

황하(黃河) 상류 유역에 있는 지역을 제외하고 한족(漢族)이 최초로 거주한 지역이다.

일찍이 주대(周代)부터 송대(宋代)까지 수많은 나라들이 사천을 중심으로 흥망성쇠를 이루던 중원 서부의 요충지다.

사천은 매우 높은 고원으로 둘러싸여 있는 것이다.

동부지역은 붉은 분지로 그 주위에는 고원들이 우뚝 솟아 있고, 사방의 땅덩어리가 분지의 중심부를 향해 경사를 이루고 있다.

사천서부의 지형은 북쪽의 고원과 남쪽의 산맥을 포함한다.

동부 고원지대는 생각보다 따뜻한데, 주변의 산들이 차가운 기운을 막아 주고 있기 때문이다.

동부는 안개가 자주 끼고 흐린 날이 많은 것으로 유명하다.

상대적으로 바람은 적고 습도가 높아 매운 것을 즐겨하는 이들이 많아 맵기로 유명한 사천요리라는 말을 탄생시켰다.

서부 지역 역시 산맥들의 보호를 받고 있으며, 눈으로 뒤덮인 산봉우리들과 그 아래 계곡의 온화한 기후가 이를 입증한다. 서부 산지에서는 겨울에 눈이 아주 많이 내리나 비는 동부보다 적다.

사천에는 물산이 많고 많은 이민족으로 유명한데 한족, 뤄뤄족(羅羅族), 티베트족, 묘족(苗族), 이슬람교도인 회족(回族), 창족(羌族) 등 많은 이들이 거주하는 곳이다.

사천과 그 주변은 무림인들이 많기로 유명한 곳이다.

사천 주변을 살펴보면 신강에는 마교가 청해에는 곤륜파, 서장에는 포달랍궁과 뇌음사, 운남과 묘강에는 오독문과 흑독애, 섬서에는 화산파와 종남파가 있다.

그리고 사천에는 당문과 아미파 청성파와 점창파가 있는 등 그야말로 소무림이라 칭해도 좋을 만큼 많은 문파들이 몰려 있었다.

여러 무림단체들의 복잡한 이해관계가 워낙 얽혀 있기 때문에 오늘도 사천에는 말썽이 끊이지 않고 일어나고 있었다.

사천의 성도에서 불과 사백여 리 떨어진 어느 한 객잔!

삼층으로 지어진 이 객잔의 이름은 사천제일루였다.

낙산대불과 가까운 곳에 위치한 사천제일루는 보기에도 고풍스러운 것이 이름 있는 시인묵객들이 머물 만한 곳이었다.

사천제일루는 사천에 사는 사람치고 모르는 이가 없을 정도로 유명한 곳이다.

멀리 낙산대불이 바라보이는 위치에 서 있어 풍광이 뛰어나기도 하지만 음식 또한 일품으로 소문 난 곳이었기 때문이다.

그런 사천제일루지만 오늘은 웬일인지 어지간히 사람이 보이지 않았다. 어쩐 일인지 귀빈들만 접대 한다는 삼층은 물론 재물이 있는 사람들이 머무는 이층에도 사람이 없었다.

항상 북적거리던 이곳에 손님이라고는 일층에 두어 자리를 차지하고 있는 사람들뿐이었다.

몇몇 안에 있던 사람들도 곧 나가려는 듯 자리를 털고 일어서고 있었다.

다른 사람들이 가고 나면 남아 있는 사람이라고는 마주

하고 식사를 하며 이야기를 나누고 있는 두 사람이 전부가 될 것이 분명했다.

두 사람은 이제 갓 방년(芳年)이 되었음직한 한 명의 여자와 나이가 들어 보이는 중년인이었다.

두 사람은 무엇인가 심각한 표정으로 대화를 나누고 있었다.

"그 아이를 데리고 간 자들이 천산 쪽으로 방향을 튼 것이 맞나요?"

"예, 아가씨. 분명 천산 쪽으로 튼 것이 맞습니다. 그동안 세가에서 추적한 결과입니다."

"알 수 없는 자들이로군요. 사사묵련이라는 놈들 말이에요. 일부러 따라붙지 않았지만 사천에서 행방이 묘연하더니 어느새 신강(新疆)을 지나 천산에서 오리무중이라니 말이에요."

여인은 머리를 흔들며 고심하는 표정을 보였다. 행방을 알 수 없게 된 사람에 대한 걱정 때문이었다.

'더 빨리 따라붙었어야 했어. 더 빨리.'

사사묵련의 행사가 워낙 은밀해 암중으로 따른 것이 실수였다는 생각이 여인의 뇌리를 떠나지 않았다.

"놈들에게 들킬 것 같아 그렇게 했지만 오리무중이라는 것은 그들의 행사가 그만큼 은밀하기 그지없다는 것입니다."

"세가에서는 뭐라고 하나요?"

"세가의 정보망에도 전혀 걸려들지 않고 있습니다. 사천에서부터는 꼬리가 완전히 잘린 모양입니다."

종적을 잃어버린 것은 사천에서였다. 신강을 통해 천산으로 향했다는 것은 알지만 워낙 넓은 지역이라 이제는 추적을 중단해야 할지도 몰랐다.

"그럼, 이대로 중단해야 한다는 말이에요?"

"그렇습니다. 아가씨. 나중에 전해 온 어르신의 서신에도 그 아이의 행보에 지장을 주는 일은 삼가라 했으니, 이대로 중단하는 것이 좋을 것 같습니다."

"아버님의 말씀대로 하는 것이 좋겠지만, 그 아이의 안위는 어떻게 하구요?"

"걱정하지 말라고 하셨습니다."

"안 하려고 해도 걱정되는 것은 어쩔 수가 없네요."

아버지를 믿기는 하지만 걱정이 되는 것을 어쩔 수 없었다.

"아가씨, 이제는 우리 손을 떠났습니다. 시간이 지나면 돌아올 테니 그때까지 기다리는 것이 좋을 것 같습니다."

"오랜 세월 보지 못하겠군요."

"그렇게 될 겁니다. 그리고 이대로 그냥 떠나는 것이 좋을 것 같습니다. 혹시 당문에서 아가씨를 아는 이라도 나타나면 곤란하니 말입니다."

중년인은 상황을 냉정히 판단한 후에 여인에게 조바심으로는 찾을 수 없음을 강조하고는 사천에서 혹시나 일어날지도 모르는 말썽에 휘말리지 않기를 바라며 떠나기를 재촉했다.

　"흥!! 그까짓 당문이 뭐, 대수라고"

　사천을 주름잡는 사천당문을 아랑곳하지 않고 콧방귀를 날리는 여자아이는 희라 불리는 소녀였다. 어느덧 자란 것인지 이제 미태(美態)가 흐르기 시작한 소녀는 서린이 호선(狐仙)으로 불렸던 성갑의 딸이었다.

　"아가씨!!"

　말소리가 컸는지 중년인이 주위를 살피며 희를 불렀다.

　'이런!'

　그의 바람은 바람으로 끝나야 했다.

　누군가 사천제일루로 들어오며 희가 한 말을 들었던 것이다. 신색을 살피니 당문의 인물이 틀림없었다.

　"당문이 너의 말처럼 호락호락한가 보지? 대수라고 말하는 것을 보니 말이다."

　육척의 체구에 부리부리한 눈을 한 장한이 두 사람에 서더니 던진 한마디였다.

　"당신은 누구십니까?"

　중년인이 자신의 앞을 가로막고 서 있는 사나이에게 물었다.

"사천에 와서 당문을 우습게 아는 자들이 날 모르다니 이상한 일이로군."

"당문(唐門)의 삼걸(蔘傑)이라는 그렇게 이름이 대단한가 보지?"

희가 비웃으며 장한을 바라보았다.

"으음."

당삼걸이 신음을 흘렸다. 여인이 자신을 잘 알고 있다는 느낌을 받았기 때문이다.

삼걸은 원래 당문에서도 특이한 사람이다. 삼걸(蔘傑) 또는 삼걸(三傑)이라 불리는 이로 당문 출신답지 않은 구석이 많은 자였다.

암기술의 대가들답게 당문의 인물들이 날렵한 반면 그는 장대한 체구를 가지고 있었다. 대부분의 당문 사람들이 암기술에 치중한 것에 반해 그는 권장술의 수련에 많은 시간을 할애한 사람이었다.

특히 삼양신장(三陽神掌), 삼양지(三陽指), 삼양수(三陽手)로 이어지는 세 가지 절기는 가히 일절이라 불릴 정도로 고련한 자로 이제 나이 서른에 든 자였다.

희가 무시할 만한 자가 아니었다.

노화가 치밀었던 듯했지만 당삼걸이라 불린 사나이는 중요한 일이 있는 듯 화를 눌러 참았다.

"내 말할 바는 아니지만 당문이 그리 호락호락한 곳이

아니요. 우리 당문과 무슨 이유로 척을 지려는 것인지는 모르지만, 이만 이곳에서 나가시는 것이 좋겠소. 괜한 시비에 휘말리기 전에 말이요.”

차분히 말하는 그의 눈에는 진정의 빛이 가득했다.

당문을 무시했건만 자존심이 드높다는 당문의 인물이 화를 참고 시비를 피하고자 하는 것이다.

‘무슨 일이 있군.’

희의 눈이 빛났다.

당문은 원래 오대세가(五大世家)의 하나로 사천의 터줏대감이다. 아미파(峨嵋派), 점창파(點蒼派), 청성파(青城派) 등 구대문파 중 세 개의 문파가 몰려 있는 사천에서도 성세를 잃지 않고 있을 정도로 저력이 있는 가문이다.

본래부터 출발은 암기(暗器)의 제작 및 사용법에 대해서 상당한 권위를 자랑하고 있었는데, 나중에 거기에 독(毒)을 사용하게 되면서 유명해졌다.

시간이 흘러 절제된 독의 사용과 편법(鞭法)과 금나수(擒拿手) 등에서도 능하게 되면서 사천에서는 물론 중원에 이르기까지 명문세가(名門世家)로서 자리를 굳히게 되었다.

당문은 생강처럼 매우며 가장 현실적(現實的)이고 실용적(實用的)으로 잘 단련된 집안이라고 할 수 있다.

사천 사람답게 원한을 잊지 않고 꼭 되갚는 것이 불문율.

보면 당삼걸의 행동은 의외였다.

사실 당삼걸이 희와 중년인을 사천제일루에서 나가도록 하는 것은 이유가 있었다.

삼걸도 자신의 눈앞에 있는 두 사람의 신분을 어렴풋이나마 짐작할 수 있었기 때문이었다.

'뭔가 화가 단단히 난 것 때문에 일부러 시비를 거는 것 같은데 그렇다고 저들과 싸울 수는 없는 노릇이다. 그런데 어째서 이곳으로 온 거지? 저들의 본거지와 여기는 상당히 먼 거리인데 말이야.'

삼걸은 희의 허리춤에 꽂혀 있는 푸른색의 선[靑扇]으로 요녕(遼寧)에서 제일가는 세가의 사람들이라는 것을 알아볼 수 있었다. 자신이 짐작이 맞는다면 시비가 이어질 수 있었다.

'이런!'

삼걸의 얼굴에 다급한 기색이 흐르며 그의 눈에 곤혹스러움이 비쳤다.

"어서 자리를 피하시오. 이번이 마지막 경고요."

"이곳으로 오는 사람들 때문에 그런 것이라면 그리 염려하지 않아도 되는 것 같은데요. 그 망나니 같은 자식이 왔다면 더욱 좋고 말이죠."

모용희(慕容熙)는 침착한 눈빛으로 당삼걸을 쳐다보았다.

"아시고 계셨던 것이오?"

"물론, 당신이 들어올 때부터. 아니, 처음부터 알고 있었다는 말이 맞겠지. 그에게 볼일이 있었으니까 말이야."

당삼걸의 눈빛이 날카로워졌다. 기다리고 있었다는 뜻이 되기 때문이었다.

'이곳에서 사천의 사문이 회합을 갖는다는 것을 알고 있었다는 이야기인데⋯⋯.'

굳이 비밀은 아니지만 이번 회합은 당문을 비롯한 청성, 아미, 점창, 그리고 당문의 후기지수들이 회합을 갖는 자리였다.

그것도 중요한 일로 회합을 갖는 자리였기에 어느 정도 보안은 유지하고 있었건만 모용희가 알고 있는 것이 분명하자 신경이 날카로워진 것이다.

"자연 스님! 어서 드시지요."

당삼걸이 모용희에 대해 다시 생각하고 있을 때 한 무리의 사람들이 사천제일루로 들어오고 있었다.

승복을 입은 여승들과 반듯하게 영웅건을 둘러쓴 일단의 남자들이 들어온 것이다.

그들은 검은 옷을 입은 사람에 의해 안내를 받고 있었는데, 그가 바로 당문 십수의 한 명이자 추후 당문을 이어 나갈 소문주인 당추인(唐秋寅)이었다.

사십여 명이나 되는 사람들이 제각기 장검을 차고 있는

것을 보면 모두 무림인들이었다.

아미의 자연을 안내해 객잔으로 들어온 당추인이 삼걸을 보며 소리를 질렀다.

"삼걸아, 넌 거기서 무엇을 하고 있느냐? 객잔을 비우라 했건만, 아직도 어중이떠중이가 머물게 만들다니. 이건 원."

비웃는 듯한 말소리가 그의 입에서 흘러나왔다.

"아닙니다. 형님! 그만 내보내려고 했습니다."

당삼걸은 당추인의 말에 모용희가 안 보이도록 자신의 덩치를 이용해 가렸다.

"어서 나가시지요. 보다시피 우리 당문의 회합이 있는 자리인지라 외인의 접근을 금하고 있습니다."

"당문의 회합자리라니 가 보도록 하지요."

모용희도 당삼걸의 눈빛이 간절한 것을 보고는 생각을 접고 자리에서 일어났다.

"잠깐!! 호오오!"

모용희가 일어서자마자 그녀를 불러 세운 건 당추인이었다. 그 또한 모용희가 모용세가의 인물임을 알아보았던 것이다.

"요녕의 촌것이 이곳 사천에 어쩐 일인가?"

"흥!"

모용희는 당추인의 말을 무시하고 밖으로 나가려 했다.

"삼걸, 모용세가의 인물이 이렇듯 사천을 돌아다니는데 넌 그것도 모르고 있었더냐? 아니면 모용소(慕容嘯)가 네 의형이라서 그렇더냐?"

모용희는 비웃는 듯한 당추인의 말에 다시금 삼걸을 쳐다보았다. 자신의 사촌 오라버니인 모용소와 당삼걸이 의형제라는 것이 뜻밖이었던 것이다.

"아무리 오대세가와 모용세가가 반목을 하고 있더라도 형님과는 상관이 없는 일이지 않습니까?"

추인의 말에 삼걸이 항변했다.

"소요유(逍遙遊)가 아무리 모용가에서 내놓은 자식이라지만 그렇다고 자식이 아닌 것은 아니지. 이만 가리고 있는 덩치를 치워라. 그 계집을 봐야겠다."

모용희가 가지고 있던 부채만을 확인했던 당추인이었기에 얼굴을 자세히 본 것은 아니었다. 그의 말에 어쩔 수 없다는 듯 삼걸이 자리를 비켜섰다.

"호오! 차가운 눈매에 가느다란 눈썹. 이거 요녕의 이미(二美) 중 하나라는 모용가의 일선미(一線眉) 모용희 소저가 아니신가?"

당추인의 말에는 비웃음이 가득했다.

당추인은 이야기는 일견 칭찬으로 보였으나 희의 자존심에 상처를 입히는 말이었던 것이다.

"네놈이!!"

분에 겨운 노성을 터트린 모용희가 당추인을 노려보았다.

어렸을 적에 흉마로부터 당한 독상으로 인해 눈썹과 눈썹 사이에 희미하게 그늘이 져 있어 어찌 보면 눈썹이 일자로 보이기에 희에게는 마음의 상처였다.

"후후, 네년이 무얼 얻어먹으려고 굶주린 개새끼처럼 여기에 어슬렁거리는 것인지는 몰라도 냉큼 꺼지는 것이 좋을 것이다. 그렇지 않으면 타구봉에 맞아 볼따구니에 불이 날 테니 말이다."

세가 사람이라고는 믿을 수 없을 정도로 험한 말이 당추인의 입에서 흘러나왔다.

"흥! 강아지도 제집 안마당이면 한 수 먹고 들어간다더니, 나 같은 사람이 개판인 곳에 있을 수는 없지. 특히 여자만 보면 꼬리를 흔드는 개새끼가 있는 곳은 말이야. 가시죠."

처음 분노했을 때와는 다르게 냉정한 목소리로 당추인을 비웃는 듯 말을 마친 모용희가 중년인과 함께 사천제일루를 나가려 했다.

충격적인 말을 들은 당추인은 어이가 없는 표정을 짓다가 얼굴이 붉어졌다.

쐐애액!

장내를 날아 모용희에게 덮쳐들었다.

말릴 사이도 없이 당추인이 우모침을 던진 것이다.

우모침들은 독이 발린 것이 아닌 평범한 것이었다. 이 정도 모욕을 당했으면 독을 바른 것을 던져도 시원치 않았을 터였지만 지금은 그럴 수 없기 때문이다.

타타타타타탕!

투드드드득!

자신을 개로 비유한 것에 화가 난 당추인이 독이 없는 우모침을 모용희를 향해 던졌지만 우모침은 모조리 튕겨나갔다.

장내에서 상황을 지켜보던 이들의 눈에 이채가 서렸다. 모용희가 발한 선법이 매우 고절한 것이었기 때문이다.

우모침은 모용희가 휘두른 섭선에 가로막혀 바닥에 떨어져 있었다.

바람을 타기도 하고, 역으로 거스르기도 하는 것이 우모침.

매우 막기 어려운 것임에도 한 번의 움직임으로 많은 수의 우모침을 하나도 남김없이 바닥에 떨군 것은 자신들이라도 쉽게 펼칠 수 없는 고절한 것이었던 것이다.

자신의 한 수가 모용희에게 가로막히자 인상을 잠시 찡그렸지만 이내 신색을 찾았다.

'제법 한 수 하는군.'

사천을 사분하는 거대 문파들의 후기지수 들이 몰려 있는 자리다. 손속이 독랄하다는 소리를 들을 수 없기에 가볍게 펼친 것이지만, 모용희처럼 쉽게 막을 수 없는 것이기에 당추인으로서도 놀라운 것이었다.

"제법 손속이 야무지구나. 불과 이성으로 던진 우모침을 막아 내다니. 이곳 사천까지 온 것은 하잘 것 없는 실력을 믿었기 때문이로군."

"흥!! 네놈이 하는 짓은 언제나 같구나. 뒤를 보는 사람에게 우모침을 날리다니. 언니가 자비심을 괜히 베풀었나 보구나."

날카로운 말을 날리는 모용희의 눈에는 분노의 빛이 이글거렸다.

"네 언니와의 일을 와전된 것이다. 네 언니보다 나은 사람이 얼마든지 있는데 내가 어찌 오랑캐의 자손을 마음에 둘까. 무슨 오해가 있었는지 모르지만 네가 나설 자리가 아니다. 당사자 간에 따질 일이지."

"정녕 언니에게 미혼향을 쓴 것이 네놈이 아니더냐?"

"그까짓 변방 오지의 계집 때문에 내가? 웃기는 소리로군. 어떻게든 당문과 인연을 맺어 보려는 수작 같은데. 더이상 네년과 노닥거릴 시간이 없다. 네년 정도면 삼걸이와 어느 정도 상대가 될 테니, 삼걸이 네가 저 연놈들을 혼쭐을 내 이곳에서 쫓아내거라. 난 손님들을 모셔야 하니 말이다."

당추인은 당삼걸에게 모용희를 상대하라 이르고는 뒤로

물러났다. 더 이상 이야기를 했다가는 그가 전에 저지른 파렴치한 짓이 들통 날까 저어했던 것이다.

그리고 언제나 눈엣가시 같은 당삼걸이기에 모용가와의 관계를 끊어 놓기 위한 얄팍한 수작이기도 했다.

당삼걸이 모용희를 사천에서 쫓아낸다면 모용소와의 관계도 소원해질 것이 분명했던 것이다.

"으음."

모용희에게 무안을 주고 자신에게 짐을 떠넘기는 당추인을 바라보는 당삼걸의 눈에는 잠시간 분노의 빛이 일렁였다.

하지만 그것도 이내 사라져 버렸다. 당문에 붙어 있으려면 소가주인 당추인의 눈을 벗어나면 안 되는 일이었기 때문이었다.

또한 제 딴에는 모욕을 당한 당추인이 어떤 시비를 걸지 모르기에 마음이 내키지 않지만 나설 수밖에 없는 상황이었다.

"개가 호랑이를 만나 꼬리를 마는구나."

"아가씨!"

모용희의 말을 막으려던 윤상호(尹像虎)는 이미 일이 틀어졌음을 알 수 있었다.

모용희가 당추인의 노화를 돋운 것이다.

사천에서 독으로는 일가견을 이룬 당문을 적대시 하다가

는 무슨 봉변을 당할지 알 수 없기에 조심을 했건만 어쩔 수 없는 상황이 되어 버린 것이다.

"호호호, 겁이 나느냐? 당문이 오대세가의 수장에 오를 날이 멀지 않았다는 말이 헛말이군. 저런 자를 소가주로 삼았으니 말이야."

모용희는 중년인의 제지에도 불구하고 계속 말을 이었다.

자신이 저지른 짓임에도 교묘히 자리를 모면하고, 삼걸과 모용가와의 관계를 끊으려는 당추인의 수작에 모용희가 도발한 것이었다.

'저년이? 뭘 믿고 그러는지 모르겠군. 사천이 당문의 안방이라는 것을 잊은 것인가? 하지만 이대로 두었다가는 내 명성이 바닥을 길 테니 어쩔 수 없지. 그리고 저 나불거리는 입 때문에 곤경을 당할지도 모르니, 기회가 생긴 김에 영원히 닫아 버려야겠다.'

완전히 대놓고 자신을 욕하는 모용희를 바라보는 당추인의 눈빛이 싸늘히 식어 버렸다. 살심을 굳힌 것이다.

거대 문파들의 후기지수들이 보고 있는 가운데 자신이 참는다면 그것은 자신은 물론 나아가서는 가문의 수치이기도 했기 때문이었다.

"네년이 기필코 죽으려고 무덤을 파는구나."

당추인은 품에서 사슴의 가죽으로 만들어진 장갑을 꺼내 들었다. 그러자 그를 둘러싸고 있던 장내에 있던 인물들이 일제히 한 발자국 뒤로 물러섰다.

당추인은 행낭에서 이내 조그마한 암기를 꺼내 들었다. 그의 모습에 후기지수들도 분분히 자리를 피했다.

당추인이 꺼낸 암기가 그들로서도 막기 곤란한 것이었기 때문이었다.

추혼비접(追魂飛蝶)!

당추인이 꺼낸 것은 나비 모양처럼 생긴 암기로 추혼비접이라 불리는 것이다.

그의 별호인 추혼사(追魂死)가 사람들의 입에서 회자되게 만들었던 절정의 암기가 바로 추혼비접이었다.

그가 녹수피(鹿水皮)를 사전에 꼈다는 것은 추혼비접에 극독이 묻어 있다는 것을 뜻했다.

사람들은 흥미로운 눈빛으로 두 사람 간의 대치를 지켜보기 시작했다.

"소가주!!"

다급하게 당삼걸이 말리며 나섰다.

"흥! 네놈이 나설 자리가 아니다. 모용가가 요녕에서 제법 행세를 한다고는 하지만 오대세가의 하나인 우리 당문을 저리 능멸할 수는 없는 일이다. 그 죄는 오로지 죽음으로만 사죄할 수 있는 것이다."

싸늘하게 몰아치는 말투였다. 당삼걸을 바라보는 당추인의 눈빛에는 살기만이 넘쳐 났다.

"하지만……."

"물러서래도!"

단호한 당추인의 음성에 삼걸은 물러설 수밖에 없었다.

자신은 방계로 당문에서 입지가 그리 크지 않지만, 당추인은 다음 대 당문을 이끌어갈 소가주다. 삼걸은 그의 말을 거역할 수는 없는 것이다.

"호오, 이제 보니 아가씨의 말이 맞는 것 같군요. 어줍지 않은 자존심에 남에게 시비나 걸고 말입니다. 큰아가씨께서 시비가 붙어 봤자 미친개에게 물리는 꼴이라고 말리셨지만 아무래도 가만히 있으면 안 될 것 같군요."

당추인이 추혼비접을 꺼내 들자 윤상호기 니섰다.

그는 모용희의 말에 맞장구를 치듯 말을 하며 당추인을 막아섰다.

거침없는 말을 들은 사람들의 시선이 윤상호에게 쏟아졌다.

스르르릉!

쇠가 쓸리는 소리라고는 믿어지지 않을 정도로 부드러운 소리가 흘러나왔다.

완만하게 흐르는 곡선이 미려한 검은 윤상호에 의해 당추인을 향해 겨눠졌다.

"으드득! 그까짓 검으로 추혼비접을 막을 생각이더냐?"

자신의 암기인 추혼비접이 검으로 막을 수 있는 것이 아니기에 당추인은 모용희를 대신해 나선 윤상호를 비웃었다.

"암왕(暗王)이 아닌 이상!"

단호한 말투였다.

네까지 것쯤 상관없다는 듯 윤성호는 당금 당문의 가주인 암왕(暗王) 당무결(唐武結)이 아니면 당하지 않는다는 듯한 말을 내뱉었다.

"네놈은 누구냐?"

"호결아(虎抉牙) 윤상호(尹像虎)라고 한다."

"이름을 보아하니 네놈도 오랑캐로군. 그런 이름을 가진 놈들을 언젠가 한번 본 적이 있지."

"후후, 오랑캐라…… 어떤 자들이 오랑캐인지는 각자의 판단이지. 그렇게 보면 네놈도 나에게는 오랑캐다."

되받아 치는 윤상호의 말에 당추인의 얼굴이 굳어졌다.

"연놈이 죽으려고 환장을 했구나. 이곳이 사천임을 잊은 것이냐? 아니면 당문이 그렇게 하찮게 보였더냐?"

펄럭!

노성과 함께 당추인의 손에서 푸른빛이 감도는 검은색의 나비가 날아올랐다.

추혼비접이 드디어 죽음의 날개를 펼친 것이다.

당추인의 내기로 조정되는 나비는 너울거리며 윤상호를 향해 서서히 날기 시작했다.

누구도 피할 수 없고, 피한다고 해도 끝까지 쫓아 죽음에 이르게 하는 당문의 절명비기(絶命秘技)가 펼쳐진 것이다.

객잔 안에 있던 사람들은 나비의 움직임을 쫓았다.

펄럭이며 나는 모습이 진짜 나비와 다름없었다.

서서히 윤상호를 향해 다가가는 추혼비접에서 살을 저미는 듯한 살기가 물씬 풍겨 났다.

'저것이 추혼비접인가? 당문도 다 됐군. 저런 비전절기는 함부로 남에게 보여서는 안 되는 것인데도, 중인이 보는 가운데 펼치다니 말이야.'

아미파의 일대제자이자 장문인의 진전을 잇고 있는 자연(慈然)은 당추인이 추혼비접을 펼치고 있는 모습을 보며 한심한 생각이 들었다.

추혼비접은 당문에서 만천화우(滿天花雨), 폭우이화정(暴雨梨花釘)과 함께 삼대 절정 암기에 속하는 것이다.

절기에 속하는 것은 남에게 보일수록 가치가 떨어진다는 것을 모르지 않을 텐데, 한낱 자존심 때문에 사람들이 많은 곳에서 펼친다는 것은 고수가 할 일이 아니었던 것이다.

다른 삼대 거파에서도 추혼비접이 시전 되는 것을 본 사람이 드물었다.

추혼비접이 시전 되면 상대는 죽음의 나락으로 떨어지기에 죽은 자 이외에는 본 사람이 거의 없었다.

전개되는 양상을 모르기에 많은 이들이 두려워했다.

모든 이들의 눈이 추혼비접에 모였다.

그들의 눈에는 행여나 추혼비접의 허점을 발견할 수도 있을지도 모른다는 열망이 가득했다.

추혼비접을 바라보는 윤상호의 눈이 싸늘히 빛났다.

신법을 전개하는 순간 대기의 요동을 타고 날아올라 순식간에 틀어박히는 추혼비접은 윤성호 또한 잘 알고 있는 것이다.

사 년 전 죽음 직전에 이르기까지 상대해 본 적이 있는 암기였기에 그는 단 한순간을 기다리고 있었다.

팟!

창!

퍽!

끄으…… 윽!

자신의 움직임에 의해 생기는 대기의 파동을 추혼비접이 타고 오르기 전 모든 것을 가르는 듯한 빠르기로 윤성호의 검이 공간을 지난 것은 순식간이었다.

번쩍이는 빛이 있고 난 후 윤성호를 향해 날아오르던 추혼비접은 반으로 갈라져 땅으로 떨어졌고, 당추인의 어깨에서는 피분수가 뿜어지고 있었다.

공간을 격한 것처럼 보이는 움직임이었다.

추혼비접에 시야를 주목하고 있던 터라 그 누구도 찰나의 빠름을 본 사람이 없었다. 가공할 솜씨였다.

차차차창!

청성파, 점창, 아미의 후기지수들이 일제히 검을 빼 들었
다.

사대 거파 후기지수의 회합을 주재한 당문의 소가주가
당한 이상 그들도 가만히 있을 수 없었기 때문이었다.

모용가라면 변방의 이족인 선비족에서 비롯된 가문.

그런 그들에게 중원을 대표하는 사천의 당문 소가주가
쓰러졌다는 것은 그들에게도 치욕이 될 수 있었던 것이다.

휘이익!

윤상호가 검을 휘둘러 내기를 흘려 냈다. 가느다란 내기
가 방사된 순식간에 장내의 인물들을 휘감았다.

'으으음!'

자연은 신음을 흘릴 수밖에 없었다.

장내를 지배하는 것은 수적 우세에 있는 사대 거파의 후
기지수들이 아니라 바로 윤상호였기 때문이었다.

다른 이들은 지금까지는 당추인의 모든 것을 해결할 수
있다고 생각했지만, 일순간 당한 것을 보며 모용가의 인물
이 만만치 않다는 것을 알 수 있었다.

특히 아미의 자연(慈然)은 윤상호가 뿌리는 검세에서 자
신의 스승인 고연신니(固然神尼)의 말을 기억해 낼 수 있
었다.

'저것은 분명히 원검(圓劍)이다. 쾌검처럼 보이지만, 저

건 장문인께서 말씀하신 원검이 틀림없다.'

검후와의 은원을 위해 키워진 자연은 윤상호의 검에서 동방에서만 전해진다는 원검을 볼 수 있었던 것이다.

끊임없이 회전하는 원으로 상대방이 흘리는 내기의 그물을 찢고, 빠르게 베어 버리는 원검을 본 그녀는 떨리는 마음을 주체할 수 없었다.

'나로서는 상대할 수 없는 대단한 고수다. 내공이 높아 보이지 않지만, 저자와 상대한다면 지금의 나라면 백이면 백, 검에 베어져 죽을 뿐이다. 그리고 저자는 지금 전력을 다하고 있지도 않다. 전력을 다했다면 당추인의 심장에 구멍이 나 있으리라.'

윤상호의 비격원호세(飛激圓弧勢)를 알아본 자연은 떨리는 손을 주체할 수 없었다.

그리고 윤상호가 당추인을 봐주고 있음을 한눈에 알 수 있었다.

'장문인께서 말씀하신 바로는 우리의 내공과는 근본적으로 다른 기운을 쓰는 자들이라고 했다. 이자는 분명 그곳에서 온 자가 틀림없다. 검의 하늘이라는 검천(劍天)에서 온 자가. 빨리 사태를 마무리해야 한다. 저자의 검이 온전히 살기를 흘리기 시작하면 이곳에서 살아남을 자는 아무도 없으니 말이다. 나 또한 저 추혼비접과 같이 두 조각이 난 채로 바닥에 누워 있을 것이다.'

자연은 장내의 사태를 마무리 지을 필요성을 느꼈다. 모용가에서도 일부러 시비를 걸은 면이 없지 않아 있기 때문이다.

비록 오대세가에는 미치지 못하나 그만한 성세를 가지고 있는 모용가의 여식이, 이렇듯 대놓고 당추인의 화를 돋운 것은 그만한 이유가 있다고 생각했기 때문이다.

"시주! 그만하시지요. 추혼비접을 꺼내었다고는 하나, 이미 당 시주가 부상을 입었고 하니, 이만하시는 것이 두 가문을 위해서도 좋을 것 같습니다."

"아가씨, 아미의 여스님께서 저리 말씀하시는데 어떻게 할까요?"

자연의 말에 윤상호가 모용희의 의견을 물었다.

이미 응징을 끝낸 마당에 더 이상 손을 쓴다면 사천에서 빠져나가기 곤란할 것 같았기 때문이다.

"그만하도록 하세요. 당문의 소문주에 대한 응징은 이 정도로 끝내는 것이 좋을 것 같네요. 그가 한 잘못은 이만하면 상쇄가 되었을 테니까 말이에요."

모용희 또한 윤상호의 뜻을 짐작한 듯 말을 이었다.

"알겠습니다."

윤성호는 모용희의 말에 당추인을 감싸고 있는 검기의 힘을 풀었다. 추혼비접을 가르고 난 뒤 검을 찌른 후에 다른 이들뿐만 아니라 검기로 당추인을 옭아맸던 것이다.

"크으윽!"

당추인은 자신의 혈도를 짚어 어깨에서 나오는 피를 멈추게 하더니 빠르게 뒤로 물러섰다.

"이놈 삼걸! 뭐하는 것이냐? 어서!! 저놈들에게 당문의 무서움을 보여 주도록 해라. 크으윽!"

자연의 설득으로 생명을 건졌음에도 당추인은 서슬이 파란 기색으로 당삼걸을 다그쳤다.

이미 오른쪽 어깨를 상한 그가 암기술을 펼칠 수 없었기에 당삼걸로 하여금 윤성호를 상대하도록 한 것이다.

"당 소가주!!"

자연이 소리를 질렀다.

"왜, 왜 그러시오?"

"뭐하는 것인가요? 저분 대협께서 손속에 사정을 두었으면, 물러나야 당연한 일이 아닌가요?"

자연은 스님답지 않게 목소리를 높이며 당추인을 다그쳤다.

"저 연놈은 당문에 모욕을 주었소. 도저히 이대로는 물러날 수 없소."

"저 사람은 고수예요. 우리가 당할지도 모른다는 말입니다."

자연이 당추인의 생각을 일깨웠다.

"벌써 본가에 사람이 갔소. 문의 사람들이 나올 거요. 삼걸이 저놈을 맡고 있는 동안이면 도착하고도 남을 것이요."

모용희를 발견하자마자 사람을 당문으로 보낸 것이 분명했다. 처음부터 모용희를 잡겠다고 생각했던 것이 분명했다.

"당 시주의 생각을 돌릴 수는 없는 건가요?"

"우리 가문을 잘 알지 않소. 죽을지언정 물러나지 않는 우리 당문을 말이요."

비록 상처를 입었지만 당문의 인물들이 올 시간이 되었기에 당추인의 목소리에는 힘이 있었다.

'으음, 어렵게 되었구나.'

그녀가 전력을 다한다고 해도 눈앞의 윤성호에게 상대가 될지도 의문인데, 이중에 상대할 자가 있다는 것이 말이 되지를 않았다. 윤성호가 진심으로 대한다면 이곳에서 전부 죽을 수밖에 없는 상황이인 것이다.

'조금 전에 저자는 사라진 암왕이 아니면 괜찮다고 말을 했었다. 이런 상황조차 제대로 파악할 줄도 모르는 저런 자를 소문주로 삼다니 당문의 상황을 다시 한 번 파악해 봐야겠구나.'

그녀로서는 당추인에게 분노가 치밀었지만 상황을 잘 판단해야 했다. 아직 당문과 결별할 수는 없기에 참을 수밖에 없었던 것이다.

'상처를 입고도 어째서 저리 당당한 표정이지? 혹시, 상처를 입은 것마저도 의도된 것인가?'

상대의 진정한 실력조차 가늠할 수 없는 자가 사천의 사대 거파 중 하나인 당문의 후계자라는 것이 한심하기 그지없었지만 당추인은 그리 허술한 자가 아니었다.

신음을 흘리면서도 묘하게 위로 올라간 입고리가 마음에 걸렸다.

'아무리 당문에서 사람이 온다고 하더라도 저자 하나를 당할 수 있을지 가늠할 수 없는데 저리 자신하는 표정이라니, 뭔가 있는 건가? 일단 기다려 보자.'

무엇보다 당추인이 단단히 믿고 있는 표정을 짓고 있었기에 기다려 보기로 했다.

자인이 빠르게 생각을 정리하고 있는 사이에 당삼걸이 앞으로 나서고 있었다.

"난 귀하의 적수가 되지 못함을 알고 있소. 하지만 난 소가주께서 명을 내린 이상 당문을 명예를 위해서라도 나서야 하오. 이해하시오."

"죽음을 각오한 것인가?"

"모용소 형님과 의형제를 맺은 인연이 있기는 하지만, 귀하께서 손속에 사정을 두지 않을 것임을 알고 있소."

윤성호의 말에도 당삼걸이 앞으로 나서며 굳은 안색으로 말을 이었다. 이미 결심을 굳힌 모양이었다.

"좋은 기백이군. 난 윤상호라고 한다. 모용세가에서 잠시 신세를 지고 있지. 그런데 넌 나에 대해서 소에게 들은 적이 있는 모양이로군?"

"호걸아 윤상호 대협에 대해서는 모용소 형님께 말씀을 많이 들었소. 조선이라는 나라에서 왔다는 것과 모용가에 일신을 의탁하고 있다는 것, 그리고 검의 경지가 검왕에 비견될 만큼 출중하다는 것을 들어 알고 있소."

윤상호는 당삼걸을 보면 미소를 지어 보였다.

"후후후, 그리 잘 알고 있으면서도 대적을 하겠다니. 제법이로구나."

아미의 자연을 빼놓고 두 사람의 대화를 들은 사람들은 검왕(劍王) 남궁현(南宮炫)에 비견될 고수라는 소리에 모두 놀라지 않을 수 없었다.

─흥!! 저놈이 놀기 좋아하는 모용소라는 놈이 한 헛소리를 믿다니. 삼걸, 저놈이 어디 어떤 놈인지 모르겠지만 네 실력을 발휘해라. 오늘만큼은 네 금제를 풀어 주마.

당삼걸의 귓전으로 당추인의 전음이 스며들었다.

자신을 상처 입힌 자에 대한 복수심의 발로였다.

또한 윤상호의 실력이 말한 대로라면 삼걸이 죽는다고 해도 상관없었기 때문이다.

'으음.'

금제를 풀어 준다는 말에 당삼걸은 신음을 삼킬 수밖에 없었다. 당추인과의 악연으로 자신의 무공을 금제해야 했던 그에게는 뜻밖의 말이었기 때문이었다.

'형님께 들은 대로라면 금제를 푼다고 해도 쉽게 상대할 수 있는 분이 아니다.'

당추인이 자신에게 걸어 둔 금제를 푼다고 해도 문제가 컸다. 자신의 실력을 감추면서 상대할 수 있는 사람이 아니었기 때문이다.

자신의 실력을 보이면 앞의 윤상호 또한 본 실력을 보일 것이 분명했다.

본래의 실력을 드러낸다면 그동안 자신의 동생인 당소아(唐素娥)의 생명줄을 잡고 자신을 금제한 당추인의 시기심이 다시 도질지도 모른다는 생각이 들었지만, 어차피 진퇴양난이었다.

'더러운 새끼, 소아의 목숨줄을 잡고 날 협박하는 것은 참을 수 있지만, 또 어떤 변덕을 부릴지 알 수 없는 놈이니. 그렇다고 슬슬 상대했다가는 어떤 트집을 잡을지 모른다. 그저 최선을 다하는 수밖에 없는 건가? 좋다. 네놈이 원하는 대로 해 주마. 하지만 소아가 병마에서 벗어나면 네놈은 아무리 소가주라도 내 손에 죽는다. 당추인!'

당삼걸은 마음을 다잡았다.

어차피 제 실력대로 덤비더라도 자신의 의형의 말한 대로라면 깨질 것이 분명하기에 최선을 다해 공격하기로 한 것이다.

자신의 동생의 생명이 당추인의 손에서 안전해진다면 반

드시 복수하리라 다짐하며 당가의 성을 받고 방계로 들어온
이후 자신의 증조부로부터 전해진 비기를 쓰기로 작정한 것
이다.

6장. 총단잠입(總團潛入)

모용희와 윤상호가 자신의 행적을 놓친 후 사천당문과 시비가 붙었다는 것을 알 리 없는 서린 일행은 천산산맥 인근에 다다르고 있었다.

　북경에서부터 말을 달려 사천과 신강을 지나는 두 달여 간의 대장정 만에 사사묵련의 총단 근처에 도착한 것이다.

　"정말 장관이네요."

　"그렇습니다, 소문주님. 저도 말로만 들었는데 엄청나군요."

　멀리 천산산맥의 웅장함을 바라보며 한마디 하자 성겸이 말을 받았다.

　"가히 중원의 지붕이라 할 만합니다."

　"그런 것 같습니다."

천산산맥은 중원 서부의 가장 자리에 있다.

산맥과 그 산맥 사이에 있는 계곡과 분지는 대체로 동서 방향으로 칠천오백여 리, 너비는 중앙에서 구백여 리이며, 동쪽과 서쪽 끝에서는 일천이백여 리의 거대한 산맥으로 중원의 지붕이라 일컬어지는 곳이다.

'정말 편하군. 생각하자마자 천산에 대한 것이 바로 떠오르니 말이야.'

천산 산맥에 대해 생각하자 관련된 것들이 빠르게 떠올랐다.

진짜 서린이 준 기억이 살아난 것이다.

산계(山系)는 북쪽으로 준가얼분지(準噶爾盆地)와, 남동쪽으로는 타림 분지, 남서쪽으로는 알라이·수르한(수르호프)과 기사르 강 유역 및 파미르 고원과 경계를 이루고 있다.

천산 산맥은 경사가 가파르며 산꼭대기를 따라 빙하가 있다. 중앙에 제일 높은 봉우리들이 모여 있으며 최고봉은 이만 오천 척에 이르는 승리봉(勝利峰)이다.

산간 지역에는 여러 부족들이 살고 있는데, 어떤 부족이 어디에서 살고 있는지는 잘 알려져 있지 않고 있으나, 대부분이 키르기스족과 위구르족이다.

천산 산계를 흐르는 많은 강들은 빙하가 녹은 물이 합쳐져 만들어진다.

유량은 늦은 봄과 여름에 최고로 올라간다. 강들은 주요 내륙 저지대로 빠지는데, 그 저지대 중에는 아잘 분지와 타림 분지가 있었다.

'그만 생각하자.'

천산 산맥에 대한 생각이 계속해서 이어지자 서린은 기억을 차단했다.

'가는 방향이나 지하에 흐르는 수맥으로 봐서는 카레즈를 따라가는 것 같은데……'

얼마 전부터 일정한 규칙을 가지고 움직이고 있었다. 지하 수맥을 따라 움직이고 있다는 것이었다.

—아저씨, 카레즈가 뭔지 아시나요?

자신과 함께 나란히 말을 몰고 있는 성겸에게 전음으로 물었다.

—카레즈라니 그것이 무엇입니까? 한 번도 들어 본 적이 없는 말입니다만?

—역시 그렇군요.

그럴 줄 알았다는 듯 서린은 고개를 끄떡였다.

—카레즈가 무엇이기에 그러시는 겁니까?

—저자들 카레즈를 따라가고 있어서 물어봤습니다.

—보이는 것은 사막밖에 없는데 무엇을 따라간다고 그러십니까?

—카레즈는 지하 수로를 부르는 말입니다.

—지하 수로라고요?

—천산 산맥의 빙하가 녹아 지하로 스며들어 수로를 이루는데, 이곳에 사는 사람들 말로 카레즈라고 부른다고 하더군요. 저기 천산 산맥에서 내려오는 눈과 빙하가 녹은 물을 지하로 끌어들여 만든 수로라고 합니다. 천오백 년 전부터 있었다고 하는데, 아직은 완성된 것이 아니라고 하더군요. 길이가 이만 이천 리가 넘을 것이라고 하는데 아무도 정확한 길이를 모르는 곳이죠.

—대단하군요. 하면, 저들이 지하에 있는 대수로를 따라가는 것이라는 말입니까?

—그런 것 같아요. 우리가 가는 길을 따라 지하 깊숙한 곳에서 수기가 강하게 느껴지고 있으니 말이죠.

집중을 해 보니 수기가 느껴졌다. 말을 타고 있음에도 느껴질 정도라면 상당한 큰 크기의 수로가 분명했다. 인위적으로 만들었다는 생각이 들지 않았다.

—그렇군요. 그런데 소문주님. 물을 끌어들여 지하 수로를 만들었다고 하시는데, 정말 그것이 가능한 것입니까?

—물론 가능합니다. 이곳의 암질 대부분이 사암인지라 파내는 것이 그리 어려운 일이 아니니 말입니다.

—대단하군요.

—후후, 아저씨. 지하 대수로에는 물만 있는 것이 아닙니다. 사람이 살 만한 곳도 있다는 것을 들은 적이 있습니다.

─수로가 지하에 있고 그곳에 사람이 산다는 말입니까?

지하 대수로 안에 사람이 살고 있다는 소리에 성겸은 적지 않게 놀랐다.

─카레즈는 지하에만 있는 것이 아니라고 합니다. 드문드문 지상으로 표출되기도 한답니다. 녹주(綠洲)가 바로 그 중 하나지요. 그런 녹주 중에 계곡처럼 만들어진 곳이 있는데 그 안에 사람이 산다는 이야기를 들은 적이 있습니다.

─그렇군요.

─사실 카레즈는 수맥이 이리저리 뻗어 있어서 잘못 들어가면 길을 잃고 영영 미아가 되는 곳이라고 합니다. 그런데 저들은 지상에서도 물길을 잘 찾아가는 것을 보니 길을 잘 아는 것이 분명합니다.

─저들이 가려는 사사묵련의 총단과 카레즈가 관계가 있는 모양이군요.

─그럴 확률이 아주 높습니다.

─그런데 소문주님은 그런 사실은 어떻게 아십니까?"

서린이 자세히 알고 있는 것 같아 보이자 성겸이 궁금해 물었다.

─장백에 있을 때 서역에서 온 상인을 만날 수 있었습니다. 그는 천산 산맥을 넘어 카레즈에서 며칠 머물렀다고 하더군요. 그에게서 카레즈에 대해 들었습니다.

진짜 서린의 기억 속에 있는 지식이만 자신이 알고 있는 것처럼 천연덕스럽게 대답했다.

—으음, 그러셨군요.

성겸은 고개를 끄덕였지만 눈빛이 흔들리는 것은 어쩔 수 없었다.

'도대체 이 아이는 누구라는 말인가? 천서린이 아닌 것은 분명하다. 하지만 얼굴 모양이나 말투는 분명 어렸을 적 서린이 맞다. 원래의 서린이라면 총명하기로는 북경에서도 소문이 자자한 아이. 그리고 이 아이 또한 서린이와 마찬가지로 총명이 과인하다. 그럼, 설마 진짜라는 말인가? 하지만……'

자신의 눈앞에 있는 서린의 정체가 어떤 것인지 궁금해 미칠 지경이었다.

북경에서 천산 산맥까지 오는 동안 보여 준 서린의 행동은 장백파에서만 머물렀던 사람인지 의문이 들게 했다. 학문이 깊다는 사람도 알기 힘든 것들에 대해 무척이나 해박했기 때문이다.

다섯 나이부터 북경을 놀라게 한 천재가 아니라면 그런 모습을 보일 리가 없었기에 진짜 천서린일 것이라는 생각이 들기도 했지만, 확신할 수 없는 이유가 있었다. 그것은 지난 두 달 동안 천서린이 보여 준 또 다른 일면 때문이었다.

'말이라고 타 본 것을 얼마 되지 않았는데, 놀랍도록 기마술이 늘어난 것은 모두 서린이 덕분이다. 그리고 우리가

익히게 된 십팔반 무예도 장군가에서나 전해지는 상승이 것이다.'

북경을 떠나는 날부터 자신들을 인도하고 있는 세 사람이 모르게 사령오아는 천서린으로부터 기마술과 십팔반 무예를 지도받고 있었다. 기마일체를 이루는 마술보다 놀라운 것은 십팔반 무예였다.

성겸은 서린에게 배운 창술을 위해 오는 길에 급히 장만한 창을 바라보았다. 묵빛이 어리는 창은 이곳으로 오면서 만나 야시장에서 서린이 장만해 준 것이었다.

그것만이 아니었다. 자신의 애병을 제외하고 왼쪽에는 활과 대도 하나, 오른쪽에는 화살을 담은 전통(箭桶)과 활이 걸려 있었다. 모두가 서린으로부터 배운 십팔반 무예에 사용되는 무기들이었다.

이러한 사정 때문에 진짜 천서린이라고 확신하지 못하고 있었던 것이다.

'십팔반의 무기술도 그렇고, 수많은 병략도 그렇고, 도대체 저 아이의 머릿속에는 얼마나 많은 것이 들어 있는 것인지 모르겠구나.'

그동안 서린은 사령오아에게 많은 것을 알려 주었다.

여러 가지 무기들의 가장 적절히 사용할 수 있는 상승의 무공 절기, 여정 동안 지나쳐 온 지형들과 그에 맞는 전투법들이 뇌리를 스쳤다.

생각에 잠겨 있다가 서린과 눈이 마주쳤다. 깊고 깊어 속을 알 수 없는 눈빛이다.

'우리에게 알려 준 것들은 이 아이 혼자서 준비한 것이라고는 믿을 수 없는 것들이다. 혹시, 무혹비사를 파헤치는 것 말고도 다른 것이 있는 것인가? 그것은 아닐 것이다. 그런 있다면 내가 모를 리 없을 테니까.'

도대체 속을 알 수 없기에 마음만 답답해져 갔다.

'솔직히 그런 것보다 더욱 놀라운 것은 저 아이다. 처음엔 무예를 익힌 것 같지 않더니 지금은 익힌 것인지 아닌지도 측정이 되지 않는다. 전음을 보낼 수 있는 것을 보면 확실히 무예를 익힌 것 같지만 내력은 전혀 느껴지지를 않으니 말이다. 그리고 저 노련한 자들을 완벽하게 속여 넘길 수 있는 심계도 그렇고…….'

접룡사자 진성곤과 냉소, 장수노가 함께 오는 길이다. 그동안 감시의 눈길을 게을리 하지 않았음에도 세 사람은 서린과 자신들 사이에 이러한 일이 일어나고 있다는 사실을 알아차리지 못했다.

지난 두 달간 사령오아가 변해 가는 과정을 앞서 가는 세 사람이 느끼지 못하게 만든 것은 모두 천서린의 힘이었다.

쉴 때마다 수련하는 각종 무기술은 성겸이 가르치는 것으로 되어 있었지만, 실제로는 천서린이 가르쳐 준 것을 성겸이 그대로 동생들에게 알려 주는 것일 뿐이었다.

모든 것이 의문투성이였다.

서린의 나이가 이제 열여섯 살.

이제 석 달이 지나면 열일곱 살이 되지만, 진짜 나이가 의심될 만큼 노련함과 치밀함을 보이는 서린을 보며 어떨 때는 질리지 않을 수 없었다.

—아저씨, 다음 분기점에 온 것 같군요. 저들이 멈춰 세웠습니다.

—그렇군요.

성겸은 진성곤이 말을 멈춰 세우는 것을 보고는 그에게로 다가갔다.

"전룡사자, 이제 다 온 것이오?"

"다 왔다. 조금 있으면 맞이하러 올 분이 있을 것이다. 예로 맞을 준비를 해라. 북경에서는 너희들 마음대로 됐을지 모르겠지만 여기는 본 련의 중지이니, 괜히 말썽을 일으켰다가는 죽지도 살지도 못하게 될 것이다."

지난 석 달간 알게 모르게 자신들을 따돌리는 것 같은 분위기에 기분이 상해 있던 진성곤은 불쾌한 어투로 성겸의 호기심을 충족시켜 주었다.

주객이 전도된 것처럼 무예를 수련하지를 않나, 병장기를 장만한다고 무턱대고 병기점으로 들어가 버리니 사령오아에 대해 반감이 생긴 것은 어쩌면 당연한 일이었을 것이다.

사사묵련에 들어가면 어떤 일이 벌어질지도 모르니 그동안 알고만 있던 무예를 수련한다고 하니 말릴 수도 없는 탓에 속으로만 앓아 온 진성곤이었다.

하지만 이제 자신의 안방이나 다름없는 사사묵련의 총단에 오자 그동안 쌓여 온 불만을 표현한 것이었다.

"이곳은 암벽밖에는 없는데, 어디서 마중을 나온다는 것인지 모르겠소."

그르르릉!

성겸의 말이 채 끝나기도 전에 굉음이 울렸다.

일행이 보고 있는 암벽이 갈라지며 누군가 나오고 있었다.

"접룡사자, 이제 오시는 길이오?"

붉은 장포에 검을 등에 둘러맨 사십대 중반의 중년인이 진성곤을 아는 체했다.

"그렇습니다. 지객전주님!"

마중을 나온 사람이 그보다 상관인 듯 진성곤의 대답은 공손하기 그지없었다.

"하하하, 하루이틀 정도는 늦을 줄 알았는데 용케 시간을 맞춰 오셨네그려."

"그동안 뒤따르는 자들을 따돌리느라 힘들었지만, 길을 잡은 후에는 말을 타고 서둘렀더니 늦지 않게 올 수 있었습니다. 전주님."

"뒤를 쫓는 자들도 접룡사자를 놓친 것인지 자취가 없다는 보고는 이미 받았소. 그런데 북경의 천잔도문에서 유룡취주를 받은 자들이 저들이요?"

"그렇습니다. 소문주인 천서린과 사령오아라고 합니다. 이들이 이번 유룡취주의 마지막 후계자들이 될 사람들이지요. 이자는 사령오아 중 대아인 성겸이라고 하고, 저 뒤 중앙에 있는 아이가 소문주인 천서린입니다. 그리고 그를 호위하듯 말을 타고 있는 자들이 좌측부터 이아(二牙) 도운(刀雲), 삼아(三牙) 명수(冥袖), 사아(四牙) 호명(虎銘), 그리고 마지막으로 오아(五牙) 백천(魄穿)이라고 합니다."

진성곤은 자신의 옆에 있는 유진성을 비롯해 천서린과 사령오아를 소개했다.

"그런데 저들의 복장은 무엇이요? 이건 군문에나 있을 것 같은 복장을 하고 있으니 말이오?"

"죄송합니다. 말리려 하였으나 이곳으로 오는 동안 자신들이 알고 있는 무예를 익힌다고 하기에 그냥 두었더니 저런 복장이 되고 말았습니다."

진성곤은 지난 시간 동안 북경에서 천산까지 오면서 사령오아가 무예를 익히는 과정을 간략하게 설명했다.

"후후후, 무릇 무예란 한 가지만 파고들어도 대성하기 어려운 일인데 저렇게 많은 무예를 익히다니 재미있군. 하지만 도움이 될 수도 있을 것이니 그리 나쁘지만도 않은 일이지. 그런데 저들은 유룡취주를 받들었나?"

"그게, 사실은……"

진성곤은 곤란한 표정을 지으며 말끝을 흐리다가 이내 북경에서 있었던 일을 고했다. 속일 일이 아니었던 것이다.

"하하하하! 간만에 들어 보는 통쾌한 소리군. 저 아이가 그런 배짱이 있다니 말이야. 재미있는 놈이로군."

지객전주인 파룡섬(波龍閃) 뇌진기(雷震基)는 파안대소를 터트리며 천서린을 바라보았다.

'후후후, 미간에 어린 정기나 눈빛을 보니 예사 놈이 아니로구나.'

암벽이 갈라지고 자신이 나타난 것에 놀랄 만도 하건만 눈빛 하나 변하지 않던 것을 처음부터 보고 있던 뇌진기였다.

분경에서의 일까지 듣게 되자 천서린이 예사로운 아이가 아님을 느끼고 있었다.

'나야 이곳에서 본인인지 진위 여부만 파악하면 될 터. 저 아이와 사령오아란 자들이 역용한 것이 없는 것을 보면 통과시켜도 되겠구나!'

"어서들 들어가게. 먼 길을 왔는데 내가 너무 오래 붙잡아 놓고 있었군. 그리고 천서린이란 아이야!"

"예, 어르신!"

"난 파룡섬 뇌진기라는 사람이다."

"......"

"하하하, 처음 들어 봤을 것이다. 난 중원 사람이 아니니 말이다. 하지만 한 가지 충고하고 싶구나. 유룡취주야 어차피 요식 행위이고, 이틀 후에 진정한 후계자들을 선발할 것이다. 그때 네가 후계자가 될 것인지 정해질 것이다. 하지만 너무 뻣뻣한 놈은 부러지기 십상이지. 내 말을 알아들었느냐?"

"예, 어르신. 말씀 명심하겠습니다."

"그래, 그럼 들어가도록 하자. 접객사자(接客使者)와 두 사람은 이만 돌아가도록 하시게."

"알겠습니다. 전주님."

천서린 일행을 이곳까지만 데리고 오는 것이 임무인 듯했다. 뇌진기의 말에 세 사람은 길게 읍하며 물러나 말머리를 돌려 돌아가기 시작했다.

―아이야! 놀라지는 말고 내가 하는 말을 듣기만 하거라.

난데없는 뇌진기의 전음에 천서린은 고개를 약간 끄떡이며 알아들었음을 표시했다.

―시험이 있을 것이다. 잔혹한 시험이지만 잘 이겨 내야 할 것이다. 그것은 사사묵련의 빈객에 불과한 나로서도 어쩔 수가 없구나.

천서린이 의문이 가득한 눈으로 뇌전기를 쳐다보았다.

―너무 궁금해하지 말거라. 네가 계중의 아들이라면 된

것이다. 네 아비가 널 위해 준비한 사람이라고 알고 있으면 된다. 네 몸에서는 내력이 느껴지지 않지만, 기이한 기운이 흐르고 있구나. 그들이라고 그것을 눈치채지 못할 리 없으니, 분명 다른 이보다 잔혹한 시험이 치러질 것이다.

천서린은 뇌전기의 전음에 걱정하지 말라는 듯 연한 미소를 지어 보이며 눈을 깜박였다.

'역시, 대단한 분이다.'

진짜 천서린의 기억에서 자신의 아버지가 된 천계중은 정말이지 만만치 않은 사람이었다.

어떻게 사사묵련의 안에 뇌전기 같은 사람을 안배했는지 모르지만, 어느 정도는 예상하고 있던 일이었음에도 서린은 놀라지 않을 수 없었다.

'동네에서 뛰어놀 정도밖에는 안 될 나이에 저리도 침착하다니, 참으로 놀라운 아이다. 현제의 부탁으로 이곳에 들어와 준비를 하긴 했지만, 내심 고민하고 있었는데 저 정도면 충분히 사사묵련의 시험을 이겨 낼 것이다.'

뇌전기는 사실 천잔도문과 인연이 있는 사람이었다.

장백파의 기인이라는 백절광자와 더불어 오늘날 천잔도문이 만들어지는데 아무도 모르게 많은 공헌을 한 사람이었다.

무예에 미쳐 군부는 물론 각 대문파의 절기를 연구했던 백절광자가 무림인으로서 음으로 양으로 천잔도문의 개파에 관여를했다면 뇌진기는 다른 것으로 천잔도문을 키운 사람이다.

그는 관에 있던 사람이었다. 정확히는 명의 황제를 호위하며 중추기관의 하나인 금의위와 금군의 무공수련을 지도했던 교두였다.

이십여 년 전에 교두를 그만두고 군부에 진출했을 때 천계중과의 인연으로 천잔도문의 사람들 중 자질이 출중한 자들을 수련시키는 일을 담당했던 사람이었던 것이다.

천계중은 천잔도문의 젊은 자들 중 선발하여 비밀리에 병졸로 자원하도록 했고, 뇌진기는 그들을 금군으로 끌어들여 무예를 전수하며 황궁 내 천잔도문의 영향력을 키울 수 있도록 지원해 준 사람이었던 것이다.

뇌진기는 그렇게 천잔도문을 돕다가 사사묵련이 황궁과 깊이 관련이 있음을 알고 군부를 벗어났다. 비밀리에 사사묵련에서 그를 초대했던 것이다.

언젠가 사사묵련이 천잔도문에 손을 뻗어 올 것을 대비해 천서린이 장백파로 떠나던 해에 뇌진기는 사사묵련에 빈객으로 들어설 수 있었다.

그가 눈치채지 않게 들어올 수 있었던 것은 금의위 또한 어느 정도 사사묵련의 일에 개입해 있었기 때문이었다.

그르르릉!

탁!

뇌진기의 인도로 일행이 안으로 들어서자 암벽이 다시금 제자리를 찾았다.

'으음, 놀라운 기관 장치다. 이정도 기관 장치라면 만드는 데 상당한 시일이 걸렸을 것이다. 그리고 만든 지 오래된 것으로 보아 사사묵련이란 단체는 세상 사람들이 알고 있는 것 보다 오랜된 것이 분명하다.'

기관의 움직임과 여러 가지 모습을 보고 서린이 내린 판단이었다.

"상당히 거대한 공동이군요?"

"저리로 가면 된다. 일단 가기 전에 너와 사령오아는 사사묵련에 들어가기 위해 나에게 근골에 대한 시험을 받아야 할 것이다."

"알겠습니다."

"우선 사령오아부터 차례로 저리 가서 앉아라."

뇌진기는 한쪽 구석을 가리켰다.

공동의 한쪽엔 돌로 만든 좌단이 하나 만들어져 있었다.

뇌진기의 말에 성겸이 먼저 자리에 앉았다.

성겸이 자리에 앉아 가부좌를 틀자 뇌진기는 명문에 손바닥을 대고는 자신의 진기를 주입시켰다.

"놀라지 말고 내 진기를 거부하지 마라. 이곳에 들어오는 자들의 내력을 파악하는 절차이니."

"으으음."

뇌진기의 진기가 파고들어 오는 듯 성겸이 신음을 흘렸다. 자신의 진기를 불어넣은 뇌진기가 손을 뗐다.

"일어나라. 다음 사람은 자리에 앉고."

성겸이 일어서고 이번에는 도운이 자리에 앉았다.

역시나 같은 절차를 거치고, 그렇게 나머지 사령오아도 뇌진기로부터 내력의 종류를 시험받았다.

"익히고 있는 무공이 장백파의 것이라 그런지 구대문파나 오대세가 등과는 사뭇 다르지만 모두들 정심한 내력을 가지고 있구나. 각자 가지고 있는 내력의 기운이 비슷한 종류인 것을 보니 같은 사문의 것도 분명하고."

사령오아의 내력을 완전히 파악한 듯 뇌진기의 말이 이어졌다.

큰소리로 말하는 것을 보니 누군가 공동 근처에서 사령오아가 시험받는 것을 지켜보고 있는 모양이었다.

"너도 이리 와서 앉아라."

"예."

서린은 주저 없이 뇌전기의 앞에 앉아 가부좌를 틀었다.

그와 동시에 명문혈에서부터 부드러운 진기가 흘러들기 시작했다.

'잘못하면 삼극정법이 일어난다. 일단 철한풍에 감싸인 삼극정법을 자연스럽게 전신 세혈로 흩트려 억눌러 놨으니 진짜는 알아차리지 못하기를 비는 수밖에……'

서린은 뇌전기의 진기가 삼극정법의 기운을 촉발시킬까
저어해 전신 세맥으로 삼극정법의 기운을 흩어 놓은 상태였
다.

　중원의 무공과는 다르게 삼단전을 키울 수도 있고, 전신
세맥을 이용할 수도 있는 것이 삼극정법이 이기에 가능한
일이었다.

　서린도 어느 정도 예상한 일이지만 뇌진기는 철한풍을
알아차리고는 전음을 보내왔다.

　―지금부터 내가 하는 말을 잘 들어라. 네 몸에 아주 차
갑고 기이한 기운이 느껴진다. 저들도 금방 눈치를 챌 테
고, 너는 무공이 없다고 보고가 된 상태니 저들도 이상하게
생각할 것이다. 지금도 이곳에 너를 지켜보는 눈이 있다.
그래서 난 너에게 한 가지 혈행법을 알려 줄 생각이다. 그
러기 위해서는 내 진기를 조금 나누어 주어야 한다. 하지만
내가 가지고 있는 기운이 내 진기와 반발할 것이 두렵구나.

　진기란 익히는 사람마다 다른 것이었다.

　다른 이에게 진기를 불어넣는다는 것은 잘못하면 심맥이
상하기에 같은 내공을 익힌 사문의 사람이라도 어려운 일이
었다.

　내력이 월등하거나 진기에 대해 해박하지 않다면 힘든
일인 것이다.

　하물며 다른 종류의 진기를 익힌 사람에게는 더더욱 힘

든 일이 진기를 이용해 형행을 돕는 것이었다.

뇌진기는 그러한 것을 우려한 것이다.

끄떡!

서린은 고개를 미미하게 끄떡였다. 괜찮다는 뜻이었다.

삼극정법의 효능상 어떤 다른 이종의 진기가 체내로 들어와도 순환시켜 자신의 흐름으로 만들 수 있는 까닭이었다.

무엇보다 뇌진기가 철한풍의 기운은 감지한 것 같지만 삼극정법은 알아차리지 못한 것 같기에 마음이 놓였다.

―그럼 지금부터 내가 인도하는 진기의 흐름을 잘 기억하고 있도록 해라.

뇌진기는 혈맥을 통해 자신의 진기를 서서히 돌리기 시작했다.

일주천시키며 자신의 진기를 심고, 다시 한 번 시도하려는 순간 서린의 고개가 가로저어졌다.

―한 번밖에 전하지 못했는데 그만하라니 할 수 없구나.

혹시나 진기의 움직임으로 안 좋은 일이 일어난 것인가 하여 뇌진기는 서둘러 자신의 진기를 거두었다.

"네 몸에는 기이한 기운이 있어 진기의 흐름을 방해하는구나. 하지만 그리 체계가 잡히지 않아 전신 세맥에서 떠돌고 있었다. 혹시나 위험할지도 몰라 내가 너의 혈행과 기맥의 움직임을 바로잡아 놓았다. 이것도 인연이라면 인연. 만약 내가 행한 진기의 흐름을 기억하고 수련하여 깨우칠 수 있다면 네 행보에 많은 도움을 줄 것이다."

"고맙습니다, 어르신."

서린이 고마움을 표시하자 뇌전기의 전음이 들려왔다.

—서린아, 이곳에서의 시험이 그저 몸을 망가뜨리는 것만이 아님을 기억한다면 너에게 좋은 성과를 줄 수도 있을 것이다. 그러니 고통을 견디려 하기보다는 즐기며 이면에 숨어 있는 뜻을 찾는 것도 좋을 것이다.

—뭐라 고마운 말씀을 드려야 할지 모르겠습니다. 어르신.

서린이 전음으로 대답을 했다.

그런 뇌전기는 놀라운 눈빛을 보냈다.

지금 자신이 심어 준 내력은 고작 십 년 정도의 양이었는데, 전음을 시전 하는 것을 보며 자신도 모르게 놀란 것이다.

그르르릉!

서린이 고마움을 표시하고 있을 때 공동의 석벽 한쪽이 소리를 내며 열렸다.

그곳에서 누군가가 뇌전기가 있는 곳으로 다가왔다.

파리한 안색에 날카로운 눈매를 가진 이십대 후반으로 보이는 젊은이였다.

"내력을 살피는 것이 끝난 것이오?"

"그렇다. 저 다섯은 장백문하의 것으로 보이는 내력을 익힌 것 같고, 이 아이는 내력을 익힌 것 같지는 않지만 기이한 기운이 감돌고 있었다. 하나, 구대문파나 오대세가의 것으로는 보이지 않는다. 저기 있는 사령오아와 비슷한 것을 보니 이 아이도 장백과 인연이 있었던 아이 같았다."

"그럴 것이오. 저 아이는 육절맥을 치료하기 위해 철한풍이라는 장백의 비전영기를 취한 것 같으니 말이오."

"그래서 내가 알아보지 못했군."

이제야 이해가 간다는 듯 뇌진기의 고개가 끄덕여졌다.

"그만 이 아이와 사령오아를 데리고 가도록 해도 되겠소?"

"그렇게 하도록 해라. 내력을 살펴봤는데 이상은 없었고, 금영주에게 소속될 사람들인데 내가 뭐라고 할 수 있는 것도 아니니 말이다."

"알았소. 그럼 이 사람들을 데리고 가겠소."

"그렇게 하도록 해라. 난 명상이나 해야겠다."

말을 마친 뇌전기는 여섯 사람의 내력을 시험했던 자리로 가 가부좌를 튼 채 명상에 잠겼다.

금영주라 불리는 사람은 그런 뇌전기의 모습을 묘한 눈으로 바라보았다.

'저자! 사부님이 데려오기는 했지만 묘한 자다. 다른 사람들에게는 보이지 않던 행동을 하다니 말이야. 분명 이 아이에게 내력을 전해 준 것 같은데 천서린이란 이 아이와 관련이 있는 것인가? 어차피 상황을 살펴야 할 테니 모른 척하는 것도 나쁘지는 않겠군. 저자를 우리 쪽으로 끌어들일 수도 있을 것 같으니 말이다.'

그는 생각을 멈추고 천서린과 사령오아를 바라보았다.

"난 천금영(淺錦營)의 영주인 금수주(琴水紬)라고 한다. 앞으로 너희들을 책임질 사람이다. 나를 따라오너라!"

금수주는 천서린 일행을 이끌고 석벽이 열린 곳으로 향해 들어갔다.

그르르릉!

일행이 모두 들어가자 기관이 발동한 듯 석벽이 서서히 닫혔다. 그와 동시에 뇌진기의 눈이 떠졌다.

'잘 견뎌야 할 텐데…….'

뇌전기는 석벽 안으로 사라진 서린을 보며 불안한 표정을 짓다가 이내 눈을 감으며 명상에 잠겼다.

사사묵련이 입련하기 전 거치는 절차는 그로서도 어떻게 할 수 없는 것이었기 때문이었다.

'꽤나 크군. 이런 통로를 만들다니 예사 집단이 아니다.'

기다란 통로는 장정 다섯이 지나가고도 남을 만큼 컸다. 곳곳에 횃불이 걸려 있어 통로의 어둠을 밝히고 있었다.

"너희들도 알다시피 이곳은 사사묵련의 비밀 총단이다.

너희들은 아닐 것이라 생각한다만 후계자로 지목된 놈들 중에서 이곳의 비밀을 캐려고 잠입하는 놈들도 있었다. 그러나 그런 놈들 중 살아나간 놈들은 하나도 없었다. 너희들은 지금 사사묵련이 시행하는 시험을 두 가지나 통과했다. 너희들이 모르는 사이에 이루어진 시험이다."

"두 가지 시험이 있었다는 말인가요?"

"그렇다. 제일 먼저 후계자가 될 재목들에 대해서는 사전 조사가 이루어진다. 우리의 기준에 합당하면 일차 선발이 되는 것이지. 이차 시험은 이곳으로 오는 동안 진행된다. 세작으로 잠입하는 놈들은 대부분 이곳까지 오면서 행적을 남기게 되지. 자신들을 보낸 자들에게 총단의 위치를 알리기 위해 표시를 남기니 말이다. 하지만 그런 놈들은 이곳에 와서 지객전주는 만나 보지도 못하고 죽는다. 자신들이 세작이라는 것이 완전히 밝혀졌다는 것을 모르고 말이다. 놈들은 자신들이 이곳까지 아무도 모르게 표식을 남기고 왔다고 생각하겠지만 그런 표식들은 완벽하게 지워진다. 미행하는 놈들 또한 완벽하게 지워지고, 우리가 역으로 놈들을 추적하지."

"으으음."

"그래서 그렇게 행로를 잡고 온 것이군."

사령오아가 신음을 흘렸다.

지금까지 석 달여간 이곳으로 오면서 그런 것은 한 번도 느낀 적이 없었다.

급하다고 하면서 서 달 가깝게 행로를 잡은 것에 대한 의문이 풀리는 순간이었다.

보기보단 치밀한 행사였다.

"처음 이동을 시작한 후에 너희들은 의심을 받았었다. 누군가 너희 일행을 따라오고 있었기 때문이다. 만약 관계가 있었다면 너희들을 깨끗하게 지웠겠지만 그렇지는 않더군."

"우, 우리들을요?"

"소문을 듣고 온 것인지 너희들의 행적을 추적하는 이들이 있었다. 그러다가 우리들이 행적을 지우자 포기를 하더군."

"휴우, 그랬군요."

서린이 안도의 한숨을 삼켰다. 자칫 이유도 모르고 죽을 수도 있었기 때문이었다.

"그래, 다행으로 여겨라. 너희들의 목숨이 백척간두에 놓여 있었으니까 말이다. 하지만 진짜배기는 이번에 너희들이 겪게 될 시험이다. 이곳까지 완벽하게 잠입했다면 뛰어난 놈들이라고 봐야겠지. 하지만 그들도 밀혼영(蜜魂營)의 손길을 벗어나지 못했다. 두 가지 시험을 통과하고 이곳까지 온 세작은 지금까지 딱 세 놈이었다. 그러나 밀혼영의 영주(令主) 장민석(張旻奭)의 손을 벗어날 수 없었다. 난 네놈들 중에 네 번째 놈이 나타나는 것을 바라지 않는다.

그래야 우리 천금영도 제 숫자를 채울 수 있을 테니까 말이다. 네놈들은 날 실망시키지 않으리라 믿는다. 만약 나를 실망시킨다면 내 손에 죽을 줄 알아라."

금수주는 말을 이어 가며 살기를 흘렸다.

그가 흘리는 살기는 지금의 사령오가가 감당할 수준이 아니었다.

만약 싸움이 벌어진다면 사령오아가 합공을 하더라도 이기지 못할 가능성이 컸다.

"다 왔군."

석굴이 끝나 가는지 빛이 들어오기 시작했다. 희미하기는 하지만 태양빛이 분명했다.

천서린과 사령오아가 당도한 곳은 햇빛이 비치고 있지만 분명히 지하였다.

"이곳이 바로 사사묵련의 비밀 총단인 회혼묵지(回魂墨地)다."

사방을 이루고 있는 것은 검은색의 칙칙한 암석이었다.

그리고 그 가운데 사방 백여 장이 넘는 거대한 분지가 존재하고 있었다.

멀리 하늘 위가 조그맣게 보이는 것이 마치 호리병처럼 생긴 지하의 분지에 사사묵련의 총단이 있었던 것이다.

"세상에, 이런 공간이 있다니?"

"후후후, 이곳에 오면 모두가 놀라지. 저 가운데 흐르는 하천은 천산 산맥에서부터 빙하가 녹아내려 온 것이다. 우린 한천빙로(寒泉氷露)라 부르지."

금수주의 말대로 분지 한가운데를 가르고 하천이 흐르고 있었다.

바닥의 흑석으로 인해 검게 보이는 하천에는 군데군데 얼음이 떠내려오고 있었고, 그 가운데에는 수십 명의 사람들이 목만 물위로 내민 채 있었다.

"저들은 뭐하는 겁니까?"

한천빙로에서 수련을 하는 이들에 대해 서림이 물었다.

"저들은 너희와 같은 후계자들이다. 지금 시각이면 세격영(細挌營)의 후계자들이 수련을 할 시각이겠군."

"죄송하지만, 말씀하시는 세격영이 뭐하는 곳인가요?"

사사묵련의 휘하 조직 같았기에 무엇을 하는 곳인지 물었다.

앞으로 사사묵련에서 생활하자면 미리 알아 두는 것이 좋겠다는 생각 때문이다.

"우리 조직에 대해서 궁금하겠지만 일단 참아라. 너희들은 밀혼영이 마련한 관문을 통과해야 하니까 말이다. 밀혼영(蜜魂營)의 영주(令主) 장민석(張旻奭)의 손에서 세작이 아니라는 결론이 나면, 알고 싶지 않아도 자연히 알게 될 것이다. 자, 가자. 후후후, 손이 근질거리는 장영주가 너희들이 오기만 학수고대 하고 있으니 말이다."

무엇이 그리 즐거운지 금수주는 웃음을 지으며 천서린을 이끌었다.

창백한 안색의 금수주가 흘리는 웃음은 기괴하게 천서린과 사령오아에게 다가왔다.

"이곳이 바로 밀혼영이다. 들어가면 기다리는 사람이 있을 것이다."

금수주가 멈추어 선 곳은 사천왕상이 새겨져 있는 검은색의 석문 앞이었다.

"후후, 다시 보게 될지, 아니면 이곳에서 영원히 뼈를 묻을지 모르겠지만 너희들은 다시 봤으면 좋겠군."

"저희도 다시 뵙기를 바랍니다."

천서린이 공손히 대답했다.

"후후, 아무리 생각해도 이상한 일이야? 오늘은 이상하게도 말을 많이 하게 되는군. 사사묵련에 들어온 이후로 어제까지 내가 한 말을 합친 것보다 오늘 한 말이 많은 것 같은 생각이 드는 것을 보면 말이야. 아마도 너희들이 마음에 들어서인 것 같다. 그래, 네 말대로 아무 일 없이 돌아오너라. 정신만 잘 차린다면 뜻밖의 성취도 있을지 모르니 눈 크게 뜨고."

금수주는 뜻 모를 말을 남기고는 사천왕상의 한 부분을 어루만지고 이내 뒤돌아 갔다.

그르르릉!

금수주가 뒤를 돌아가자마자 기관이 작동한 것인지 석문이 열렸다.

그곳에는 눈동자만 내놓은 채 온통 검은 옷으로 가린 자들이 서 있었다. 밀혼영들이 마중을 나온 것이다.

밀혼영은 아무런 말없이 천서린과 사령오아가 들어오도록 손짓을 한 뒤 돌아서 안으로 들어갔다.

"안에 무엇이 우리를 기다리고 있을지 모르지만 어서 들어가시죠, 소문주님."

"그래야지요. 아무리 그들이 우리를 시험한다고 하지만 설마 죽이기야 하겠습니까? 말을 들어 보면 이것은 시험을 겸한 안배 같으니, 아저씨들도 천금영의 영주가 말한 것처럼 정신 바짝 차리고 이면을 보도록 노력하시는 것이 좋을 것 같습니다."

"알았습니다, 소문주님. 저희는 걱정하지 마시고 소문주님도 조심하십시오."

여섯 사람은 긴장된 마음으로 밀혼영의 본거지로 들어갔다.

그곳은 어둠만 있는 세상이었다.

그르르릉!

탁!

서린 일행이 들어가자 석문이 굉음을 내며 아무 일 없다는 듯이 이전 모습을 찾았다.

　　　　　*　　　　　*　　　　　*

　"어떻게 생각하나?"

　천서린과 사령오아가 들어선 밀혼영의 깊숙한 심처에서 누군가 입을 열었다.

　건장하게 생긴 청년의 입에서 나온 목소리는 머리가 보통 사람의 배나 됨직한 대두(大頭)의 사나이를 향해 그의 가장 큰 관심사를 묻고 있었다.

　"지금 오는 자들 말입니까?"

　생긴 것과는 다르게 대두의 사나이의 입에서는 맑은 목소리가 흘러나왔다.

　"그래, 한 놈은 이제 젖비린내도 가시지도 않은 어린놈이고, 다른 놈들은 이제 늑대 정도 되는 놈들인데 말이야."

　"글쎄요. 련주께서 저들의 입련(入聯)을 허락한 것을 보면 뭔가 있는 놈들이 분명하기는 합니다. 다만……."

　맑은 목소리와는 다르게 의심이 가득한 말이었다.

　"다만?"

　"수주상인(授珠商人)의 말처럼 너무 깨끗한 것이 흠이라면 흠입니다. 특히 천서린이란 놈은 어려서부터 천재라 소문난 놈이지만, 다섯 살 이후로 행적이 너무 오리무중입니다."

"오리무중이라? 그의 행적은 장백파에서 확인한 것이 아닌가?"

"저희들의 보낸 세작이 확인을 하긴 했지만, 그 아이의 얼굴이나 행적을 알고 있는 사람은 장백에서 오직 두 사람뿐입니다. 장백진인과 호연자라 불리는 전대 기인이 바로 그들이지요. 그러니 세작이 직접 확인한 것은 아닙니다."

"그 아이에 알고 있는 것이 단 둘뿐이란 것 때문에 의심이 든다는 말인가?"

"그렇습니다. 천서린이란 존재가 장백파에 알려진 것도 장백진인이 장문인의 자리에서 물러나는 자리에서 그 아이를 자신의 제자로 밝히고 설명을 해 준 것이 다였다고 합니다."

"장백진인이 그 아이를 제자로 받아들였다는 말인가?"

"의발 제자는 아니고 기명 제자라고 합니다. 장백진인이 전전대의 인물이니 지금 장백파의 일대 제자들에게는 천서린이 사숙이 되지요."

"항렬이 꽤 높군. 무림에 나서면 까다로운 존재가 되겠어. 그런데 그것이 뭐가 이상하다는 것인가?"

"일단 호연자란 자가 문제입니다. 실질적으로 천서린의 육절맥을 치료한 것이 호연자라는 자인데, 이 이름이 장백에서 대대로 내려오는 이름이라는 것입니다."

"같은 이름을 계속 쓰는 것이 호연자가 인연이 있는 자를 기다리는 자란 말이냐?"

"그런 것 같습니다. 장백에서 보호하고 있는 철한풍이 어떤 신비한 작용을 하는지 모르겠지만, 호연자는 철한풍이 나오는 동굴을 수호하며 인연자를 기다리는 자가 틀림없습니다."

"그렇다면 천서린이란 아이가 장백의 신비를 간직한 인연자라는 말이로군."

"그런 것 같습니다. 인연자를 길러 낸 것 때문에 심력을 다해 그런지 모르겠지만 호연자는 얼마 전 천수를 다해 숨을 거두었다는 보고가 있었습니다. 이건 세작이 직접 확인한 사항입니다. 그리고 장백진인은 선도 수련을 핑계로 장문인의 자리에서 물러난 후 행적이 묘연하다고 합니다. 문파의 직위에서 물러나면 선도 수련을 하다 등선하는 것이 장백파의 관례라면 문제가 없겠습니다만, 이상하게도 장백 인근에서 장백진인의 행적이 완전히 지워졌다는 것이 문제입니다."

"자네가 이상하게 여길 만도 하군. 그럼 천서린이란 아이가 보낸 장백에서의 육 년이란 세월에 대해 아는 자가 이제는 아무도 없다는 말이지?"

"그렇습니다. 호연자가 있는 곳에 매번 들어간 식량의 양을 살펴보면 분명 두 사람이 기거했다는 것을 확인할 수 있지만, 그동안 우리가 보낸 세작을 포함해 한 번도 그 아이를 본 사람이 없는 것을 살펴보면 이상하기는 합니다."

"후후! 재미있군. 그러니까, 자네 말은 이상하기 한데 무엇이 이상한지 아직은 모르겠다는 말이로군?"

"그렇습니다, 영주!"

"하하하, 그놈들이 누가 됐건, 이곳에 잠입할 목적이 있다면 바로 밝혀질 텐데 무얼 그리 걱정하나. 아직 내 손에서 정체가 밝혀지지 않은 자는 없었으니 말이네."

밀혼영의 영주인 장민석(張旻奭)은 자신 있는 표정으로 의문을 표시하고 있는 대두의 사나이를 달랬다.

"영주님의 능력은 믿사오나. 만약 이들이 세작이라면 정말 무서운 자들이라는 생각이 들어서 말입니다. 그리고 제 예측이 사실이라면 이런 일을 주재한 자가 어떤 자인지 가슴이 떨릴 지경입니다."

"혈뇌사(血腦師)! 후후, 누가 자네의 머리를 따라올 수 있다고 그러나. 자네의 머리는 나도 감당하기 버거운 머리인데 말이야. 무게로나 음흉함으로나 말이야."

"영주님도, 참! 무게는 모르겠으나 음흉함으로 따진다면 제가 영주님을 따라갈 수나 있겠습니까?"

"크하하하하, 재미있군. 만약 자네 말대로 놈들이 세작이라면 재미있을 것 같지 않나? 사혼밀법(死魂密法)을 그들이 받게 되면 모든 것을 불 테니 말이야."

"재미있을 것 같습니다. 탈혼섬도 그 아이에게 무엇인가 알려 준 것 같고, 천금영주도 그러하니 앞으로 사사묵련의 구도에 영향을 미칠 것만은 틀림없는 아이니 영주님 말씀대로 틀림없이 재미있을 것 같습니다."

"그래, 지켜보자고. 만약 그 아이와 사령오아란 자들이 사혼밀법을 통과하고 천금영에 든다면 세력이 비등해질지도 모르니 말이야."

"삼환영(三幻影)의 구도가 재미있어질 것 같군요."

"그래, 재미있는 일이 될 테니 지켜보자고."

그르르릉!

장민석의 말이 끝남과 동시에 석문이 밀려나며 누군가 들어왔다.

밀혼영의 영자(影者)들이었다.

그 뒤를 서린과 사령오아가 따라 들어왔다.

"이제야 온 모양이로군."

"그런 것 같군요. 이번 사혼밀법은 어떻게 시행 하실 겁니까? 영주님."

"지금까지는 자네가 주재했지만 오늘은 내가 직접 주재를 하겠네."

장민석의 말에 서린을 이끌고 온 영자들이 흠칫 몸을 떨었다.

세상이 무너져도 꼼짝도 하지 않을 것 같은 영자들이 흠칫거리자 뒤에 서 있던 서린은 장민석을 다시 한 번 쳐다보았다.

'저자가 밀혼영의 영주로군. 영자들이 이렇게 놀라는 것을 보니 저자가 시행하는 사혼밀법이 위험한 모양이구나.'

서린은 가슴이 떨렸다. 자신은 있지만 사혼밀법의 위험성을 모르기 때문이었다.

아롱지며 흘러내렸다.

용천혈에서 대지의 음기를 흡수하고 백회혈에서 창천의
양기를 흡수한 그의 손은 붉게 달아오르며 양의 기운이 몰
리고 있었다.

굳건한 다리에는 음유로운 음의 힘이 감돌아 대지와 맞
붙은 듯 삼엄한 기세를 피워 올렸다. 장지수(掌指手)를 주
로 익힌 그의 손은, 이제 무기로 화한 것이다.

그렇게 당삼걸의 비전절초인 삼양신장(三陽神掌), 삼양
지(三陽指), 삼양수(三陽手)의 진정한 위력이 세상에 첫
선을 보이려 하고 있었다.

'호기만큼이나 무예도 제법이군.'

윤상호는 삼걸의 기세에 감탄하고 있었다. 삼걸의 다리
에서 흘러나와 자신을 공격하는 음의 기운은 만만한 것이
아니었던 것이다.

마치 먹이를 잡은 거미의 거미줄 마냥 자신의 하체를 친
친 감아 오는 공격.

겨우 진각을 밟은 것이지만 벌써 공격이 시작된 것이다.

휘이이익!

지이이잉!

진각을 통해 발현된 음유로운 암경이 지표면을 타고 자
신을 공격하자 윤상호가 검을 휘둘로 다가오는 암경을 막자
검날이 울렸다.

휙! 휘익!

암경의 그물을 하나하나 풀어내는 듯 윤상호의 검이 어지러이 움직였다. 내기를 이용한 공격을 풀어내고 있는 것이다.

휘이이이잉!

두 사람의 대치가 시작되자 객잔 안에는 내기의 폭풍이 몰아 쳤다. 암경을 풀어내는 여파 때문이었다.

검끝의 경력이 암경을 풀어헤치자 갈 곳을 잃은 힘들이 사방의 대기를 휘감아 요동치게 한 것이다.

쾅!

콰직

경력에 떠밀린 듯 객잔 안에 있던 의자와 탁자들이 휘말려 나가더니 벽에 부딪쳐 부숴졌다.

장내를 지켜보고 있던 사람들은 급히 호신지기를 끌어올리며 분분히 뒤로 물러났다.

어떤 이는 자신에게 날아오는 탁자며 의자들을 검으로 부수며 제자리에서 두 사람의 격전을 지켜보았다.

'역시, 대단한 사람이다. 나조차 당삼걸이 풀어내는 암경을 감당할 수 없건만 그리 힘들이지 않고 풀어내다니 말이다.'

자연은 윤상호가 그리는 검의 궤적을 쫓고 있었다.

보이지도 않는 암경을 느낌만으로 풀어내는 검의 궤적

은 한 마리 학이 춤추는 듯 자연스럽기 그지없었던 것이
다.

'아! 정말 닮고 싶은 검이다. 저런 검을 익힌 자가 여태
까지 알려지지 않다니, 검천에는 얼마나 많은 고수들이 있
다는 소리인가?'

검로를 걷는 한 명의 검수로서 경탄하지 않을 수 없었다.

유유부단(流流不斷) 요요창천(搖搖蒼天)!

자신에게 검후와의 인연을 넘긴 장문인의 말이 기억났다.

흐르고 흘러 끊이지 않고, 고요히 있으나 끝없이 흔들리
고 있는 창천이란 바로 저런 검세를 두고 하는 것이구나 하
는 생각이 들었던 것이다.

"차앗!"

당문걸이 손을 들어 올리며 기합 내질렀다. 자연은 기합
소리에 정신을 차리고 검의 궤적에서 벗어나 당삼걸의 공격
을 바라보았다.

쿠쿠쿵!

윤상호의 신형이 위로 들려지며 강력한 경기가 세 번에
걸쳐 몰아닥쳤다.

두 번째는 첫 번째 힘의 두 배, 그리고 세 번째는 그의
두 배의 힘으로 동시에 들이닥치는 삼첩인양(三疊引揚)의

경기가 윤상호의 실갗을 파고들었다.

윤상호는 검을 회전하듯 돌리며 당삼걸이 내뻗은 침투경(浸透勁)을 검으로 흘리기 시작했다. 암경을 풀어내는 것과 달리 검으로 기운을 흘려 내고 있었다.

'이번엔 양의 기운이라는 말이지. 후후, 어린 나이지만 대단한 성취로구나.'

당삼걸이 내뻗는 기운이 양강의 기운이 담긴 것이라 막아 내는 윤상호의 검이 붉게 달아오르고 있었다.

자신의 내기가 담긴 검을 이 정도로 달굴 수 있다면 나름대로 성취를 이룬 것이기에 윤상호는 기껍기 그지없었다. 바른 심성을 가진 것으로 보이는 삼걸이 마음에 든 까닭이었다.

'섣불리 상대할 청년이 아니다. 비록 나이는 어리지만 그 지닌바 성취가 경인지경(驚人至境)이다. 하지만 그렇다고 내가 양보할 수야 없지.'

팟!

어느새 당문걸의 침투경을 흘려 낸 윤상호가 기합과 함께 보법을 밟자 그의 신형이 꺼지듯 사라졌다.

파파파파팟!

사라진 신형이 당문걸의 앞에 나타나며 일 수에 오검을 쏟아 냈다.

비월유성검(飛越流星劍)의 절초, 천라유성세(天羅遊星

勢)로 펼치는 검세였다.

타타타타탕!

흐르는 유성의 빛 무리가 노니는 것처럼 당문걸을 향해 작은 원형을 이루며 연속으로 짓쳐 드는 검세였지만 당삼걸의 손에 모두 가로막혔다.

팟!

검세를 모두 막아 낸 당삼걸은 힘겨운 듯했지만 재빨리 검세에서 벗어났다.

"후우! 철환수(鐵環手)를 썼는데도 손이 저리군요. 대단합니다."

천라유성세를 막아 내며 뒤로 물러섰던 삼걸이 자신의 팔목이 저려 오는 것을 느끼며 진정으로 감탄하는 모습을 지어 보였다.

"자네에 대한 이야기를 들은 적이 있었지."

"형님이 말씀을 해 주신 모양이군요."

"그렇네. 자네에게 숨겨진 무기가 하나 있는데, 나라 해도 조심해야 할 거라고 말이네. 그것이 철환수라는 것인가?"

당삼걸의 팔목에 채워져 있는 검은빛의 아대를 바라보며 윤상호가 물었다.

"맞습니다. 이것이 바로 철환수라는 겁니다. 한철로 만들어진 물건이지요. 내기를 실었는데도 흑아(黑鴉)에게 상처를 남기다니 놀라운 실력이십니다. 그럼 이제부터는 본격적으로 해야 할 것 같군요."

"그래야겠지. 하지만 그전에 자리를 뜨는 것이 어떻겠나? 자네가 철환수를 쓰기 시작하면 이곳은 남아나지 않을 텐데 말이야."

윤상호는 객잔이 무너질 것을 우려해 삼걸에게 제안을 했다.

"그렇겠군요. 그럼 나가시죠."

"좋네. 이곳에서 낙산대불이 멀지 않으니 그곳이 좋겠군."

"좋습니다."

본격적인 결투가 시작되면 피해가 있을 것을 우려한 윤상호의 제안에 당삼걸 또한 흔쾌히 수락했다.

두 사람은 객잔에 남아 있는 다른 이들은 아랑곳없이 발길을 돌려 사천제일루를 벗어났다.

파팟!

팟!

두 사람은 경공을 사용해 낙산대불이 있는 쪽으로 향했다.

모용희 또한 빠른 속도로 그들의 뒤를 따랐다. 세 사람 다 경공을 사용하기 때문인지 이내 사천제일루에서 멀어져 갔다.

"어떻게 된 일입니까? 도반삼양귀원공이 나타난 것입니까?"

청운적하검(靑雲赤霞劍)을 십 성 이상 익혀 청성의 기대를 한 몸에 받고 있는 청성일수(靑城一秀) 유하문(儒賀雯)

이 당추인에게 따지듯 물었다.

당삼걸의 실력에 대해서 묻고 있는 것이었다.

실력을 보인 적도 없고, 언제나 조용하고 말이 없는 듯 있던 사람이었기에 궁금함을 참을 수 없었던 것이다.

삼양신장(三陽神掌), 삼양지(三陽指), 삼양수(三陽手)를 익히고 있다고 해서 삼걸(三傑)이라고도 불리는 당삼걸이다.

삼양신장을 비롯한 세 가지 무공은 당문에서도 익히는 사람이 별로 없었다.

도반삼양귀원공(導反三陽歸元功)이 실전된 이후로 불완전하게 이론으로만 정립된 부분이 남아 있기에 위력이 없다고 알려져 있었기 때문이다.

하지만 지금 유하문이 본 것은 아니었다.

삼양신장의 초식으로 보이는 삼첩인양의 위력은 말할 수 없이 뛰어난 것이기에 당추인에게 물었던 것이다.

"그런대로 위력이 나오는군. 유 형도 아시다시피 불완전한 도반삼양귀원공은 우리 당문에서 오래전에 실전이 되었소. 삼인장(三仁掌) 당운성(唐澐成)이 반도로 확인되어 도망을 간 후 실전되었던 것이 어찌 있을 수 있겠소. 삼걸이가 익히고 있는 것은 그 아류이기는 하지만 그보다 뛰어난 삼양신공(三陽神功)이오. 당가의 왕대고모이신 일수천화(一手天花) 당고인(唐孤藺) 어르신이 창안하신 것을 익히고 있는 것이요."

"으음, 그런데 그런 위력이라니. 아까 그자의 검술은 나로서도 감당하기 어려운 것이었소. 그런 자를 감당할 정도의 위력이라면 당문의 절기로 올려놓아도 손색이 없을 지경이었소."

"삼결이 어쩌다가 그런 위력을 발휘한 걸 것이요. 아니면 모용소이 의제이니 그자가 봐주었거나 말입니다. 그런데 모용가에 저런 자가 있다는 것은 금시초문인데 아무래도 모용가에 대해 우리가 모르는 것이 많은 것 같소."

"그런 것 같소. 연합을 결성하면 우선 새로운 정보 조직을 만드는 것이 좋을 것 같습니다. 제대로 된 정보 체계를 가동해야 의외의 변수를 줄일 수 있으니 말입니다."

"그건 그렇고, 전 이만 당문으로 돌아가야겠습니다. 상처를 치료하고 난 뒤에 다시 모임에 나와야겠습니다. 이곳은 여러분들을 모시기 위해 당문에서 전세를 낸 곳이니 편히 쉬시기 바랍니다."

얕은 상처가 아니었기에 치료를 하려는 목적도 있었지만, 당문에 자신이 보고 겪은 것을 보고 해야 했기 때문에 자리를 떠나려 했다.

그리고 이쪽으로 달려오고 있을 당문의 사람들을 당삼결과 윤상호가 대결을 벌이게 될 낙산대불 쪽으로 돌리기 위해서이기도 했다.

"쉬는 거야, 얼마든지 할 수 있으니 일단 두 사람의 대결을 지켜보아야 할 것이오. 모용가의 저력을 알 수 있는 좋은 기회니까 말이오. 난 이들을 이끌고 둘의 대결을 보아야겠소."

유하문은 보기 드문 고수들의 대결이 흥미로운지 대결할 장소로 갈 태세였다.

"알겠소. 난 이만 당문으로 돌아가 보겠소. 저들이 대결할 곳이야 낙산대불, 금방 쫓아갈 수 있을 테니 어서들 가보시오. 난 이만 당문으로 돌아가서 오늘 벌어진 일에 대해 보고도 해야 하니 말이오."

"알겠소. 자, 모두들 갑시다."

유하문의 말에 삼 대파의 사람들은 분분히 사천제일루를 떠나 윤상호와 당삼걸이 향한 곳을 쫓았다.

그들도 고수들의 대결을 보고 싶었던 것이다.

자신의 무공을 높이는 것이 최대 과제인 무림인들이기에 둘의 비무는 시사하는 바가 많았기 때문이었다.

특히 검을 위주로 사용하는 아미, 전창, 청성파는 윤상호의 검에서 무엇인가를 찾으려는 의도가 더욱 컸다.

사람들이 빠져나가는 것은 순식간이었다. 그런 그들을 바라보며 당추인인은 씁쓸함을 금할 수 없었다.

방금 전 당추인의 모습이 그의 의도와는 다르게 흘러갔기 때문이다.

삼걸을 무능력자로 몰아 당문은 물론이고, 세상에서 매장시키려는 자신의 계획이 틀어진 것을 안 때문이다.

'삼걸이 놈이 그런 실력을 가졌을 줄이야. 그놈이 본 실력을 감추고 있다는 것은 놈도 음흉한 속셈을 감추고 있는 것이 분명하다. 왕대고모님의 비호를 받는 것 때문에 아직은 가만히 내버려 두고는 있지만, 살아 돌아온다고 하더라도 이번에는 그냥 뒤서는 안 되겠구나. 반도(叛徒)의 떨거지들을 지금까지 살려 둔 것도 당가의 아량이었지, 암!'

당추인은 삼걸에 대한 살심을 굳혔다.

혹시나 도반삼양귀원공이 삼걸에게 이어져 있을까 저어하여 당소아를 인질로 잡고 있었지만 이제는 그럴 필요가 없어졌다. 방금 전에 자신이 본 삼걸의 실력이 꺼림칙했던 것이다.

불안한 요인이 발생하면 한시라도 빨리 제거하는 것이 제일이었다.

윤상호와의 대결에서 살아 돌아온다고 해도 당가의 자존심을 회복하지 못한 것을 이유로 파문시키고, 나중에 쥐도 새도 모르게 죽여 버리면 그만이라고 생각하는 당추인이었다.

"모두들 당문으로 돌아간다. 그리고 너희 둘은 호걸이란 자와 삼걸의 대결이 어떻게 진행되는지 지켜보도록 해라."

당추인은 가솔들 중 자신을 따르는 이들로 하여금 대결

을 지켜보도록 한 후 사천제일루를 나섰다.

　모용가의 일을 보고하러 가기 위해서였다.

＊　　　　＊　　　　＊

　낙산(樂山)은 성도 남서쪽으로 사백여 리, 아미산에서 동쪽으로 칠십여 리 떨어진 지점에 있는 유명한 곳이다.

　특히 중원에서 가장 큰 옥불좌상(玉佛坐像)인 낙산대불 (樂山大佛)로 유명하다.

　낙산대불은 옛날에는 가주(嘉州)라고 불렸던 사천 분지 남서부의 민강(岷江), 청의강(靑衣江), 대도하(大渡河) 등 세 강의 합류 지점에 위치하고 있었다.

　옛날부터 '천하의 산수경관은 사천에 있고, 사천의 가장 빼어난 경관은 낙산에 있다.'라고 불리어질 정도로 주변 경치가 뛰어난 곳이었다.

　'불상이 하나의 산이요, 산이 하나의 불상이다,(佛是一座 山, 山是一尊佛)!'라는 말은 낙산대불의 실체를 한마디로 표현한 것이다.

　낙산대불은 능원대불(凌雲大佛)이라고도 하며, 민강(岷 江)의 강가에 있는 능원산 서쪽 암벽을 통째로 잘라 내 새 긴 마애석불로, 창건된 지 천여 년이 가까운 능원사의 본존 미륵보살이다.

불상의 규모는 높이 이십이 장, 머리 너비 삼 장, 어깨 너비가 팔 장이나 되었다.

낙산대불은 당나라 때 승려 해통(海通)이 배가 안전하게 지나 다니기를 기원하여 조각을 시작했다.

원래 이곳은 민강(岷江)과 청의강(靑衣江) 그리고 대도하(大渡河) 세 강이 합류하는 곳으로 당시 주요한 수상 교통로였다.

세 강이 합류하는 곳에서 일어나는 소용돌이로 배가 침몰하여 많은 사람들의 희생이 따랐다. 스님은 불력으로 이것을 막아 보고자 하였던 것이다.

그의 기원이 하늘에 닿았는지 이 대불이 완공된 뒤부터 배가 침몰되지 않았다고 한다.

낙산대불은 해통 스님이 완성한 것이 아니다. 그가 세상을 떠나자 검남(劍南)의 절도사 위고(韋皐)가 뒤를 이어 장장 구십 년에 걸쳐 완성된 것이다.

위고가 대불을 완성한 이유는 대불을 만든 해통 스님과의 인연 때문이다.

해통 스님이 전국을 떠돌며 보시를 받아 대불을 만들기 시작했는데, 도중에 위고가 보시받은 재물을 탐내 그 일부를 뇌물로 요구하였다고 한다.

그때 스님은 '내 눈에 칼이 들어가도 보시받은 불재(佛財)는 내줄 수 없다'고 하자, 화가 난 위고가 당장 시험해 보자고 위협했다고 한다.

이에 스님은 바로 두 눈을 그릇에 담아 그에게 주었다.

놀란 위고는 스님 앞에서 참회하고 불상을 세우는 것을 적극적으로 도와주었고, 그 소문을 들은 백성들도 스님의 정성에 감동하여 모두들 자기 일처럼 도왔다고 한다.

대불을 처음 만들 때 낙산은 비가 많이 오고, 겨울에는 한 치 앞을 볼 수 없는 짙은 안개가 끼는 일이 많아 악천후로부터 보호하기 위해 십삼층의 누각을 조성하여 대불의 얼굴만 보이도록 하였다고 하는데, 송대에 소실되어 이제는 모두 보이고 있었다.

낙산대불은 많은 강우량을 대비하여 나선형의 모발 부분에 배수구를 내어 귀의 뒷면으로 물이 흐르도록 하였고, 또 대불의 정면 가슴 우측에도 배수구를 내어 물이 몸에 흘러드는 것을 막고 있었다.

대불이 워낙 거대하여 대불 앞에서는 그의 전체 모습을 볼 수 없었고, 세 강이 합쳐지는 곳으로 배를 타고 나가야만 머리부터 발끝까지 조감할 수 있기에 오늘도 강물에는 몇 대의 유람선이 끊임없이 오가고 있었다.

유람선에 탄 사람들의 시야에 윤상호와 당삼걸의 모습이 보였다.

"어머! 저 사람들 비무를 하려나 봐요."

"비무?"

"어디 봐! 우와, 정말이네! 그런데 비무를 하는 사람들이 누구지?"

"저자는 당문의 당삼걸인데?"

"그럼 당삼걸과 대결하는 저 사람은 오늘 죽음을 면하지 못하겠네요."

"모르지 당문이 아무리 암기로 유명하다지만 비무란 길고 짧은 것을 대 봐야 하는 법이라 말이야. 하하하, 오늘 뜻하지 않게 낙산대불을 구경하러 와서 눈이 호강하게 생겼군. 저런 대결은 흔히 볼 수 있는 것이 아니니 말이네."

유람선에서 낙산대불을 바라보고 있던 사람들이 대치하고 있던 두 사람을 보고는 소란스러워졌다. 대치하고 있는 사람 중 하나가 사천에서도 무시하지 못할 당문의 사람이었기 때문이었다.

뒤이어 나타난 유람선 몇 척에는 자연을 비롯한 아미와 청성, 점창의 인물들이 타고 있었다.

'대불 앞에 서니 감회가 새롭구나!'

윤상호와 낙산대불 앞에서 대치하고 있는 당삼걸은 회상에 잠겼다.

어렸을 적 자신의 아버지와 마지막을 보냈던 곳이었기 때문이다.

"좋군."

"이곳이 마음에 드십니까?"

"비무를 위해 이런 자리로 오다니 고맙네. 말로만 들었던 낙산대불을 이리 가까이 보게 되니 감회가 깊네. 나 또한 부처님을 믿는 불자로서 이런 장관은 처음 보는 것이라서 말이네."

윤상호는 낙산대불의 장관을 보고 당삼결과의 대결을 잊어버릴 만큼 진심으로 감탄하고 있었다.

"이제 시작하시지요."

"그러지. 들었겠지만 나는 비무건 생사결이건 최선을 다한다네. 비록 자네가 모용소와 의형제를 맺었다고는 하나, 허투루 하지 않는다는 말일세."

"저도 봐주시는 것을 싫습니다. 어차피 제가 가진 실력이 어느 정도나 되는지 궁금하던 참이었습니다."

"소문주가 꺼려 하는 것 같던데 괜찮겠나?"

"의심이 많은 사람입니다. 객잔에서 일부나마 보인 이상, 이제는 감추어야 할 이유가 없습니다."

"그렇군."

당삼결의 진심 어린 말에 윤성호가 자세를 고쳐 잡았다.

대적(大敵)을 상대하는 양 그의 몸에서는 삼엄한 기세가 뿜어져 나왔다.

스르르릉!

윤상호가 검을 빼 들어 당삼걸을 향해 겨누었다.

살기가 검에 집중되자 당삼걸은 윤상호의 신형이 자신의 시야에서 사라지는 것을 느꼈다.

'으음, 신검합일이라니……'

시야에 남아 있는 것은 오직 하나의 검뿐이었다.

신검합일(身劍合一)의 경지에 들어 있는 윤성호의 모습을 보며 당삼걸은 가슴이 서늘해졌다.

"내 검법은 비월유성검(飛越流星劍)이라고 하네. 스승님께 검을 배운 후, 만월(滿月)을 지나가는 유성(流星)을 보고는 내 나름대로 깨달음을 얻어 완성한 검법이네. 비록 스승님의 진전을 모두 잊지 못해 완성된 것은 아니라고는 하나, 자네를 상대하기는 부족함이 없을 것이라고 보네."

"고맙습니다. 정식으로 상대를 해 주신다니, 저 또한, 제가 가지고 있는 재주를 다 꺼내도록 하겠습니다."

당삼걸도 자세를 잡았다.

객잔에서 보여 주었던 삼첩인양의 자세였지만, 그때는 본신의 실력을 다 보이지 않은 듯 삼엄한 기세가 윤상호의 전신을 찔러 왔다.

"좋아, 그럼!!"

당삼걸이 준비가 되자, 기척도 없이 윤상호가 앞으로 나섰다.

중원의 보법과는 다른 발놀림이었다.

반 보씩 움직이는 보폭이지만 움직이는 속도는 뇌전을 방불케 했다. 전후좌우 사방을 밟으며 날아드는 모습은 사상의 움직임이었다.

윤상호의 보폭은 최단시간에 최단거리를 가로질러 오고 있었던 것이다.

"비월유성검(飛越流星劍) 일 초! 하늘을 가르는 유성에 세상이 덮이니, 검날 아래 남아 있는 것이 없으리! 천라유성세(天羅遊星勢)!"

검이 흐르는 길에 은하수가 펼쳐졌다.

푸른 검광이 비단폭처럼 펼쳐지자 당삼걸의 눈이 부셨다.

어두운 밤하늘에 펼쳐지는 은하수가 밝은 햇살 아래 펼쳐지자 검광에 눈이 멀 지경이었던 것이다.

빛살 속에 검이 움직이고 있었다.

어두운 밤하늘을 가르는 유성마냥 당삼걸의 눈앞에 펼쳐진 비월유성검은 눈부신 검기를 발산하며 상체를 노리고 들어왔다.

"구궁장영(九宮掌影)!"

삼첩인양을 펼치려던 두 손을 거둔 당삼걸은 구궁의 방위를 손바닥으로 짚으며 장법을 펼쳤다.

삼양신장의 제 이초, 구궁장영이었다.

사방으로 장영(掌影)이 구름처럼 생겨 나며 사방으로 짓쳐 드는 천라유성세를 막아 갔다.

타타타당!

검과 손이 부딪치는 것이라고는 할 수 없는 쇳소리가 울려 퍼졌다.

당삼걸이 기막에 둘러싸인 손으로 상반신의 요혈을 노리는 검세를 모조리 막아 낸 것이다.

주르르륵!

"크으윽!"

천라유성세의 모든 검세를 막아 냈지만 당삼걸은 검세의 경력에 못 이겨 뒤로 물러났다.

바위로 이루어진 바닥이 길게 패이며 그의 몸이 삼장이나 물러나 있었다.

"후후, 제법이군. 하지만 천라유성세는 이것만이 아니지!"

윤상호의 말과 함께 그가 펼쳐 내던 검의 기세가 변했다.

도저히 같은 일 초라고는 보기 어려운 검세가 시전된 것이다.

중간에 기세가 변했는데도 검은 영활하게 당삼걸을 쫓고 있었다.

슈슈슉!

방금 전에 보이던 빠른 검세와는 달랐다.

도저히 같은 초식이라고 는 볼 수 없는 검세들이 요혈들을 찔러 왔다.

비단폭 같던 검세가 먹이를 노리는 뱀의 머리마냥 요소요소를 찔러 댔다.

베는 것이 아닌 오직 찌르는 것만이 목적인 듯 당삼걸은 자신의 눈앞에서 날름거리는 검촉을 서둘러 피해야 했다.

가신히 검세를 피한 삼걸이 떨리는 목소리로 물었다.

"어, 어떻게?"

"후후! 중원의 검과는 다르다네. 자, 다시 받아 보게."

슈─ 슈슈숫!

날아오는 검촉에 당삼걸은 정신이 없었다.

중원의 검세와는 판이하게 다른 윤상호의 검세는 당삼걸을 당혹하게 만들었다.

당당한 기세로 살기를 강력히 내뿜는 것은 같았지만, 안에 담긴 경력은 판이했던 것이다.

첫 번째는 밀어붙이는 검세였다면, 두 번째는 끌어당기는 검세였다.

휘감아 밀어붙이는 검세에 밀려나던 자신의 몸이 어느새 검촉으로 빨려 들 듯 끌려 들어가는 것을 막으며 당삼걸의 윤상호의 검촉을 피하기 바빴다.

'대단한 분이다. 모용 형님의 말씀이 한 치도 틀림이 없구나. 이대로 나간다면 내가 패하는 것은 불을 보듯 빤하다. 기세를 뒤집을 수 있는 전기를 마련해야 한다.'

판이한 경력을 자유자재로 다루는 모습을 보면서 호승심(好勝心)이 일어났다.

가문에서 자리 잡기 위해 고련을 거듭해 왔던 자신이었다.

이대로 수비로만 나간다면 승산이 없다는 것을 알자, 반전을 기하기 위해 아직 완성된 것이 아닌 삼양신장의 마지막 삼초를 펼쳤다.

"삼극만래(三極晩來)!"

희뿌연 수영이 당삼걸의 손에 맺혔다.

놀랍게도 장강(掌剛)이었다.

아직 완성된 것이 아닌 듯 견고해 보이지는 않았지만, 기를 뭉쳐 강기(剛氣)의 외형을 이룬 것은 분명해 보였다.

콰…… 콰쾅!!

검세와 부딪친 삼극만래의 수영(手影)이 폭발음을 내며 터져 나갔다.

윤상호의 검에서 다시금 변화가 일어나 푸른빛이 터진 후 장강을 밀어내며 당삼걸의 수영(手影)을 박살 낸 것이다.

완전한 검강(劍剛)이 윤상호의 검에서 터져 나온 것이다.

"크윽, 우…… 우욱!"

입으로 피분수를 뿜어내며 당삼걸이 뒤로 물러나다 무릎을 꿇었다.

검력의 기세를 다 막아 내지 못한 탓이다. 반전을 노린 회심의 일격이 완성된 검강 앞에 무릎을 꿇은 것이다.

입가에서 피가 흘렀지만 가슴이 뚫리는 것 같은 기분이 들었다. 지금까지 요원했던 강기에 대한 생각이 정립된 탓이었다.

"졌습니다."

"이제 강(綱)의 단계에 들어선 것인가? 어린 나이인데 상당히 고련을 했네그려."

스르르릉!

탁!

검을 검집에 집어넣으며 윤상호가 칭찬을 했다.

입가에 흐르는 피를 대충 닦은 삼걸은 자리에서 일어나 포권을 했다.

검으로 절정을 이룬 고수가 자신을 봐준 것에 대한 예의였다.

"아직 미흡할 뿐입니다. 가르침을 주신 것에 감사드립니다, 어르신!"

"무엇인가 깨달은 모양이군. 다행이네. 그런데 자네는 왜 장법만을 펼친 것인가? 내가 알고 있기로는 금나수와 지법 또한 일가견이 있다고 들었는데."

"물론 금나수와 지법을 익히고는 있습니다. 하지만 장법은 제가 제일 자신이 있고, 제일 오래 고련한 것입니다. 해

서 대협과의 대결에는 장법만을 사용했습니다. 그리고 어르
신은 검법 말고 다른 절기가 더 무섭다고 들었습니다. 해서
주제넘게도 어르신을 한번 이겨 볼 요량으로 장법을 펼쳤던
것입니다."

"하하하하, 소, 그 아이가 별것을 다 말해 준 모양이로군."

"걱정하지 마십시오. 비밀은 엄수하겠습니다."

당삼걸이 다시 한 번 포권을 했다.

약속에 대한 결의였다. 그런 모습을 보며 윤상호는 품에
서 무엇인가를 꺼내 던졌다.

"받게!"

탁!

"이게 무엇인지요?"

자신의 손안에 들어갈 정도의 작은 목갑이었다. 어째서
자신에게 목갑을 건네는 것인지 궁금해했다.

"원래 줄 아이가 따로 있지만, 자네에게 더 어울릴 것
같아서 주는 것이네. 대령환(大靈丸)일세. 앞으로 자네 문
제를 해결하는 데 도움이 될 것이네. 받게."

"어찌, 제가!"

당삼걸은 대령환에 대해서 잘 알고 있었다.

그의 의형인 모용소가 얻어 주려고 무척이나 노력한 것
이 바로 대령환이었기 때문이다.

대령환은 소림의 대환단이나, 무당의 태청신단 같은 내

력이나 요상에 좋은 것은 아니지만, 그보다 더욱 뛰어난 효능이 있는 단환이었다.

"보는 눈이 많네. 어른 복용하게나. 대령환은 복용 시에 운기조식이 필요 없는 것이니 얼른 복용하게나."

"이 은혜 잊지 않겠습니다."

"은혜라고 할 것까지는 없네, 자네에게 인연이 이어진 것뿐이니. 어차피 한 달 후면 약효가 사라져 처리에 고민을 하고 있었네. 자네를 보니 자네에게 주는 것이 나을 것 같아서 그러는 것이네. 너무 고마워하지 말게."

딸칵!

유상호의 설명에 당삼걸은 망설임 없이 목갑을 열어 안에 들어 있는 검은색의 환약을 집어삼켰다.

당문에서의 일이 어려워진 만큼 앞으로 자신의 행보에 도움이 될 것이 분명했기 때문이었다.

─운기조식은 필요 없지만 언제나 명상을 게을리 하지 말게. 자네도 아는 것 같지만 대령환은 영뇌(靈腦)를 여는 것이네. 직접적인 것은 아니나 천지소통의 기맥을 얇게 해주어 나중에 자네가 영뇌를 여는 데 도움을 줄 것이네. 영뇌가 열리면 어떤 현상이 일어나는지 자네도 잘 알 것이고.

─알겠습니다.

자신에게 당부하는 유상호의 전음에 무엇을 말하는지 잘

아는 당삼걸은 그의 당부를 가슴에 새겼다.

"자네에게 한 가지 물어봄세. 자네 문제는 아직도 그대로인가?"

윤상호는 당삼걸의 발목을 잡고 있는 당소아에 대해 물었다.

아마도 모용소에게 당삼걸이 처한 상황을 들은 모양이었다.

"어쩔 수가 없습니다. 소아의 병을 그나마 안정시킬 의술은 당문에만 있는지라."

"으음, 그럼 이제는 어쩔 셈인가? 아까 소가주란 놈의 심성이 그리 좋아 보이지는 않던데."

"어르신께 졌으니 아마도 저는 파문을 당할 것이 분명합니다."

"명을 수행했는데 파문이라니…… 너무하는군."

"실력을 속이고 있었으니 반도로 몰고 갈 확률이 높습니다. 당연히 파문한 후 본가에는 발길도 들이지 못하게 할 겁니다. 소가주는 오래전부터 그걸 노려왔으니 말입니다. 저와 소아가 증조모님의 핏줄이기는 하지만 그분도 저희를 그리 탐탁하게 여기지 않으시니 이번이 소가주에게는 좋은 기회가 될 것입니다."

'으음, 안타까운 일이다. 이런 인재를 옛적의 일로 이리 홀대하다니. 당문은 앞으로 이 아이로 인해 큰 곤란을 겪을 것이다. 당문에 구원(舊怨)이 많은 모양이니 말이야.'

안타까운 일이지만 윤상호는 더 이상 내색을 하지 않았다.

이미 되돌리기에는 당삼걸의 마음에 쌓인 한이 크다는 것을 알기 때문이다.

"그럼 자네 동생은 어떻게 할 것인가? 당문에서도 자네 동생에 대해서 더 이상 손을 쓰지 않을 것이 분명한데 말이야."

"어차피 그 아이의 운명입니다. 그동안 병세를 이기기 위해 당문에 신세를 졌지만, 이제는 그것도 끝이니 죽겠지요. 하지만 그 아이는 오히려 그것이 좋다고 생각할 겁니다. 제가 자신 때문에 나래를 펴지 못한다고 늘 한탄하던 아이였으니까, 말입니다."

당문을 완전히 남으로 여기는 당삼걸의 목소리에는 처연함이 묻어났다.

당문에서 파문을 당하면 당소아의 병세를 그나마 유지하지도 못하기에 그런 것이다.

"그렇게 말하는 것을 보니, 자네는 당문을 떠나기로 결심을 굳힌 모양이군. 그럼 어떤가? 나를 따라나서는 것이 말이야. 어차피 당문에서 자네는 개밥의 도토리 신세니, 나에게 의지하라는 말이네."

"말씀 고맙습니다만, 모용가는 안 됩니다. 가문이 저를 버렸으나, 저는 저버릴 수 없으니 말입니다."

이제 끈 떨어진 신세가 된 당삼걸에게는 좋은 제안이었

으나 당문과 대립 상태가 된 모용가에는 갈 수 없었다.

"하하하, 오해를 한 모양이로군. 내가 자네를 데리고 가려는 곳은 모용세가는 아니네."

"모용세가가 아니라는 말씀입니까?"

"그렇네."

대답을 한 윤성호는 뒤부터는 전음으로 말을 이었다.

—난 장백파의 사람이지, 내가 말하는 것은 장백으로 가자는 이야기라네. 오대세가와 중원의 각 문파들은 모용가를 경원시하는 것도 문제지만, 모용가에서는 자네 동생을 치료할 수 없으니 말이야.

—호, 혹시. 장백파에 가면 소아를 치료할 수 있다는 말씀입니까?

—하하하, 물론이지. 내가 아는 분이라면 자네의 동생을 치료를 할 수 있네.

—그런 분이 계신단 말입니까?

—그렇네. 하지만 연세가 많으셔서 걱정이네. 만약 그분이 살아 계신다면 틀림없이 자네 동생을 고칠 수 있을 걸세.

—으음.

확실하지 않은 것이라 당삼걸이 신음을 삼켰다.

—자네 걱정이 무엇인지 아네만 이유는 또 있네. 내가 자네와 자네의 동생을 데리고 가려는 이유는 무엇보다도 핏

줄 때문이라네.

―핏줄이요?

―그렇네. 자네의 조부 되시는 분은 나도 조금 아는 편이라네. 모용가와 당문이 그분 때문에 틀어지게 되었지만 그분의 본의는 아니었으니 말이야.

―저도 그 이야기는 대충 들었습니다. 그런데 조부님의 일이 장백으로 가는 것과 관계가 있는 것인지요?

―물론이네. 삼인장(三仁掌) 당운성(唐澐成)그분은 원래 중원인이 아니네.

―예?

―그분의 신분에 대해서는 정확하게 이야기해 줄 수는 없지만 고려 분이라는 것은 분명하네. 그래서 자네를 장백파에 의탁시키려고 하는 것이네. 그렇게 하면 당문에서도 더 이상 자네를 괄시하거나, 어쩌지 못할 테니 말이야.

어느 정도는 눈치를 채고 있던 일이었기에 당삼걸은 갈등하지 않을 수 없었다.

―장백파는 누구와도 척을 진 적이 없네. 그들이 이상이 다른 문파와는 다르기 때문이지. 그러니 자네가 의탁하게 되면 웬만한 문제들은 해결할 수가 있을 걸세.

―그러셨군요. 제가 지금까지 당문에 남아 있던 이유도 소아 때문이었습니다. 하지만 일이 이렇게 된 이상 장백파

에 가는 것이 저와 소아에게는 최선의 선택이겠군요.

—그렇다고 볼 수 있지.

—좋습니다. 그렇다면 장백파로 가겠습니다.

당삼걸은 자신보다는 그의 동생인 당소아를 생각해 장백파로 갈 결심을 굳혔다.

—좋네. 하지만 당문에서는 자네를 쉽게 사천에서 내보내지는 않을 걸세. 그래서 하는 말인데 비밀리에 자네 동생을 데리고 오는 것이 좋을 것 같네.

윤상호는 당삼걸이 안고 있는 문제를 잘 알고 있기에 차후를 대비하는 빛이 역력했다.

—그렇겠군요. 당문의 사람들은 제가 도반삼양귀원공을 익히고 있을지도 모른다고 생각하고 있을 테니까요.

당삼걸의 인상이 굳어졌다.

—잠시만 기다려 보게.

윤상호는 모용희에게 전음을 보냈다.

당삼걸과 대화를 나눈 것을 알려 준 것이다.

멀리서 대결을 지켜보고 있던 모용희가 이야기를 듣고 두 사람에게 다가왔다.

"아가씨, 방법이 없겠습니까?"

"제가 왜 당문과 시비를 붙였는데요? 다 사천에서 빠져나갈 방법이 있으니까 그런 거예요."

"빠져나갈 방법이 있다는 말씀입니까?"

당삼걸이 반색을 하며 물었다.

"그래요. 언니에게 그런 짓을 한 놈이 당문의 소가주라는 놈이에요. 그런 놈을 응징한 후에 무사히 빠져나가야 했기에 사천에 오기 전 방법을 만들어 놓고 왔어요. 거기에 두 사람이 더해진다고 해도 충분히 빠져나갈 수 있을 거예요."

"하하하, 아가씨가 하신 일이니 어렵하시겠습니까."

모용희의 말에 윤상호가 환하게 웃었다.

"그나저나 축하드려요, 아저씨. 이렇게 귀한 인재를 장백의 문하에 들이다니 말이에요. 호호호."

맑게 웃으며 모용희가 당삼걸을 쳐다보았다.

"아직 문하에 들어간 것은 아닙니다."

당삼걸이 급히 모용희의 말에 반박했다.

장백파에 완전히 입문할 생각이 아직은 없었던 것이다.

지금 생각으로는 그저 몸을 의탁하고 자신의 동생을 치료하려는 것뿐이다.

그는 아직도 당문의 사람이었던 것이다.

"아닐걸요. 만약 당신이 윤 아저씨의 각법(脚法)을 본다면 그런 말은 나오지 않을 거예요. 오히려 엎드려서 문하로 들여 달라고 빌어야 될 거예요."

모용희는 단언하듯 말하고는 미소를 지으며 당삼걸을 바라보았다.

"그런 일은 없을 겁니다. 제가 익히고 있는 것도 다 수련하지 못했습니다. 저는 동생의 병을 치료할 수 있다고 해서 따라가는 것뿐입니다."

그럴 일이 없다고 입술을 깨물며 단호하게 말하는 당삼걸이었다.

그 또한 지금은 핍박을 받고 있지만 당문을 사랑하는 사람 중에 하나였기에 때문이다.

지금은 핍박을 받아 떠나려고 결심을 굳혔지만, 나중에 돌아와 자신이 뼈를 묻을 곳은 당문뿐이었다.

"그럴까요? 호호! 그건 나중에 두고 보면 알겠죠."

모용희는 묘한 웃음을 지으며 낙산대불을 뒤로 하고 대어져 있는 배로 향했다. 낙산대불에 올 때 타고 온 배였다. 당삼걸 또한 의문스러운 표정으로 그녀의 뒤를 따랐다.

그런 두 사람을 바라보는 윤상호의 입에는 알 수 없는 미소가 걸렸다.

'후후후, 소소천각(燒疏天角)을 전수해 주기를 바라는 모양이군. 아가씨 생각대로 삼걸에게 전수한다면 권장법만 알고 있는 그로서는 날개를 다는 격일 테지. 하지만 그것은 이미 전수자가 있는데…….'

삼걸의 재주가 탐나서 비기를 전수해 주기를 바라는 것은 알겠지만, 소소천각은 주인이 있는 절기였다.

'어차피 진짜 주인은 큰 아가씨다. 큰 아가씨는 작은 아

가씨의 의견을 전적으로 따르니 소소천각의 다음 주인은 저 자가 되겠구나.'

삼걸에게 소소천각을 전수하는 것은 어차피 자신이 결정할 일이 아니기에 윤상호는 조용히 뒤를 따랐다.

8장. 사혼밀법(死魂密法)

사혼밀법은 지금은 사라진 배교의 한 지파인 혈교(血敎)의 독문수법이다.

혈교는 송의 건국 무렵 천축에서 건너온 배화교(拜火敎), 일명 배교(拜敎)의 한 갈래였나. 그들은 천축으로부터 사천으로 숨어든 후 처음 종교 단체로서 민중들 사이에 파고들었다.

하지만 그들의 사이한 술법으로 인한 혹세무민으로 민중들 사이에 참혹한 일들이 일어나자 분연히 일어선 점창과 아미에 의해 쫓겨나 천산으로 숨어든 사교 집단이었다.

당시 사천에는 혈교로 인한 폐단이 극심하였다.

혈교에 미쳐 자식을 피의 제물로 받치는 어미가 있는가

하면, 딸자식을 혈교의 성노(性奴)로 갖다 바치는 부모도 부지기수였던 것이다.

혈교의 가장 큰 무서움은 섭혼술에 있었는데 사람의 영혼을 송두리째 바꾸어 버리는 무서운 사술이었다.

사람들은 대부분 사교(邪敎)로 불리는 배교와 혈교를 구분하지 못하고 둘 다 마교를 칭했는데, 종교적 색체가 강했던 배화교가 사교(邪敎)로 몰리어 몰락하게 되었던 것은 혈교의 영향이 컸다.

혈교는 점창과 아미에 쫓겨 천산으로 숨어들었지만 결국은 두 문파에 의해 종말을 맞고야 말았다. 두 문파는 장장 백여 년의 끈질긴 추적으로 혈교를 말살한 것이다.

두 문파가 그토록 집요하게 혈교를 쫓았던 것은 아미의 제자가 성노로 혈교에게 농락당했었고, 점창의 대제자가 혈교의 사술에 정신을 잃어버리고 그들의 살수로서 양민의 목숨을 앗아 간 일 때문이었다.

두 문파는 혈교를 기나긴 추적 끝에 멸문시켰지만 끝내 혈교의 비전들은 찾을 수 없었다.

마지막 근거지인 천산의 오지를 급습했지만, 마지막 남은 잔당들만 잡을 수 있었을 뿐이다. 혈교의 진재절학은 남아 있는 것이 아무것도 없었던 것이다.

하지만 혈교의 사술은 누군가에 의해 이어졌고, 그 사술의 총아를 익힌 자가 바로 눈앞에 있는 장민석이었다. 그에

게 이어진 혈교 사술의 최고봉은 사혼밀법이라 불리고 있었
다.

"복장이 그게 뭔가? 무기들은 한쪽에 모두 모아 두게.
여기서는 그것들이 필요 없으니까."

"알겠습니다."

천서린과 사령오아는 자신들이 차고 있던 창과 도검 그
리고 활과 전통을 한쪽 구석에 내려놓았다.

그들이 무기를 내려놓자 안내했던 자들이 무기를 가지고
밖으로 나갔다.

"걱정하지 말도록. 사혼밀법이 끝나면 무기들은 돌려줄
것이다. 자네들은 사혼밀법이 무엇인지 모르니까 여기 있는
혈뇌사가 설명을 해 줄 것이다."

"한 말씀 드리겠습니다."

밀혼영주의 말에 천서린이 나섰다.

"무슨 말인가?"

"저흰 아직 후계자가 되겠다고 말씀드린 적이 없습니다
만. 분명히 이곳에 와서 후계자가 될 것인지 결정하겠다고
접룡사자의 허락을 받고 왔습니다."

"하하하하! 우스운 말이로군. 일개 접룡사자가 그런 결
정을 할 수 있다고 보는가? 그대들은 이미 이곳에 들어서
면서 후계자가 된 것이다. 앞으로 그런 치기 어린 생각은
하지 말도록."

밀혼영주는 단호한 어조로 천서린의 말을 잘랐다.

"역시, 그렇군요. 알겠습니다."

"혈뇌사, 저들에게 사혼밀법이 무엇인지 설명을 해 줘라."

"알겠습니다, 영주님."

혈뇌사가 복명을 하며 고개를 숙여 보였다. 고개를 숙였다가 머리를 드는 순간, 사이한 빛이 그의 두 눈에 감돌았다.

'혈뇌사라는 이 머리만 큰 자가 영주보다 무서운 놈이 틀림없다.'

등골이 오싹한 느낌이 들었고, 서린의 생각은 맞는 것이었다.

밀혼영의 모든 행사는 혈뇌사의 머리에서 나오는 것이었고, 사사묵련의 누구나 그런 그를 두려워했던 것이다.

"이미 들어서 알겠지만, 너희는 두 가지 시험을 거쳤다. 세작을 가리는 시험이 그것이다. 만약 마지막 시험인 사혼밀법에서도 세작이 아닌 것으로 밝혀진다면 그대들은 당당한 사사묵련의 사람들이 될 것이다."

"사혼밀법이 뭡니까?"

"궁금한가? 말해 줘도 상관이 없겠지. 이봐, 혈뇌사 설명해 줘."

"예, 영주님. 사혼밀법은 한마디로 영혼의 시험이다. 사혼밀법은 아무리 지금까지 감쪽같이 자기 자신을 감추었다고 해도 모든 것을 밝혀 주는 금단의 대법이다. 만약 세작이라면 백치가 될 것이니 미리 고백하는 것이 좋을 것이다. 자기 자신을 믿다가 지금까지 백치가 되어 천혈옥에 갇힌 놈이 셋이나 되니까 말이야. 그리고 제혼대법이나 그런 것으로 모든 것을 감추었다고 생각했다면 그것도 포기해라. 사혼밀법은 모든 제혼대법의 제왕이니까."

혈뇌사 공손승이 설명하자 사령오아가 인상을 찌푸렸다.

그것을 본 서린은 재빨리 나섰다.

"그 정도의 사법이 있다니 놀랄 일이로군요. 하지만 그런 것을 사람에게 시전 해도 되는 것인지 모르겠습니다. 자칫 잘못하면 세작이 아닌데도 백치가 되거나 하지 않겠습니까?"

"그런 염려는 하지 마라. 별다른 위험이 없기도 하지만, 이번에는 영주께서 직접 하시는 것이니 그런 일은 절대 없을 것이다."

혈뇌사가 고개를 저으며 설명을 했다.

"그만, 그런 대로 설명이 된 것 같으니 혈뇌사는 지금부터 사혼밀법을 시행할 준비를 해 주게."

"알겠습니다."

혈뇌사는 공손히 대답하더니 뒤로 물러나 무엇인가를 준비하기 시작했다.

"너희들이 걱정하는 것이 무엇인지는 알겠지만 혈뇌사가 하더라도 한 번도 실패한 적이 없던 것이 사혼밀법이다. 사혼의 불이 켜지면 모두 내가 지정하는 자리에 앉도록 해라."

팟!

밀혼영주의 말이 끝나자 사방에서 푸른 불꽃이 일제히 나타났다.

불빛은 아무런 열기를 발하지 않은 채 사방을 밝히고 있었다.

'저것이 사혼의 불인가(死魂火)?'

사혼화는 연기를 내는 불꽃이 아니었다. 영혼 깊숙이 파고드는 얼음의 불꽃이었다.

사혼화를 밝힌 것은 혈뇌사였다.

그르르릉!

그도 자신이 맡은 일이 끝난 듯 멸혼영주가 있는 방 안을 나섰다.

"이곳은 혈교의 마지막 술법자들이 자신들의 심혈을 기울여 만든 곳이다. 원래 지하에 묻혀 있었지만, 회혼묵지(回魂墨地)를 찾으면서 발견된 곳이다. 난 이곳에서 혈교의 최고봉이라는 사혼밀법을 익혔다. 사혼밀법은 한마디로 너의 영혼을 그대로 베껴 내는 수법이다."

'혈교의 수법이라니? 그들의 진재절학은 사라졌다고 했

는데, 이건 정말 위험할 수도 있겠군. 하지만 삼몽환시술(三夢幻施術)도 그리 호락호락한 것이 아니니 재미있는 싸움이 되겠어.'

서린은 사혼밀법이 혈교의 진재절학이라면 위험하다고 직감했다.

혈교의 사법은 인간의 본능과 영혼에 작용하는 것임을 잘 알고 있기 때문이었다.

하지만 그는 믿는 바가 있었다. 그의 뇌리에 기억이 되어 있는 진짜 천서린이 전해 준 삼몽환시술(三夢幻施術)의 공효를 믿은 것이다.

"사혼밀법을 받는 고통은 상상을 불허하지. 보통 이 사혼밀법만 시술 한다면 피시술자는 그대로 백치가 되고 만다. 생전의 고통을 순식간에 몸이 기억하기 때문이지. 하지만 난 이것에 한 가지 대법을 첨가했다. 회혼금침술(回魂金針術)이라는 것이지. 그것으로 사혼밀법의 부작용을 해소하는 것이다. 말 그대로 혼을 되돌리는 것이다. 그리고 그동안 난 너희의 영혼에 각인되어 있는 단편들을 읽어 내는 것이다. 그러니 이곳 회혼묵지에 잠입하는 세작들이 하나도 없는 것이다. 너희의 밑에 바닥을 보면 회(回)라는 글자들이 있을 것이다. 모두 그곳에 앉아라. 이미 사혼화가 켜지는 순간 사혼밀법은 시작된 것이니, 나 또한 멈추고 싶어도 멈출 수 없는 것이다."

천서린과 사령오아는 회(回)자의 가운데 앉았다.

차가운 바닥에 앉자 한기가 바닥을 타고 올라왔지만, 함부로 내력을 끌어 올릴 수가 없었다.

사방에서 불타오르는 냉화(冷火)의 암연한 불길이 그들의 내력을 침잠시킨 것이다.

새액!

밀혼영주의 손길에 반짝이는 침이 허공을 날았다.

타타탁!

밀혼영주의 손을 떠난 금침들이 회선을 그리며 서린과 사령오아의 몸에 꽂혔다. 일 수(一手)에 수십 개의 비침을 각 요혈에 꽂은 것은 고절하기 이를 데 없는 솜씨였다.

회혼금침술(回魂金針術)이 시전 되고, 금침이 꽂혀 있는 것을 보면 밀혼영준는 고절한 의술을 가지고 있는 듯했다. 모든 침이 다른 깊이로 시침 되어 있었다.

대추(大椎), 천주(天主), 이문(耳門), 옥침(玉枕), 백회(百會), 상성(上星), 청명(晴明), 승장(承漿)등 머리를 중심으로 팔 개 대혈에 꽂힌 금침은 금빛을 머금은 채 자신의 임무를 기다렸다.

스읏!!

금침이 꽂히자 영혼을 얼리는 듯한 차가운 불의 기운이 뇌리로 파고들었다.

이를 악물어도 피할 수 없는 고통이 줄기차게 밀려들기

시작했다.

'크으윽! 역시!'

밀려드는 고통에 서린은 지금 자신의 의식 속으로 밀려드는 힘이 일개 혈교의 사술이 아님을 알 수 있었다.

지금 심령으로 파고드는 푸른 불꽃은 사령오아에게는 문제가 되지 않지만, 서린에게는 문제가 되는 것이었다. 진짜 서린의 기억으로 인해 알게 된 십계(十界)중 한곳의 힘임을 알 수 있었던 것이다.

'이건 사혼밀화가 틀림없다. 바라문교의 비전성화라는 사혼밀화가! 사혼밀화(死魂密火)는 영혼을 지배하는 불이다. 이것에 섣불리 대항한다는 것은 아무리 삼몽환시술(三夢幻施術) 이라도 불가능하다. 큰일이다.'

서린은 가늘게 눈을 떠 사방을 살펴보았다.

'내 생각이 맞았다.'

방을 밝히고 있는 푸른 불꽃이 혈교의 것이 아닌 바라문교의 비전성화(秘傳聖火)인 사혼밀화(死魂密火)임을 확실히 알아볼 수 있었다.

'이대로라면 모든 것이 망가진다.'

그저 혈교의 사술이거니 했던 생각을 바꾸지 않을 수 없었다. 사법에 의한 것과 사혼밀화는 완전히 차원이 다른 힘이었기 때문이다.

서린은 십계 중 하나인 혈왕의 비전을 이은 자.

세상을 지배하는 십계의 주인 중 하나인 것이다.

그의 힘은 지금 한 노인에 의해 봉인되어 있으나, 현음천자술과 삼몽환시술로 인해 뇌리 깊숙이 간직되어 있는 상태다.

서린이 혈왕의 맥을 이은 탓에 상황은 심각한 것이었다. 여타의 사술이라면 삼몽환시술 만으로도 충분히 막아 낼 수 있지만 사혼밀화라면 틀렸다.

서린이 혈계(血界)의 힘을 얻었다면 사혼밀화는 사계(死界)의 힘이다.

삶과 죽음의 가장 극명한 극성이 바로 이 두 가지 힘이다. 십계를 상징하는 각자의 힘은 힘의 특성상 배척을 하지만 이 둘의 힘은 더했다.

잘못하다가는 뇌리에 깊숙이 심어진 혈왕의 힘이 사혼밀화로 인해 촉발될 수 있을 것이 틀림없었다.

'어쩔 수 없다, 이 상태에서 사혼밀화를 막으려면 그것밖에는 방도가 없다.'

서린이 사혼밀화에 대항하기 위해 맨 처음 한 것은 천세결(天洗結)을 외우는 것이었다. 사혼밀화의 힘은 영혼을 파고드는 힘이었기에 마음부터 정갈히 한 것이다.

그리고 다음은 온몸에 분산되어 있던 삼극정법(三極正法)의 힘을 뇌리로 모으는 것이었다.

'젠장 할!'

사혼밀화가 점점 뇌리를 잠식해 왔다.

언제부터 내려오는지도 모르는 신비한 신의 힘이자, 바라문 상징인 사혼밀화!

그것은 수천 년 전부터 존재해 온 힘이었다.

자신의 것 이외에는 존재를 부정하고, 영혼의 불로써 세상을 정화한다는 사계의 힘이 간직된 사혼밀화의 힘은 모든 것을 거부하고 서린의 의식을 빠르게 점령하고 있었다.

"으음, 사혼화의 힘을 감당한다는 것은 저 아이의 뇌력이 상상할 수 없을 정도로 강하다는 뜻인데…….."

천재라는 것은 익히 알고 있었던 사실이지만, 사혼화의 힘마저 견딜 수 있을지는 몰랐던 밀혼영주로서는 서린에게 흥미를 느끼지 않을 수 없었다.

사혼화가 의식의 깊은 곳을 완전히 파고들지 못하는 것을 보면서 내심 놀란 면도 있었다.

별다른 제령법을 익히지도 않은 것은 이미 사혼화를 통해 느껴지는 내부의 힘을 통해 알 수 있었다. 사령오아들의 영혼 속에 있는 힘은 느꼈지만 별다른 것이 없었다.

어차피 회혼의 과정을 겪으면서 이들이 지나온 발자취를 알게 되겠지만, 문제는 천서린이었다. 끈질기게 영혼을 파고드는 사혼화의 힘을 거부하고 있었던 것이다.

"쳇! 이거 밀주(密呪)까지 쓰게 될 줄은 몰랐는걸!"

사혼화가 깨지려는 기미를 보이자 밀혼영주는은 다급히

무엇인가를 중얼거렸다.

낭랑하게 울려 퍼지는 그의 목소리를 따라 사방에 밝혀진 푸른 불꽃이 힘을 얻은 듯 점점 커져 갔다.

'크으윽, 머리가 부서지는 것 같다.'

몸이 조여 오는 고통은 아무것도 아니었다.

머리가 망치로 때려 부수는 것 같은 고통이 찾아온 것이다. 밀혼영주가 외우는 밀주의 영향 때문이었다.

천세결과 삼극정법으로 자신의 의식 깊숙이 침범해 들어오려는 사혼밀화의 힘을 잘 막아 오던 서린은 밀혼영주가 손을 쓰자 강력해진 힘으로 인해 고통을 받고 있는 것이다.

자신의 의식을 공고히 하던 천세결이 사혼밀화의 힘에 하나씩 풀려 나갔다. 온몸에 핏줄이란 핏줄은 피부 바깥으로 튀어나가려는 듯 부풀어 오르고, 동공은 커져 눈이 아려 왔다.

'크으, 이대로 가면 의식을 잃어버리고 백치가 되어 버린다. 하지만……'

위기의식을 느끼기는 했으나 방법이 없었다.

진짜 서린이 남긴 지력(智力)과 천세결, 그리고 삼극정법의 힘으로 간신히 버티고 있었다.

'혹시나 기회가 생길지도 모르니까, 막지 않아 보자, 크으.'

자신에게 한계가 찾아왔다는 것을 느낄 수 있었기에 사

혼밀화를 막는 것을 포기했다.

더 이상 막다가는 뇌가 터질지도 모르기 때문이었다.

투드득!

머릿속에서 무엇인가 뜯겨 나가는 것 같은 소리가 울려 퍼진 것은 한순간이었다.

서린이 사혼밀화에 대항하는 것을 포기하는 순간 천세결과 삼극정법이 무너진 것이다.

밀혼영주는 사혼밀화가 저항을 뚫고 천서린의 머리로 밀려 들어가는 것을 느끼며 더욱 힘주어 밀주를 외웠다. 자기 자신도 한번 시작하면 멈출 수 없는 것이라서 빠르게 마무리를 지으려 한 것이다.

툭!

밀려 들어가던 사혼밀화가 무엇인가에 부딪쳤다. 또 다른 장벽이 기다리고 있음을 알 수 있었다.

'뇌력이 상상을 불허하는 놈이군. 그렇지만 내가 어린놈에게 당할 수야 없지.'

밀혼영주는 그대로 밀어붙였다.

사혼밀화와 힘과 자기 자신을 믿은 것이다.

팍!

밀혼영주의 강력한 밀어붙이기 식 우격다짐에 사혼밀화를 가로막고 있던 것이 작살이 났다.

"으아아악!!"

지금까지 비명 한 번 없이 고통을 참아 오던 서린의 입에서 끔찍하도록 처절한 비명이 흘러나왔다.

뇌리에 간직되어 있던 무엇인가가 강제로 봉인을 해제한 때문이었다.

휘리리리!

'어떻게……'

사혼밀화가 강력한 힘에 오그라들기 시작했다.

밀주의 힘을 업고 강하게 반발했으나, 그런 그의 반항은 얼마 가지 못하고 잦아들고 말았다.

"커어억!"

사혼밀화가 꺼져 버리고 밀주만이 남았을 때, 밀혼영주 장민석은 강력한 정신적 타격을 받아야 했다.

사혼밀화를 꺼트려 버린 힘이 그의 의식에도 타격을 준 것이다.

—밀언(密言) 주(呪)! 혈장승비(血漿承飛) 화(和) 삼전(三田) 응(應) 허경(虛勁) 화(化) 진경(眞勁)…….

밀혼영주의 밀주와 비슷한 밀언주가 천서린의 뇌리에서 울리고 있었다.

밀언주가 밀주를 누르는 데는 촌각의 시간이 걸렸을 뿐이었다.

밀언주는 천천히 서린의 의식을 뛰어넘을 힘을 발휘하기 시작했다.

파파파파팟!

회혼금침술을 펼치기 위해서 여덟 개 대혈에 박혀 있던 금침들이 모두 튀어나왔다. 붉은 혈기가 이물질을 밀어내기 시작했고, 그 여파로 인해 빠져 나오고 있었던 것이다.

"크어어억!!"

털썩!

비명이 울리고 밀혼영주가 그 자리에 쓰러져 버렸다.

서린의 뇌리에서 뻗어 나와 사방을 물들이고 있는 혈기(血氣)로 인해 정신에 타격을 입은 것이다.

혈기는 멈추지 않고 계속 흘러나왔다.

사이하면서 웅휘(雄輝)롭고, 괴이하면서도 강력한 기운이 혈기에 머물고 있었다. 한동안 머물던 혈기는 잠시간 서린의 몸을 휘감더니 그대로 백회혈로 사라져 버렸다.

"으으음!"

혈기가 사라진 후 서린의 눈이 떠졌다.

하지만 전과 같지 않았다. 총기가 많이 흐려진 듯 탁한 기운을 흘리고 있었다.

"다들, 어떻게 됐지?"

주위를 둘러보았으나 제 모습을 유지하고 있는 자들은 없었다.

장백오호가 화신한 사령오아는 전신을 떨며 바닥에 널브러져 있었다.

밀혼영주 또한 피를 쏟았는지 붉게 물든 바닥에 무릎을 꿇은 채로 바닥에 머리를 박고 있었다.

"분명히 저자 또한 나 못지않은 타격을 입었을 것이다. 그나저나 그 아이가 전해 준 기억이 이렇게 뒤죽박죽이 되었으니 곤란하게 됐군. 일부 잃어버린 것도 같고 말이야."

이미 사혼밀주와의 정신력의 싸움에서는 자신이 이긴 것을 직감했다.

사혼밀화에 제압당하면 의지를 상실하게 되기 때문이었다.

자신이 포기한 순간에 천세결과 삼극정법이 무너지고 사혼밀화가 들이닥친 의식 속의 변화는 서린으로서도 뜻밖이었다. 의식 속에 봉인되어 있던 무엇인가가 자신을 압박하는 사혼밀화의 힘에 반발해 깨어나더니 모든 것을 원상태로 돌려 버렸기 때문이다.

그것은 한 노인이 심어 놓은 힘이었다.

대대로 전승되어 내려오면서 한 번도 세상에 출세한 적인 없는 미증유의 힘이 이제 세상을 향해 자태를 드러낸 것이다.

그것은 혈왕이라 불리는 힘이었다.

너무도 가공스러워 셋으로 나눠서 가두어 놓은 힘 중에 첫 번째 봉인이 깨지면서 혈왕기(血王氣)가 풀려 나온 것이다.

혈왕기는 사혼밀화를 잠재우고 삼극정법으로 키워 놓은 서린의 삼단전까지 치고 달려 모든 것을 하나의 만들어 놓은 상태였다.

이것은 일종의 기연이었다. 그것도 서린만이 얻을 수 있는 기연이었던 것이다.

보통의 사람이라면 별로 상관이 없으나, 서린은 십계 중 하나인 혈왕계를 이은 몸이다.

사혼계의 총아라는 사혼밀화를 물리치지 못한다면 정신적 타격은 당연한 일이었다.

다행스럽게도 할아버지가 심어 놓은 혈왕의 힘 중 혈왕기가 있었기에 무사하게 이겨 낼 수 있었다.

그리고 혈왕기의 봉인인 진짜 서린이 남겨 놓은 혈왕의 밀언주(密言呪)가 아니라면 풀리지 않았을 것이다.

십계의 진정한 힘을 만나지 않는다면 절대 열리지 않게끔 진짜 서린이 안배해 놓았던 것이다.

때마침 봉인이 깨지고 밀언주가 흘러나와 혈왕기를 일으켜 사혼밀화를 제압했기에 망정이지, 잘못하면 사혼계의 주구로 전락해 버렸을 아찔한 순간이었던 것이다.

"혈왕의 봉인이 이제 깨졌으니 드디어 혈왕계의 무예를 익힐 수 있게 됐지만, 잃어버린 것이 너무 많다."

천서린은 지금 자신의 기억 속에 심어 놓은 진짜 천서린의 기억 중 상당수가 사혼밀화와 대결을 벌이느라 흐트러졌다는 것을 알 수 있었다.

삼몽환시술을 이용해 영혼에 새긴 것이라 완전히 없어지지는 않았지만, 흩어진 기억을 다시 찾고 정리하려면 상당히 애를 먹어야 할 것이 분명했다.

사혼계의 밀주와 혈왕계의 밀언주를 완벽히 정리하지 않는 한 아마도 그것을 찾기란 요원한 일이 될지도 몰랐던 것이다.

"생각지도 않게 십계 중 사혼계의 힘을 제압해 얻기는 했지만, 아직은 완벽한 것이 아니다. 어쩔 수 없이 이곳에서 죽어 지내는 수밖에……."

혈왕의 힘을 뒷받침하는 것이 삼극정법임에도 사혼밀화에게 제대로 힘을 쓰지 못한 것은 혈왕기를 깨우는 밀언주가 뇌리에 봉인되어 있어서였다.

할아버지가 혈왕이 될 재목으로 키우고, 호연자는 혈왕의 힘을 깨우는 열쇠와 그동안 모아놓은 사방의 비밀을 전하는 것이 임무였다.

하지만 지금은 반만 성공한 것뿐이었다.

십왕계 중 일 계를 아우를 만한 힘을 가지고 있는 이곳 사사묵련에 잠입하기 위해 혈왕의 힘을 봉인했다가, 사혼밀화를 만났기 때문이었다.

"천우신경을 찾지 못하면 혈왕의 힘을 온전히 찾는다는 것은 불가능하겠구나. 하지만 저자의 힘을 내 것으로 만들었으니 그나마 그것으로 위안을 삼을 수밖에…….”

서린은 조용히 일어서 밀혼영주의 앞에 다가갔다.

지금 밀혼영주는 혈왕의 밀언주에 제압되어 있기에 완전히 종속시키기 위해서였다.

그것은 천 년의 약속이었다.

“십왕계의 천 년 약속에 의해 대결에서 진 자는 이긴 자의 품에 귀속되리니, 이제부터 그대는 나의 종속자로서 명을 받을 것이다.”

알 수 없는 말과 함께 천서린은 손을 뻗어 멸혼영주의 머리에 가져다 대었다.

그러자 밀혼영주의 머리에서 붉은 혈기가 솟아올라 서린의 손으로 빨리듯 사라졌다.

“이제는 됐군. 그럼 아저씨들을 살펴봐야겠다.”

지금 제압하지 않으면 밀혼영주를 제압한다는 것은 영원히 불가능하기 때문에 어쩔 수 아저씨들이 뒤로 밀렸지만, 지금은 사령오아를 살펴볼 때였다.

그렇게 사령오아를 살피던 서린의 인상이 굳어졌다.

“내기도 그렇고 외기도 그렇고 안정을 되어 있기는 하지만 아저씨들도 사혼밀주의 영향을 받은 것 같다. 으음, 곤란하게 됐군. 저자가 시전 하는 것이 사왕계의 사혼밀주인 줄 알았다면 이런 일을 일어나지 않았을 텐데. 거기다 종속의 주까지 시행했으니…….”

종속자의 지배 의식은 십왕계의 기운을 간직한 이들에게는 모두가 해당되는 것이었다.

　이미 시험을 거치며 사혼밀화의 영향을 받은 사령오아 또한 밀혼영주처럼 이제는 서린을 자신의 완전한 지배자로 여기게 된 것이다.

　"십왕의 약속대로 십계의 힘을 모두 차지하기 전에는 아저씨들을 정상으로 되돌린다는 것은 불가능한 일이다. 어차피 이곳에서 한동안 지내며 천혈옥에 있다는 천우신경부터 찾아야 한다. 이제부터 놈들을 속여야 하니……."

　사령오아에게는 끔찍한 고통이겠지만, 무인으로서는 제이의 감각이라는 육감을 얻게 되었으니 손해가 나는 일은 아니었다.

　얼마 안 있으면 모두들 이상 없이 깨어나기에 천서린은 밀혼영주에게 다가갔다.

　서린은 다시금 밀혼영주의 머리에 손을 얹고는 그의 귀에 대로 무엇인가를 계속 중얼거렸다.

　그리고는 자신의 자리에 돌아와 사령오아와 같이 바닥에 누워 정신을 잃은 척 했다.

　쿨럭!

　잠시 후, 숨소리와 함께 기도를 메우고 있던 피를 다 토해 낸 밀혼영주가 움직이기 시작했다.

　이제 깨어나려 하는 것이다.

"크으으, 제길! 이런 일을 겪다니. 저놈은 분명 고도의 명상법을 수련한 것이 분명하구나. 장백파에 내 심령에 타격을 줄 정도로 고절한 명상법이 있었다니. 사혼밀화가 보여 준 바로는 아무것도 없으니, 일단 마지막으로 다시 한 번 조사를 끝낸 후 취조를 해 봐야겠다."

고개를 쳐들며 천서린을 바라보는 그의 눈빛에는 귀화가 흘렀다.

자신이 나이 어린 서린으로 인해 잠시 정신을 잃었다는 것이 분했다.

천서린을 찢어 죽이고 싶은 마음이 굴뚝같았지만, 그럴 수는 없었다.

사혼밀화의 힘을 믿고 있는 마음도 있었지만, 서린에게 자신도 모르는 사이에 제압되어 있었기 때문이다.

하지만 분명 천서린이 자신에게 종속되었다고 했음에도 불구하고, 밀혼영주는 전과 달라진 모습이 보이지 않았다. 그는 평상시와 같은 모습이었다.

아마도 쓰러진 척하기 전, 마지막으로 장민석의 머리를 잡고 한 행동의 영향인 것 같았다.

"사령오아, 네놈들은 천금영(淺錦營) 소속인 것을 다행으로 여겨라. 아니면 서린이란 놈과 같은 꼴이 되었을 테니."

사령오아가 자신의 직속이라면 어떻게 해서라도 없애 버

렸을 것이다.

사혼화를 시전하며 아무 이상이 없다고 한다지만 서린의 수하였기 때문이었다.

사령오아의 처리 여부는 천금영에서 판단할 일이지 자신이 판단할 사항이 아니었다.

한 가지 경우를 제외하고는 소속영의 영주가 처리해야 하기에 천금영(淺錦營)의 사람들이라 손댈 수 없는 것이 안타까울 따름이었다.

"혈교가 남긴 사혼화를 깰 정도의 명상법이라면 몇 가지 되지 않는다. 영혼의 기억에는 이놈이 세작이라는 증거는 없지만, 사혼화의 힘과 맞먹을 정도라면 일단 조사를 해야 하니 천혈옥에 가두는 수밖에……."

그르르릉!

마침 석문이 소리를 내며 열렸다.

혈뇌사가 사혼화를 이용한 대법이 끝났을 시각이기에 돌아온 것이다.

"어떻습니까?"

"영혼의 기억 속에는 아무것도 발견할 수 없었지만, 저 놈은 특이한 기운을 가지고 있더군. 세상 동물들의 심령을 제압할 수 있다는 만수곡의 만수통령(萬獸通靈)이나, 인간의 영혼에 여덟 번이나 금제를 건다는 백련교의 팔영제혼(八嶺制魂) 정도는 우습게 튕겨 버릴 명상법을 저 아이가 수련한 것 같다."

"그럼 일단 천혈옥으로 보내야겠군요."

"그래야겠지."

"사지의 근맥을 잘라 천혈옥으로 보내겠습니다."

"사지의 근맥을 아직 자르지는 말게."

"예?"

혈뇌사는 알 수 없는 표정을 지었다. 여느 때와는 다른 일처리 때문이었다.

"아직은 저 아이가 세작이라고 밝혀진 아무것도 없네. 증거도 없이 그랬다가는 상부의 문책이 뒤따를 테지. 그리고 암흑가의 그 어느 후계자보다 공을 많이 들인 아이니 묵조(墨爪) 목인양(木寅襄)이 알면 한바탕 난리가 날걸세. 더 조사해 볼 필요성이 있기에 천혈옥에 가두는 것이지만, 세작이 아닐 수도 있으니 그냥 놔두라는 말이네."

"으음, 무슨 말씀이신지 알겠습니다."

밀혼영주의 뜻을 알겠다는 듯 대두의 혈뇌사가 고개를 끄떡였다.

"일단 회혼금침부터 회수하게. 더 이상 겪게 했다가는 정말 쓸모없는 자들이 될 수도 있으니 말이야.

"그랬다가는 천금영에서 난리를 칠 테니 서둘러야겠군요."

혈뇌사는 밀혼영주의 명령에 조심스럽게 사령오아로부터

회혼금침을 회수했다.

그도 밀혼영주에게 이곳에서 사용되는 제령술에 대해 배운 바가 있지만, 워낙 중요한 혈도들에 꽂힌 금침들이라 회수하는 데 조심스럽기 그지없었다.

금침이 회수되고 난 뒤 사령오아는 혈뇌사라 불러들인 자들에 의해 각자가 머물 석실로 옮겨졌고, 서린은 천혈옥이라 불리는 사사묵련의 뇌옥으로 보내졌다.

그곳은 일명 검은 소금의 지옥이라 불리는 곳이었다.

*   *   *

탕! 탕!

어두운 동굴 안에서 누군가 곡괭이로 검은색의 암석을 찍고 있었다.

투르르륵!

와르르르!

곡괭이질에 따라 검은색의 바위가 부서져 떨어져 내렸다.

곡괭이질에는 힘이 없었지만, 바위가 그리 단단하지 않은 듯 부셔져 내리고 있었던 것이다.

그렇게 바위에 곡괭이질을 하는 자가 한둘이 아니었다. 대략 삼십여 명의 인영이 동굴 안에 어른거렸다. 죄수들인 듯 모두 발에는 족쇄를 차고 있었다.

아무런 표정도 짖지 않고 기계적인 곡괭이질을 하는 그들의 얼굴에는 삶에 대한 의욕이 없었다.

그저 마지못해 생을 이어 가는 듯 아무런 표정 없이 검은색의 암석만을 캐내고 있을 뿐이었다.

"작업 그만! 오늘은 이만한다. 모두 석실로 돌아가도록!"

검은색의 복면인이 소리를 질렀다.

죄수들을 감시하기 위해 같이 있던 자였다.

작업이 끝나자 그의 목소리에 따라 죄수들이 한곳으로 이동하기 시작했다.

그들이 가는 곳은 오밀조밀한 석실들이 사방에 만들어진 감옥이었다. 두툼한 철문이 가려진 감옥은 사람이 하나가 간신히 누울 만한 직사각형의 공간이다.

철컹!

철컹!

감옥의 문이 열리고 차례대로 한 사람씩 감옥으로 들어갔다. 사육되는 마소가 우리에 몰려가듯 그들은 감시자의 손짓에 자신이 머물 감옥으로 말없이 들어갔다.

철컹!

마지막 죄수가 감옥으로 들어가고 문이 닫혔다.

조그만 창문조차 달려 있지 않은 감옥의 문이 모두 닫히자 석실은 온통 정적에 휩싸였다.

검은색 일색의 암반과, 철문은 통로를 모두 암흑으로 만들었다. 천혈옥의 밤이 시작되고 있었다.

다른 감옥과는 달리 사람이 머물 만한 공간에 서린이 누워 있었다.

야명주 불빛으로 인해 환한 석실 안에는 장민석이 누워 있는 서린을 바라보고 있었다.

"으으음!"

서린의 입에서 신음이 흘러나왔다.

"일어나라!"

장민석은 냉혹한 목소리로 서린을 깨웠다.

눈을 뜬 서린은 어리둥절한 모습으로 석실을 살폈다.

"여, 여기는?"

"이곳은 천혈옥이라 불리는 사사묵련의 뇌옥이다."

"어째서 제가 이곳에 있는 겁니까?"

자신의 의지에 의해 온 것이지만 서린은 장민석에게 의문을 표시했다. 혹시라도 있을지도 모르는 감시자를 위함이었다.

"너는 의혹이 많은 놈이다. 사혼화의 힘에도 맞설 정도의 정신력을 지녔으니 이리로 데리고 올 수밖에."

서린이 한 행동을 의식하지 못하는 듯 밀혼영주는 자신의 의문을 서린에게 물었다.

"사혼화?"

"영혼의 밀법이다. 영혼의 가장 깊숙한 곳에서 진실을

끌어내는 힘이지. 해서 너는 사사묵련이 생긴 이래 처음으로 판단이 안 되는 놈이라 이곳으로 데리고 온 것이다. 만수곡의 만수통령이나, 백련교의 팔영제혼이 아니면 사혼화의 힘을 이겨 내기는 힘든 것이라서 말이다. 넌 분명 그 두 곳 중 한 곳에서 온 놈인데, 어디서 온 놈이냐?"

"무슨 말을 하시는지 모르겠습니다. 전 집 이외에 머문 곳이라고는 장백파에 머문 것밖에는 없는데 말입니다."

서린으로서도 만수곡이나 백련교는 처음 들어 보는 집단이었다. 자신이 알고 있는 대로 대답할 뿐이다.

"말할 생각이 없나 보군. 일단 하루의 기한을 주겠다. 말할 생각이 없다면 말하지 않아도 상관없지만, 만약 네가 그런다면 영원히 햇빛을 보지 못할 수도 있다."

덜컹!

최후 통첩인양 말을 던진 장민석은 밖으로 나섰다.

사혼화를 견디는 힘이라면 고문도 소용없다는 것을 알기에 서린에게 스스로 자복할 기회를 준 것이다.

그렇지 않다면 그의 말대로 서린은 영원히 빛을 보지 못할 수도 있는 것이다.

'예상대로 됐군. 저자도 자신의 사혼밀화가 스스로를 옭아맸다는 사실을 모르는 것을 보면, 완전히 내 지배하에 놓인 것 같다. 일단 천혈옥에 들어왔으니 형님이 어떻게 됐는지 알아보는 것이 순서다. 그런데 저토록 철문이 굳게 잠겨

있을 줄이야?'

완전한 독방에 홀로 갇혀 있기에 서린은 내심 실망하지 않을 수 없었다.

천혈옥에서 금방 빠져나갈 수 있도록 자신에게 제압당한 장민석에게 암시를 걸어 놨다.

그러나 그의 형인 선주를 찾는 것까지는 아니었다. 밀혼 영주가 완전히 제압당한 것이 아니라면, 형이 위험해질 수도 있기에 어쩔 수 없는 선택이었다.

'다시 한 번 살펴봐야겠구나.'

이미 한 번 살펴본 바지만 서린은 기감을 열었다.

봉인된 혈왕기(血王氣)를 열게 되면 얻게 되는 이능 중 하나였다.

혈혈기감(血趨寄感)!

보통 내력을 쌓아서 올려서 얻는 기공의 기감과는 다르게 영뇌(靈腦)가 열린 자신의 정신력으로 펼치는 것이 바로 혈혈기감이었다. 조용한 기감의 촉수가 철문을 뚫고 어두운 통로를 따라 거침없이 감옥 안을 헤집기 시작했다.

장애물을 그대로 통과하는 힘이기에 사방으로 뻗쳐 나가며 감옥 안의 수인들을 살폈다.

혈혈기감을 펼친 것은 자신의 형을 찾기 위해서였다.

혈왕기의 봉인이 열리지 않았다면 나중에 찾아올 일이지만, 자신의 행적을 감추어 줄 수 있는 기회가 생긴 마당에

마다할 이유가 없었던 것이다.

기절한 척하며 천혈옥에 들어오면서 이미 감옥 안은 전부 살펴본 상태였다.

자신을 제외하고 감옥 안에는 세 사람밖에는 없었다.

대부분의 수인(囚人)들이 강제노역장 가까운 곳에 있었고, 중죄인들만 가두어 두는 곳이었기에 그들밖에 없는 것이다.

기운이 현저하게 죽어 가는 자들로 밀혼영주가 말한 세 작들인 것 같았다.

서린은 자신의 기감을 열어 방금 전 노역에서 돌아온 수인 하나하나를 살폈다. 움직이지 못하고 갇혀 있는 수인들보다는 나았지만, 그들도 보통 사람에 비해 기운이 현저히 죽어 가고 있었다.

'으음, 이 사람도 아니고, 형은 도대체 어디 있는 거지?'

아무리 기감을 펼쳐 살펴보았지만 선주의 기척은 느껴지지 않았다. 전혀 생소한 기운들만 느껴지고 있었다.

'아까 그 사람을 한 번 살펴보는 것이 좋겠다. 경계가 삼엄한 곳에 갇혀 있는 것을 보면 중요한 자인 것 같으니 말이다.'

처음 들어와서 살핀 세 사람 중 하나는 서린도 익히 느끼던 기운을 가지고 있었다. 자신과 같은 것을 익히고 있는 자만이 가질 수 있는 기운을 가지고 있었던 것이다.

그에게서 스승에게서 배운 천세결의 기운을 미약하게나마 느꼈다. 형이 아니기에 나중으로 제쳐 두었지만 이제는 그럴 수 없었다.

선주의 행방을 찾을 수 없었던 서린이 마지막 희망을 걸기로 한 것이다.

9장. 단서초현(端緒初現)

같은 기운을 가진 이를 찾는 것은 금방이었다. 생각에 따라 혈혈기감이 움직이는 까닭이다. 서린은 정신을 집중해 의식을 잃고 있는 사나이를 깨웠다.

—일어나십시오. 정신을 차려야 합니다.

뇌리로 울려 퍼지는 서린의 음성에 기절해 있던 사나이의 의식이 서서히 깨어나기 시작했다.

"으으음."

신음과 함께 검은 돌 속에 반쯤 파묻혀 있던 사나이가 눈을 떴다. 정신을 차린 것이다.

사나이는 벽에서 나온 쇠사슬에 연결된 족쇄에 양팔이 채워진 상태에서 하반신을 검은 돌 속에 묻고 있었다.

"누…… 구냐?"

갈라질 대로 갈라진 목소리가 흘러나왔다. 기력이 무척
이나 쇠잔해 있음을 알 수 있었다.

—말씀하기 힘드시니 그냥 생각만 하시면 됩니다. 그럼
저와 이야기를 나눌 수 있을 겁니다.

기력이 달려 길게 대화를 할 수 없었다.

자칫 위험해질 수도 있기에 서린이 생각을 전했다.

—생각만 하면 되는 건가?

—예, 그렇게 집중해서 생각만 하시면 저와 대화가 가능
할 겁니다.

—육심통령(六心通靈)인가?

죽어 가던 자의 뇌리로 의문이 일었다. 서린의 말대로 생
각한 것이다.

—비슷하기는 하지만 육심통령은 아닙니다.

—나이가 어린 것 같은데 누구신가?

자신에게 육심통령과 같은 고절한 수법을 이용해 대화를
나누고자 하는 서린이 나이가 어린 것을 느낀 사나이가 의
문을 표시했다.

—제 신분을 말하기 전에 아저씨에게 물어볼 것이 있습
니다. 아저씨가 제가 짐작하고 있는 사람이 맞는다면 대답
해 드리겠습니다.

—말해 보게.

—아저씨는 조선에서 왔습니까?

—그걸 어떻게? 사사묵련의 놈들도 알아내지 못한 것을…….

서린이 자신의 출신을 아는 것 같아 보이자 그의 신형이 떨렸다.

격동한 탓이었다.

—그럼, 김성갑이란 분을 아십니까?

"네…….."

—네가 그분을 어떻게 아는 것이냐?

의문의 사나이가 너무 놀라 하마터면 입을 열 뻔했지만 곧이어 생각을 집중해 물었다.

—제 스승님이십니다.

—네 스승이라니? 그분은 평생 제자를 두지 않으신 분이다. 나도 그분에게 사사 받기는 했지만 제자로 몇 년을 사정해도 거두어 주시지 않으셨다.

—그분이 제 스승님이시라는 것은 사실입니다.

—그걸 어떻게 증명할 테냐?

사나이의 생각에는 싸늘함이 감돌았지만 서린은 그의 생각에서 자신을 증명할 방법을 찾을 수 있었다.

스승에게서 사사를 받았다면 같은 것을 알고 있을 확률이 매우 컸기 때문이다.

—저도 아직은 아저씨를 믿을 수 없습니다. 스승님에게 사사 받으셨다고 했는데 어디까지 배우셨습니까?

―난 그분께 천세결을 배울 수 있었다.

―천세결은 저도 배운 바 있습니다. 서로의 신원을 확인해야 하니 먼저 몇 구절만 구결을 생각하십시오. 뒤는 제가 이어 보겠습니다.

―으음, 정말이냐? 네가 스승님의 제자라는 사실이?

확실한 방법이지만 자신의 비밀을 캐내려고 하는 것일 수도 있기에 사나이가 물었다.

―확인해 보시면 되지 않습니까? 이어지는 구절이 틀리면 곧바로 멈추면 되고 말입니다.

의심이 드는 자에겐 확인이 최고의 영약임을 알려 주었다.

―알았다. 구결을 이야기하마. 천손무건(天孫茂乾) 재(在) 심야(心也)…….

사나이가 천세결의 구결이 생각하자, 뒤를 이어 서린의 생각이 이어졌다.

―건곤할야(乾坤割倻) 심중각(心中覺)!

―이어진야(二御眞若) 찰(察)!

―오행지문(五行之門) 변혼광대(變混廣大)!

한 구절씩 이어지면 서로를 확인할 수 있었다. 사나이의 생각은 계속해서 고조됐다.

―정말 진짜인 거냐?

―아저씨가 알고 있는 것과 틀리지 않다면 진짜인 겁니다.'

─크흐흐흐! 저, 정말로 그분이 네 스승이 맞는 것 같구나. 그분의 제자가 아니면 알 수 없을 것일 테니 말이다.

격정이 이는지, 사나이의 생각이 잠시 흐트러졌고, 서린은 잠시 기다려 주었다.

─아저씨는 누구십니까?

진정이 되는 것 같아 서린이 물었다.

─무혹지변의 수수께끼를 풀러 중원으로 온 조선의 이름 없는 무인이다. 한때 관에 몸담을 적에 그분에게 사사한 적이 있기에 천세결을 일부나마 얻어 들을 수 있었다.

─어쩌다 이렇게 되신 겁니까?

─비밀리에 중원에 와서 잃어버린 우리 조선의 보물을 찾고 있었다. 그 단서가 사사묵련에 있었기에 이리로 잠입을 해야 했다. 하지만 보물은 찾지도 못하고, 이렇게 갇히는 신세가 되었다. 사혼화라는 것이 있다는 사실을 모른 것이 실수였다. 놈들은 내가 다른 목적을 가지고 잠입했다는 것을 사혼화를 통해 순식간에 알아냈다. 다행히 천세결이 있어 전부는 들키지 않았지만, 이런 모습으로 갇혀 있는 신세가 될 수밖에 없었다.

─그런데 아저씨 모습은 어째서 그런 겁니까?

기이한 모습으로 검은 암석 속에 파묻혀 있는 것을 파악하고 있던 서린이 사나이에게 물었다.

─내 몸을 감싸고 있는 것은 이곳에서만 나는 암염(巖

鹽)이다. 놈들은 이 암염을 흑염(黑鹽)이라고 부른다. 놈들이 하는 말을 들은 바로는 이 흑염을 이용해 나를 살아 있는 채로 강시로 만들려고 하는 것 같다.

—강시로 만들려고 한다는 말입니까?

뜻밖의 말을 들었기에 서린은 놀라지 않을 수 없었다.

—그렇다. 이곳에 든 자들 대부분이 이렇게 해서 강시로 만들어진다고 놈들에게 들었다. 지금까지 사대근맥이 잘린 채 이곳에 파묻혔지만, 천세결을 운용하며 간신히 정신을 유지하고 있었다. 허리 아래의 감각이 없는 것을 보면 이미 강시화가 진행되고 있는 것 같지만, 나도 실은 잘 모르겠다. 어떻게 강시가 되는 것인지 말이다. 간혹 나에게 무엇인가 먹이는 것 같았다. 그리고 시간이 지나면 지날수록 놈들은 나를 흑염 속에 더 파묻는다. 그것과 관련이 있지 싶다.

사나이의 몸은 비정상이었다.

허리 아래는 정상이고, 허리 위는 비정상이다. 가장 비정상이 극심한 부위는 흑염과 대기가 경계를 이루는 부근이었다.

마치 소금에 절여지듯 사나이의 몸에서 불순물과 함께 체액이 서서히 빠져나오고 있었다.

아주 미세하게 진행되는 일이라 보아서는 확인하기 곤란했겠지만, 혈왕기로 살피는 서린의 기감에는 확실히 느껴졌다.

사나이의 몸이 변하고 있었던 것이다.

—아저씨, 아저씨의 하반신은 지극히 정상입니다. 다만

의식의 통제 아래 놓여 있지 않을 뿐입니다.

―무슨 말이냐?

―아저씨의 허리 아래에 있는 신체는 지금, 오히려 정상
인보다 더욱 활력이 넘치고 있습니다. 그걸 아저씨 의지대
로 통제하지 못해서 움직일 수 없는 겁니다.

―그, 그것이 정말이냐?

믿을 수 없기에 사나이의 의념이 떨리고 있었다.

―사실이니 제 말을 믿으십시오.

―놈들은 나를 강시로 만드는 중이다. 어떻게 그런 일이
가능한 것이냐?

―확인할 수 없어 확답을 드리지는 모르겠지만, 아저씨가
익히고 있는 천세결이 그걸 가능하게 해 주는 것 같습니다.

―난 아무것도 느끼지 못한다. 아무런 감각도 없는데 그런
상태라면 아무래도 네 말대로 천세결의 작용인 것 같구나.

―조금 더 살펴보면 아저씨를 회복시킬 방법을 찾을 수
있을 것 같습니다.

―저, 정말이냐?

―예, 사실입니다. 방법을 생각해야 하니 조금만 참고
기다리십시오. 그리 긴 시간은 걸리지 않을 겁니다.

―알았다. 지금까지 죽지 못해 살아왔는데 못 기다릴 이
유도 없다. 그런데 넌 어떻게 들어온 것이냐?

서린이 천혈옥까지 들어온 이유가 궁금했는지 사나이가

의념을 보냈다.

─형을 찾으러 왔습니다.

─이곳으로 들어온 이유가 형을 찾기 위해서라는 말이냐?

─그렇습니다. 선주라는 함자를 쓰시는 친형님이 천혈옥에 있을지도 모른다는 말을 들었습니다.

─으음, 선주라면…….

─아, 아십니까?

서린의 목소리가 떨렸다.

형의 행적을 알고 있는 사람을 만난 것인지도 모른다는 생각 때문이었다.

─안다. 하지만 선주는 이곳에 없다. 같이 들어오려고 했지만 나이 어린 그 아이의 생이 아까워 다른 길을 가도록 했다. 혹시나 조선에서 인연이 그 아이의 인생을 바꿀 수도 있을지 몰라서 거짓으로 봉서를 보냈다. 나처럼 인연에 얽매이지 말고, 제 뜻을 활짝 펴라고 말이다. 아마도 중원의 하늘 아래 어딘가 살아 있을 것이다. 뛰어난 아이였고, 남다른 무예도 익히고 있던 아이였으니 말이다.

'다, 다행이다. 형이 살아 있다니…….'

서린은 기쁜 마음을 주체할 수가 없었다.

자신이 무엇 때문에 중원으로 향했던가, 지금은 다른 것이 주된 이유가 됐지만, 첫 번째 이유가 바로 자신의 형인 선주의 행방을 찾는 것이었다.

그런데 뇌옥이 아니라 다른 곳에서 자신의 삶을 찾고 있다니 그저 기쁠 뿐이었다.

'형님이 이곳에 오지 않았다면 다른 곳에서 잘살고 있을 것이다. 어차피 난 중원 땅을 종횡해야 하니 언젠가는 꼭 만날 수 있을 것이다. 일이 얼마간 마무리 지어지면 형을 찾으러 간다. 얼마가 걸리더라도 말이다.'

서린은 형과 같을 수 없었다.

혈왕의 숙명이 무엇인지 지금은 조금이나마 알기에 그런 것이다. 그렇지만 자신의 형을 찾아보겠다는 마음이 식은 것은 아니었다.

자신의 염원이 된 형을 훗날 만난다면 형 못지않게 성장했음을 보여 주고 싶은 서린이었다.

'이제는 편안히 혈왕의 길을 갈 수 있을 것이다. 그 길이 혹여 죽음의 길이더라도 말이다.'

이제는 마음속에 있는 짐을 내려놓은 것 같아 편했다.

형이 살아 있는 것을 안 사실만으로 죽음이 자신 앞에 놓여 있더라도 혈왕의 길을 마음 편히 갈 수 있을 것 같은 자신이 생긴 것이다.

─듣고 있는 것이냐?

생각지도 못한 소식에 정신을 차린 수 없어 의념이 끊어진 탓에 생긴 단절감에 사나이가 서린을 불렀다.

─죄송합니다. 형에 대한 소식을 들어서 집중이 흩어졌

나 봅니다.

―아니다. 그럴 만도 할 것이다.

―이제부터 아저씨를 살피겠습니다. 이상한 기운이 느껴지더라도 피하지 마시고 받아들이십시오.

―아, 알았다.

겁이 나지만 어쩔 수 없는 일이기에 사나이는 용기를 냈다.

잠시 후 따뜻하고 웅장한 기운이 전신을 에워싸는 것을 느낄 수 있었다. 다른 기운이 몸 안으로 들어오는 것은 위험한 일이지만 사나이는 저항감을 버렸다.

그렇게 반 시진 정도 동안 따뜻한 기운이 몸에서 머물다가 사라졌다.

―아저씨! 아저씨에게는 다른 두 사람과는 다른 현상이 일어나고 있습니다.

의문의 사나이를 살피던 서린은 새로운 사실을 발견할 수 있었다.

―다른 현상이? 다른 두 사람이라니?

―아저씨 같은 경우를 당하고 있는 사람이 이곳에 두 명이나 더 있습니다.

―나처럼 의식이 있는 것이냐?

―약간 남아 있는 한 것 같은데 확실하지는 않습니다.

―으음.

—다른 걱정은 하지 마십시오. 심기가 흔들리면 안 되니
말입니다. 아저씨가 의식을 가지고 있는 것은 천세결이 보
호해 줬기 때문입니다. 불완전한 구결인데도 그런 효과가
있었던 것을 볼 때 어쩌면 단시간 내에 고칠 수도 있을 것
같습니다.

　—방법이 있다는 말이냐?

　—저는 천세결의 완벽한 구결을 알고 있습니다. 그걸 아
저씨에게 알려 드릴 겁니다. 운기만 제대로 할 수만 있다면
아저씨의 의지하에 움직일 수도 있을 겁니다.

　—위험하지 않겠느냐?

　—걱정하지 마십시오. 완벽한 천세결이 아저씨의 정신을
지켜 줄 겁니다.

　서린은 지금 삼극정법의 진결(眞訣)을 가미한 천세결을
사나이에게 가르쳐 줄 생각이었다. 그것이라면 강시화가 빠
르게 진행이 되더라도 온전히 정신을 지킬 수 있을 것이 분
명했다.

　—고맙다. 나를 위해 그렇게 해 주겠다니 말이다. 그렇
지만 다른 두 사람도 그리 해 주면 안 되겠느냐? 이곳에 잡
혀 있는 것을 보면 그들도 불쌍한 사람들이 분명할 테니 말
이다.

　자신과 같은 처지에 동정심을 느낀 것인지 자신의 모습
이 그러한 가운데도 다른 이를 부탁했다.

―으음…….

서린은 망설일 수밖에 없었다. 인간적인 동정심보다는 다른 이유가 있었기 때문이다.

'그들이 어떤 자들인지는 확실치가 않다. 만약 내가 생각하는 자들이라면 일이 틀어질 수도 있다. 이곳에서는 그 누구도 믿을 수 없기 때문이다. 하지만 불쌍한 것도 사실이니…….'

조금의 망설임이 있었지만 이내 결심을 할 수 있었다.

'혈왕기와 사혼밀화면 저들을 수족으로 삼을 수도 있다. 어디 소속인지는 몰라도 나중에 큰 도움이 될 수도 있을 것이다. 사사묵련에서 세작으로 들어온 자들을 이용해 뭔가 꾸미고 있는 것이 있는 모양이니 말이다.'

결심을 한순간 실행에 옮기기로 했다.

―알겠습니다. 하지만 아저씨가 우선입니다. 제가 들려드리는 구결을 외우십시오. 그런 다음에 제 기운으로 아저씨의 하단전을 깨우고 경로에 따라 기운이 돌도록 할 겁니다.

―알았다.

―그럼 부르겠습니다.

서린은 우선 조선에서 온 이름을 알 수 없는 무인에게 천세결을 가르쳐 줬다.

삼극정법의 오의가 가미된 것이었다.

구결을 외운 것을 확인한 서린은 혈왕기를 사용해 하단전을 깨우며 운기법의 경로에 따라 기운을 돌렸다.

아주 미세하지만 찌릿함과 함께 감각이 돌아오자 사나이는 구결에 따라 운기를 시작했다.

감각이 느껴지지 않았지만 하반신을 심상을 구현해 기운이 돌고 있다 여겼다.

사나이의 생각이 이는 대로 기운이 돌며 감각을 조금씩 일깨워 나갔다.

찌릿한 고통이 이어졌지만 가슴이 시원해지는 고통이었다.

지난 몇 년간 자신을 옭아매고 있던 사슬이 벗겨지며 전하는 고통이었기 때문이다.

'이 정도면 혼자서도 충분히 가능하겠다.'

경로를 따라 기운이 빠르게 돌기 시작하자 서린은 혈왕기를 회수했다. 예상대로 스스로 기운을 돌리기 시작해 안심할 수 있었다.

'아저씨처럼 잘될지는 모르겠지만 시도하지 않는 것 보다는 났다. 어디……'

서린은 나머지 두 사람의 뇌리에는 똑같은 구결을 각인시켰다.

의식이 거의 남아 있지 않은 상태라 각인은 그리 어렵지 않았다.

각인이 끝난 후에는 혈왕기를 이용해 자연스럽게 기운이 돌도록 유도했다. 기절해 있더라도 본능적으로 운용하게끔 유도를 했다.

실패할 것이라고 생각했는데 자연스럽게 기운이 돌기 시작했다.

의식이 있는 가운데 행하는 운기와는 다르게 속도가 느리기는 했지만 안정된 경로를 따르고 있었다.

'제대로 됐으니 기다리는 일만 남았다. 하지만 만약의 경우도 있으니 세 사람 다 의식을 봉인하도록 하자.'

서린은 의지를 일으켜 혈왕기를 일으켜 세 사람의 운기에 관여를 했다.

혹시나 모르는 일이라 만약의 사태를 예방하기 위한 안배를 남기기 위해서였다.

'스스로 강시가 되는 것을 지켜보는 것이 정신을 황폐화시킬지도 모르니 이렇게 하는 것이 이 사람들을 살리는 길이다. 얼마 지나지 않아 온전한 정신으로 깨어날 것이고 누구보다 강한 힘을 얻을 것이다.'

서린이 행한 안배는 일종의 금제였다.

강시화가 진행되고 있는 것을 인식하게 되면 정신이 붕괴될 수도 있기에 일부러 세 사람의 의식을 분리시킨 것이다.

그러나 결코 그것 때문만은 아니었다. 활강시가 된 후 의식이 살아 있는 것이 알려지면 문제가 발생할 수도 있었기에 당분간은 차단할 필요가 있었다.

천세결이 작용하고 있는 한 나중에라도 언제든지 정신이 돌아오게 만들 수 있기에 사혼밀화의 힘을 사용해 완벽하게 의식을 차단해 버린 것이다.

'어떤 힘으로 작용할지는 지켜봐야 하겠지만, 저 두 사람은 나중에 나에게 도움이 될 것이다. 밀혼영주를 손에 넣었으니 그가 저 두 사람을 이용한다고 해도 그리 염려하지 않아도 될 것이다. 그러면 이제는 밀혼영주가 돌아오기만을 기다리면 되는 것인가?'

세 사람에 대해서는 나름대로의 안배를 마련한 서린은 마음이 놓였다.

어차피 강시화가 되는 것은 막을 수 없는 상태다. 반 이상 진행되었기에 이대로 멈춘다면 그야말로 죽을 수밖에 없는 운명이다.

사사묵련이 의도한 대로 활강시가 되는 것이 나았다. 원래대로라면 활강시가 됐을 때 정신을 잃어버리고 금제를 가한 사람에게만 복종하게 되겠지만 이제는 자신이 새롭게 변화시킨 천세결로 인해 자유 의지를 가지고 살아갈 수 있을 것이기 때문이다.

안배를 마친 서린은 서서히 잠에 빠져들기 시작했다.

워낙 많은 힘을 사용한 탓으로 정신이 지친 때문이다. 형이 무사하다는 사실을 확인한 탓인지 뇌옥이지만 오랜만에 단잠을 이룰 수 있을 것 같았다.

'형! 언젠가는 볼 수 있을 거야.'

오늘도 형을 그리는 서린이었다.

＊　　　＊　　　＊

밀혼영주는 다음 날 돌아왔다. 뇌옥 안으로 들어온 그는 아무런 말도 하지 않고, 서린의 대답만을 기다리고 있었다.

"나에게 무슨 대답을 원하는지 모르겠지만 난 장백파에서 철한풍을 이겨 냈습니다. 육절맥을 치료하기 위한 것이라지만 정말 지독한 고통이었습니다. 자랑은 아니지만, 인간으로서 그런 고통을 이겨 낼 수 있는 사람이 나 말고 다른 이가 있다는 것은 믿을 수가 없다고 생각합니다."

"으음! 솔직히 철한풍에 대해서 알아보았다. 정확히 어떤 것인지는 나도 모르지만 엄청난 고통을 수반한다는 것은 알 수 있었다. 그것을 어떻게 네가 견뎌 낼 수 있었는지 아직도 불가사의하다."

밀혼영주의 의혹은 지극히 정상적인 것이었다. 극한의 자연이 가진 위력을 인간이 견뎌 낸다는 것은 불가능하기 때문이다.

"저도 그저 죽어라 참기만 했을 뿐, 어떻게 이겨 냈는지는 모릅니다."

밀혼영주는 고개를 끄덕였다. 서린에게 천운이 작용했다고 생각했기 때문이다.

"네가 말한 것이 사실이겠지. 너에게 시전 한 사혼화에 대해서는 세상 누구보다 잘 알고 있는 나다. 사혼화 또한 인간이 견뎌 낼 수 있는 것이 아니다. 의지와는 상관없이 영혼을 읽어 내는 것이기에 말이다. 사혼화가 너에게서 아무것도 읽어 내지 못한 이상, 솔직하게 말해 너의 말이 사실인지 여부를 밝힐 수 있는 방법은 나에게 없다. 아니, 사사묵련에서는 방법이 없다고 봐야겠지."

"그럼 저는 어떻게 되는 겁니까?"

"앞서 말했다시피 우리도 나름대로 너에 대해 조사를 한 것이 있었다. 내가 알아본 것과 네 말을 들어 보니 어느 정도 이해가 가는 면도 있다. 해서 잠정적으로 너에 대한 우려는 유보하기로 했다."

상당한 조사가 있었던 듯 밀혼영주의 말에는 어느 정도 확신이 있었다.

"대신!"

"대신이라면?"

"네가 수련하는 동안 완벽하게 사사묵련의 사람으로 만들기로 했다. 감시 또한 끊이지 않을 것이다. 앞으로 살아남기 위해서라도 잘해야 할 것이다. 사사묵련의 사람이 되든지, 아니면 진실한 정체를 드러내든지 말이다. 개인적인 생각을 말한다면 난 네가 정체를 드러내지 않기를 바란다. 널 지켜보는 재미가 상당할 테니까. 본격적인 수련은 이틀 후부터 진행될 것이다. 네 숙소로 가서 정양하고 있어라."

"알겠습니다."

'다행이다. 아직 완전히 시험을 통과한 것은 아닌 모양이지만 밝혀낸 것도 없는 것 같으니 말이다.'

사사묵련에서는 알아낸 것이 아무것도 없는 것 같아 안심이었지만 앞으로 행동을 조심할 필요를 느꼈다.

밀혼영주의 말대로라면 사사묵련에서 자신에 대해 관심을 가지고 있는 분명했기 때문이다.

얼마 있지 않아 영자들이 들어왔다. 서린은 눈을 가리고 혈도를 제압당해 기절한 채로 천혈옥에서 나올 수 있었다.

이미 혈왕기를 통해 뇌옥으로 들어오는 경로를 모두 파악해 두었지만 나올 때는 다를 수도 있기에 경로를 파악했다.

훗날을 위한 일이었는데 결과적으로 나쁜 선택이 아니었다. 나갈 때의 경로는 완전히 달랐던 것이다.

천혈옥에서 나온 후 숙소에 눕혀지자 같이 따라 온 밀혼영주가 서린의 혈도를 풀었다.

"얌전히 몸을 추슬러라."

밀혼영주는 누워 있는 서린을 향해 한마디 한 후 숙소로 사용하는 석실을 나갔다.

서린은 누운 채로 주변을 살폈다.

혈혈기감의 은밀한 기운이 석실 주변을 샅샅이 훑으며 숨어 있는 자들을 찾아냈다.

'계속 감시가 붙어 있구나. 천혈옥에서 감시하던 놈이 계속 붙어 있는 것을 보면 놈이 나를 전담하게 될 모양인데. 후후후 백 날을 감시 해 봐라. 내 정체를 알 수 있을지.'

감시의 눈길을 생각하면서 서린은 눈을 감은 채 잠을 자는 척했다.

혈왕기를 최대한 열어 둔 채 사방을 살피는 것을 잊지 않았다.

'으음, 아저씨들도 근처에 있구나. 일단은 무사한 것 같아 다행이다.'

사령오아의 기운을 찾을 수 있었다.

각자 석실에 누워 있는 상태였다. 사혼화가 준 충격에서 벗어난 듯 기운이 많이 안정되어 있었다.

'아저씨들이 무사한 것도 확인을 했으니 조금만 자 두자. 처음부터 신경을 곤두세울 필요는 없으니까.'

혈왕기를 얻었다고는 하지만 사사묵련에서 또 다른 십왕의 힘을 접했다.

섣불리 뭔가를 도모할 상황이 아니었다.

어차피 기나긴 싸움의 시작일 뿐이었다.

서전이라고 할 수 있는 밀혼영주와의 만남에서 자신에게 유리한 상황이 전개된 만큼 처음부터 힘을 뺄 필요가 없기에 서린은 잠에 빠져 들었다.

천혈옥에서 나온 이틀 후, 어느 정도 몸을 회복한 서린은 밀혼영의 영자들에 의해 첫 번째 수련지로 향할 수 있었다.

"꽤나 많군. 사사묵련에서 많은 노력을 기울인 모양이구나."

지하 통로를 통해 수련지로 향하는 동안 많은 이들을 볼 수 있었다.

통로 양쪽으로 마련된 석실에서 속속 합류했던 것이다. 수련에 합류한 자들은 자신보다 먼저 온 암흑가의 후계자들이었다. 사령오아 또한 수련생 일행에 포함되어 있었다.

'이제부터 시작이로군. 이곳에서의 수련은 인간 병기를 만드는 데 있어서는 최적이라고 했었지. 이 정도 규모를 가진 사사묵련이 그들의 말단 조직이라니, 정말 놀랍구나.'

사사묵련이 몸통이 아니었다.

몸통은 아직도 모습을 드러내지 않고 있었다.

깃털에 불과한 사사묵련의 모습에 마음이 무거워졌다.

'천혈옥에서는 할아버지가 알려 준 천우신경의 행방을 찾을 수 없었는데 걱정이다. 분명 내 삼극정법의 기운과 반응하는 물건이 신기(神器)라고 했는데, 천혈옥에는 아무것도 없는 것 같으니 말이다. 혹시 미처 확인하지 못했을지도 모르니 나중에 다시 한 번 찾아보고 결정을 내려야겠구나. 일단은 이곳에서 내가 가진 것을 완성하는 것이 우선이니까.'

사혼밀화 덕분에 혈왕기라는 신기(神氣)는 얻었지만, 아직 기본적인 것을 제외하고는 육체적인 수련을 해 본 적이 없었다.

그나마 수련이라고 할 수 있는 것은 남사당패 시절 배웠던 기예를 연습하는 것과 탄기선봉을 이용한 천간십이수의 수련, 그리고 철한풍에 의한 단련이 전부다.

배우고 느낀 바도 많았고, 하나하나가 뛰어난 수련이라 무예를 배우기 위한 기초는 튼튼하게 해 주었지만 본격적인 무예 수련은 한 번도 한 적이 없는 것이다.

이런 상황이라 사사묵련이 가진 최고의 수련법으로 자신을 단련하는 것도 나쁘지 않았다.

삼극정법이나 천간십이수는 배운 이후부터 한 번도 쉬지 않고 계속 수련을 해 오고 있는 중이다. 여기에 사사묵련의 수련법이 더해지면 어떤 결과가 나올지 짐작이 가지 않았지만 앞으로의 행보에 큰 도움이 될 것은 분명했다.

'다 온 모양이구나.'

수련생들이 몰려간 곳에는 밀혼영주인 장민석이 기다리고 있었다.

수련장은 처음 들어왔을 때 보았던 곳이다. 한청빙로가 흐르는 곳.

얼음보다 차가운 물속에 들어가 머리만 내밀고 있던 사람들이 있던 뒤편 둔덕에 그가 서 있었다.

"이곳에서의 수련은 가혹할 것이다. 이백 일 동안 이곳에서 강신(剛身)과 연혼(鍊魂)의 수련을 거쳐 너희들의 신체는 강골로 바뀔 것이다. 그것이 끝이 아니다. 그 다음에는 여기에서 하는 수련은 아무것도 아니라고 여길 정도의 처절한 실전 수련이 기다리고 있다. 너희들에게는 한 가지 내공심법과 함께 검법, 도법, 권법을 하나씩 알려 줄 것이다. 내공심법은 강신과 연혼의 수련 시에 그리고 나머지는 강신과 연혼의 수련이 끝난 후 알려 줄 것이다."

밀혼영주의 음성에 모두가 긴장을 감추지 않았다.

밀혼영주의 말속에서 수련의 강도를 어느 정도 짐작을 한 때문이다.

"한 가지 첨언하자면 지금까지 너희들이 배워 왔던 모든 내공심법은 버려라. 혹시나 자신이 익히고 있는 것이 뛰어난 수련법이라고 버리지 않고 계속해서 익힌다면 스스로 화를 자초하는 것이 될 것이다. 왜냐하면……."

장민석은 회혼묵지에서 하는 수련의 특징에 대해 자세히 설명을 하기 시작했다.

꽤나 긴 설명이 이어졌다.

이백 일간의 수련인 강신과 연혼이 무엇보다 중요하기 때문이다.

철한풍을 이용해 극한의 고통을 동반한 단련을 하기는 했지만, 회혼묵지에서 실시하는 사사묵련의 수련은 서린으로서도 그리 간단한 것이 아니었다.

회혼묵지에서는 자신이 가지고 있는 무예의 근간인 내공

심법을 사용할 수 없었다.

회혼묵지의 사방을 둘러싸고 있는 검은 사암은 특이한 공능 때문이다.

무슨 작용을 하는 것인지 모르겠지만, 사암에서 뿜어지는 기이한 힘이 사사묵련에서 제공한 내공심이 만들어 내는 내력을 제외하고는 다른 성질의 내력을 휘젓는 힘이 있었던 것이다.

뒷골목을 지배하는 암흑가의 후계자들은 본래 자신의 절기를 익히고 있는 경우가 많았기에 다들 사색이 되었다.

흑사암의 공능 때문에 이제 자신이 배운 내공을 이곳 회혼묵지에서 발휘할 수는 없게 된 탓이었다.

만반의 준비를 하고 왔지만 모든 것이 허사나 다름없는 일이 되어 버렸다.

어떤 무공을 배웠던 것에 상관없이 처음부터 다시 시작해야 하는 것이다.

이곳에 힘을 발휘할 수 있는 자들은 사암의 공능을 이겨 내는 내공심법을 배우고 사사묵련이 베푸는 수련을 거친 자들뿐이었다.

완전한 사사묵련의 사람이 되기 위해 이런 수련은 필수 불가결한 요소였다.

사사묵련에 입련하게 되면 두 가지 수련을 필수적으로 하게 되는 수련이 바로 강신(剛身)과 연혼(鍊魂)이다.

본신의 단련을 제일 중요시하는 것이 사사묵련의 방침 때문이다.

강신과 연혼으로 불리는 두 가지 수련은 참으로 지독한 면이 많은 수련법이다.

강신은 서린이 처음 들어오면서 보았던 한천빙로와 묵사지(默娑池)란 곳에서 이루어진다.

한천빙로는 천산의 빙하가 녹은 물이다.

차가운 만큼 들어가는 순간 인간의 한계를 느끼게 하는 냉기를 상대해야 한다.

위험은 그것뿐만이 아니다.

물속에서 흐르는 유빙(遊氷)도 상대를 해야 한다. 유빙은 한천빙로에 들어간 자에게는 날카로운 칼이나 마찬가지다. 빠르게 흐르는 유속을 따라 보이지 않는 얼음의 칼날이 들이닥치면 죽음밖에는 없었다.

묵사지도 거의 죽음의 사지라고 보면 틀림없었다.

너울거리듯 불타오르는 검은 모래 연못은 한순간에 모든 것을 불태울 만한 강한 열기를 간직하고 있었다.

강신(剛身)은 사사묵련에서 가르치는 특이한 호흡법을 익히고, 이 두 곳을 하루를 반으로 나누어 드나드는 것으로 이루어진다. 순식간에 얼려 버리는 한청빙로의 냉기와 살을 불살라 버리는 묵사지의 화기가 피부와 뼈, 그리고 근육을 인간의 한계를 초월하도록 단련하는 것이 바로 강신이다.

연혼은 그 다음에 이루어진다. 연혼은 강신 때문에 만들어진 수련법이다. 강신으로 단련되어진 육체를 정신과 조화시키는 수련이다.

연혼이 없다면 자신의 한계 이상으로 강해진 육체를 감당할 수 없기 때문이었다.

연혼은 사혼화를 이용해 혼을 단련시키는 과정.

이것 또한 수련이 만만치 않다. 육체가 많이 상하지는 않지만, 자유 의지를 위협하는 극한 고통을 느끼는 탓이다.

강신과 연혼의 수련이 힘든 것은 이런 특성이 있기 때문만은 아니다.

무엇보다 어려운 것은 이백 일 동안 잠도 한숨 자지 않고 철야로 수련이 진행된다는 것이다.

"다시 한 번 말하지만 너희들끼리의 대화는 허용되지 않는다. 내 말대로 하는 것이 좋을 것이다. 사사로이 대화를 나눈 것이 적발되면 죽음을 면하지 못할 테니까 말이다."

수련의 위험성에 대해 경고한데 이어 밀혼영주는 수련생이 지켜야 할 단 하나의 율법에 설해 설명했다. 의타심을 버리기 위한 것이기도 하지만, 수련이 끝나면 각자 자신이 맡은 일을 해야 하는 까닭에서였다.

"지금부터 너희들이 익혀야 할 내공심법에 대해 말하겠다. 내가 불러 주는 것은 단 세 번뿐이다."

밀혼영주는 자신의 말에 사혼화의 힘을 실어 내공심법의

구결을 부르기 시작했다.

두 가지 수련을 통과하는 데 절대적인 역할을 하는 내공 심법은 그렇게 수련생들의 뇌리에 각인이 됐다.

"곧바로 한천빙로에 뛰어든다. 물속의 유빙은 느끼지 못하는 사이에 살 속을 파고든다. 전신 감각을 일깨우지 않으면 죽는지도 모르는 사이에 황천으로 갈 수 있으니 최대한 기감을 열도록 해라. 한시라도 호흡을 게을리 해서는 안 된다. 만약 호흡을 중단하고 보통 쉬는 대로 숨을 쉰다면, 반 각도 안 되어 동사할 것이니 고통스럽더라도 행해야 할 것이다."

밀혼연주는 수련생들을 한천빙로에 밀어 넣었다.

사사묵련의 무공 교두이자 밀혼영의 수좌인 장민석의 목소리는 차갑기 그지없었다.

풍덩!

서린과 사령오아는 다른 자들과 마찬가지로 한천빙로에 뛰어들었다.

차가운 한기가 뼛골까지 스며드는 추위가 밀려왔다.

"크…… 으으!"

신음 소리가 여기저기서 튀어나왔다.

천금영에 새로이 들어가게 될 암흑가의 후계자들의 입에서 튀어나온 것이다.

오십여 명의 후계들은 한결 같이 칼처럼 파고드는 냉기

에 신음을 질렀다.

들어가는 순간 냉기가 날카롭게 그들의 전신 감각을 찌르고 들어왔다.

아무것도 느껴지지 않고, 차가움만이 살갗을 파고들 뿐이다. 모두가 한순간에 정신을 잃어도 전혀 이상하지 않을 만큼 차가운 냉기였다.

'으음, 철한풍의 냉기는 비교도 되지 않는구나.'

백두의 정상에서 흡수했던 철한풍과는 비교조차 할 수 없는 차가운 냉기가 느껴졌다.

뼈가 시리다 못해 얼어서 터져 나갈 것 같은 고통이 스며들고 있었다.

'한기가 점차 가라앉는구나.'

고통은 잠시였다.

철한풍을 이용해 신체를 단련했던 것이 효과를 발휘하고 있었다.

몸이 알아서 자연스럽게 한기를 흡수하기 시작했다.

고통이 조금씩 사라지기 시작하자 수련에 들어가기 전에 밀혼영주가 가르쳐 준 호흡법에 생각이 미쳤다. 구결대로 의식을 두자 지금까지와는 전혀 다른 호흡이 자연스럽게 시작되었다.

'으음, 정말 기이한 호흡법이다. 용천과 명문, 백회로 하는 호흡이라니 말이다.'

한천빙로나 묵사지에 들어가면 일체의 숨쉬기는 불허했다.

사사묵련의 절예의 기초가 되는 호흡법을 몸으로 익히기 위해서다.

인간이 호흡 없이 어찌 살까마는, 서린은 한천빙로에 들어와 사사묵련에서 알려 준 내공심법을 이용해 세 개의 혈을 통해 호흡하는 것이 가능했다.

'적응한 것은 나쁜인 것 같으니, 들키지 않기 위해서 비슷하게 흉내라도 내야겠다.'

자신은 고통이 줄어들고 있지만, 다른 이들은 아닌 것 같았다. 얼굴 가득 고통스러운 빛이 역력했다. 사령오아 또한 한기와 숨을 제대로 쉬지 못해서 겪는 고통이다.

다른 이들과 같이 얼굴을 찡그리고 고통을 참는 모습을 보이고 있는 서린이지만, 속내는 전혀 달랐다. 냉기가 괴롭기는 했지만, 호흡을 하는 동안 점차 사라져 종내는 느껴지지 않았다. 오히려 피부와 근육을 파고드는 미지의 힘을 느낄 수 있었다.

'예사 심법이 아니다. 냉기를 내력으로 전환하고 의식이 정리되는 것을 보니 이 호흡법은 고도의 내공심법을 운용하기 위한 것이다. 할아버지가 알려 주신 삼극정법과 비견될 만큼 아주 뛰어나다니…….'

다른 이들에게는 고통이었다면 지금 서린에게 한천빙로의 냉기는 오히려 축복이었다.

밀혼영주가 불러낸 사혼밀화와의 대결로 인해 헝클어진 의식이 정리되고 있었다.

사사묵련이 흑도와 사파가 모인 집단이라는 생각을 수정하지 않을 수 없었다. 두 계파에서 나타날 수 있는 심법이 아닌 까닭이었다.

'더군다나 삼극정법과도 일맥상통하는 부분이 있다. 잘만 연구하면 같이 하는 것도 가능할지 모른다.'

익혀서 하나도 해로울 것이 없다는 생각에 서린은 끊임없이 사사묵련에서 알려 준 호흡법을 운용해 호흡을 진행했다.

처음부터 용천혈과 명문혈, 그리고 백회혈을 개방해 조금 답답하기는 하지만, 어느 정도는 호흡에서 자유로웠기에 가능한 일이었다.

무엇보다 다음에 해야 할 수련인 연혼을 통해 얻어야 할 강한 정신력을 뛰어넘는 의지를 사혼밀화을 제압하면서 얻었기에 빠르게 성취를 이루고 있었다.

투드드득!

한천빙로에 들어선 지 네 시진이 넘을 때였다. 한동안 호흡을 계속하던 서린은 무엇인가 터지는 소리를 들을 수 있었다.

'전신 모공이 열리고 있다.'

주된 호흡은 용천, 명문, 백회로 했지만, 호흡이 원활하게 되자 전신 모공이 열리면서 서서히 호흡의 주된 곳이 바꿰기 시작했다.

혈도를 이용한 호흡이 완성되자 더 많은 기운을 흡수하기 위해 저절로 모공이 열린 것이다.

'중요한 시기다.'

서린은 정신을 더욱 집중했다. 빠른 시간에 강신을 완성하기 위해서였다.

"됐다. 모두들 밖으로 나와라!"

여섯 시진이 지나자 밀혼영주는 수련생들을 불러냈다.

명령을 들은 수련생들이 기진맥진한 모습으로 밖으로 기어 나왔다. 입고 있는 옷에는 살얼음이 맺혀 있었다.

다른 이들과는 달리 서린은 처음 들어갔을 때와 별로 변하지 않은 모습이었다.

옷깃에 얼음이 맺히지도 않았고, 찡그리고는 있는 얼굴이지만, 다른 이들보다 한결 여유가 있는 모습이었다. 모공을 통해 호흡이 가능해지면서 한기 속에 숨어 있는 두 가지 기운을 얻은 까닭이었는데 밀혼영주의 날카로운 눈이 그것을 놓치지 않았던 것이다.

'역시 뭔가 있는 놈이다.'

강신과 연혼의 수련을 거친 수련생들을 수 없이 보아 왔지만 이런 모습은 처음이었기에 밀혼영주는 서린에 대한 자신의 생각이 맞았음을 알 수 있었다.

보고를 받고도 상부에서 수련에 참가시키라는 결정을 왜

내렸는지 모르겠지만, 자신도 서린의 모습에 의심보다는 기대감이 앞서는 것을 어쩔 수 없었다.

"바닥에 놓인 옥갑에서 강신단(剛身丹)을 꺼내 복용해라."

밀혼영주의 말에 수련생들의 시선이 바닥으로 향했다. 청옥으로 만들어진 작은 상자가 수련생들의 숫자만큼 놓여 있었다.

수련생들은 목갑을 열고 안에 들어 있는 붉은 단환을 입에 넣었다.

스르르륵!

강신단에 침이 닿자 곧바로 녹아 목젖을 타고 넘어갔다. 그와 함께 따뜻한 열기가 전신으로 퍼져 나갔다.

"운기조식을 할 필요가 없으니 곧바로 묵사지로 가라. 그곳은 천금영이 담당하고 있으니 내일이나 되어야 나와 다시 만나게 될 것이다. 앞으로 열흘간은 너희의 수련을 내가 직접 도울 것이고, 다음부터는 너희들 스스로 하게 될 것이다. 묵사지에서의 수련 또한 마찬가지다."

달려드는 유빙을 밀혼영주가 기파를 이용해 사전에 막아주었다는 것을 모두를 알고 있었다. 열흘 후부터는 스스로의 힘으로 유빙을 상대해야 하기에 수련생들의 얼굴색이 굳어졌다.

"그동안 호흡만 완성할 수 있다면 지금 너희들이 먹은 강신단의 힘이 냉기와 열기로부터 육신을 보호해 줄 것이다. 그렇지만 고통까지 막아 주는 것은 아니다. 대부분 수련생들이 이 수련에서 탈락하는 이유는 찾아오는 고통을 참지 못해 미치기 때문이다. 너희들은 그래도 뒷골목의 밤을 지배하는 독종들이니, 수련을 견디어 줄 것이라 믿는다. 이만 묵사지로 가 보도록!"

밀혼영주는 설명을 마친 후 뒤로 돌아보지 않고 자신의 거처로 향했다. 수련생들은 다른 교두들의 안내로 묵사지로 향했다.

묵사지는 흑사암(黑砂岩)의 한곳에 뚫려진 석굴 안에 위치해 있었다.

타다다다다닥!

검은 불길이 타오르고 있었다.

정확하게 말하자면 열기를 타고 검은 모래(黑砂)들이 대기를 떠돌고 있었다.

그 아래에는 검은 모래들이 뿜어내는 열기가 꿈틀거리고 있었다.

"들어가라!"

기다리고 있던 천금영주의 명령에 수련생들이 묵사지로 들어가기 위해 다가갔다.

"한천빙로와는 다른 곳이니 옷을 모두 벗도록!"

그냥 들어가려던 수련생들은 천금영주의 말에 말없이 옷을 벗었다.

'정말 무지막지하구나. 가까이 가지 않았는데도 이리 강한 열기라니……'

고르고골라 선발된 만큼 모두들 독종들이었지만 수련생들의 눈에는 공포가 묻어나고 있었다. 한천빙로의 고통을 겪으며 자신의 한계를 실감한 탓이다. 뼛속을 얼리는 것과 같은 열기의 고통을 또 다시 겪는 것이 두려워진 것이다.

하지만 두렵다고 피할 수 있는 것이 아니다. 수련을 피한 후에 남는 것은 죽음밖에 없기 때문이다.

"큭!"

"크, 으윽!"

살을 순식간에 익혀 버리는 열기가 발끝을 타고 전해지자 모두가 신음을 토해 냈다.

묵사지로 들어서는 순간 발끝에서 느껴지는 열기는 화로나 다름없었다. 강신단을 먹지 않았다면 벌써 목숨을 잃었을지도 모르는 강력한 열기가 내부로 파고들었다.

'크윽, 제기랄!'

들어가기 전부터 사사묵련에서 알려 준 대로 호흡을 하기는 했지만 적응이 되지 않아서인지 서린도 고통스러운 것은 마찬가지였다.

스르르…….

두 발을 디딘 후 천천히 가부좌를 틀기 시작했다. 앉는 속도가 너무 느렸다. 너무 큰 고통에 가부좌를 틀기가 쉽지 않았던 것이다.

상당한 시간이 흐른 뒤에야 전부 가부좌를 틀 수 있었다. 머리만 검은 모래 위로 내민 수련생들의 얼굴에는 일그러짐만이 가득했다.

'진원을 자극하는 것을 보면 일반적인 열기가 아니다.'

내부로 파고든 열기가 혈맥을 따라 돌며 진기를 자극했다.

'크윽!'

진기를 자극한 것 때문인지 한천빙로에서 얻은 한기와 혈왕기가 급격히 움직이며 파고든 열기에 대항하기 시작하자 바늘로 찌르는 것 같은 고통이 시작이 됐다.

'모래들이 이상하다.'

가부좌를 틀고 묵사지에 들어앉아 호흡이 어느 정도 정상으로 돌아오자 신기하게도 검게 타오르는 모래가 온몸에 달라붙었다.

살아 있는 것처럼 슬금슬금 얼굴로 타고 올라 온몸을 덮어 버렸다.

검은 모래들은 전신 구석 하나도 남김없이 들러붙은 후 수련생들의 모공을 전부 틀어막았다.

조금 전의 열기는 장난인 듯 신체 내부로 지독한 열기를 전해지기 시작했다.

한청빙로에서는 간간히 호흡을 할 수 있었지만, 묵사지에서는 전혀 그럴 수가 없었다. 눈, 코, 입은 물론이고 신체 구석 어디하나 검은 모래들이 달라붙어 있지 않은 곳이 없었던 것이다.

잠시간이라도 숨을 쉬었다가는 열기가 가득한 검은 모래가 호흡기 들어와 가 모든 것을 태워 버릴 것이기에 감히 한청빙로에서와 같이 간간히 숨을 쉬려는 자는 없었다. 사사묵련에서 가르쳐 준 호흡법만을 죽어라고 할 뿐이었다.

"끄으윽!"

"꺽!"

한계를 넘은 듯 악다문 입술 사이로 비명이 흘러나오며 수련생들이 하나둘 정신을 잃었다.

'오행의 기운 중에 화기(火氣)와 금기(金氣), 그리고 토기(土氣)다. 모두가 극상의 기운이다.'

이번에는 세 가지의 기운이 몸 안으로 흘러 들어오는 것을 느낄 수 있었다. 뜨거운 화기는 한천빙로에서 얻은 차가운 수기와 잘 어울리고 있었다.

이런 현상은 묵사지의 모래에 담겨 있는 기운은 화기만이 아니기에 가능한 것이었다.

흙과 쇠의 기운이 화기를 조절하고 있었기에 가능한 일이었던 것이다.

'수기만으로는 조화가 이루어지지 않았을 텐데, 금기와 토기가 두 기운의 도와 조화를 이루며 섞이고 있다. 밀혼영주가 가르쳐 준 내공심법은 오행의 조화를 이용한 것이었구나. 그러고 보니 한청빙로의 기운은 차가운 수기만이 아니었구나. 나머지 기운이 무엇인가 했더니…….'

한천빙로에 담겨 있었던 기운은 두 가지였다.

차갑기는 하지만 한천빙로의 기운은 수기(水氣)가 근간이었다.

그리고 은밀하기는 하지만 목기(木氣)도 섞여 있었다.

묵사지 또한 마찬가지다. 강력한 화의 기운 안에는 미약하지만 토기(土氣)와 금기(金氣)가 섞여 있었던 것이다.

'불과 물이 주가 되지만 분명 다른 기운까지 생각해 보면 오행이 된다. 묵사지의 화기와 한천빙로의 수기가 조화롭게 섞이고 있는 것은 바로 그 때문이다.'

서린은 변신하기 전에 할아버지로부터 고금을 통해 전해지는 유수한 학문을 접할 수 있었다. 그중에서도 의학과 오행지학, 주역은 관심 있게 배운 바가 있었다.

'삼극정법이면 내 몸에 흘러 들어온 기운을 효과적으로 다룰 수 있을 것이다.'

사사묵련에서 가르쳐 준 호흡법말고도 삼극정법을 계속 운용하고 있었다.

이미 철한풍을 이용한 수련으로 삼극정법을 대성했기에 자연스럽게 호흡이 이어지는 것이다.

삼극정법도 사사묵련에서 가르쳐 준 것과 비슷한 종류의

호흡법이다.

완성이 되면 대혈을 중심으로 하는 것이 아닌, 전신 모공으로 하는 것이다. 그것도 피부를 격하여 하는 것이기에 가능한 것이었다.

모공을 막고 있어도 외기의 유통은 자연스러웠다. 삼극정법을 대성한 까닭에 외기를 그대로 흡취하여 호흡을 할 수 있는 차기용혈(借氣溶血)의 호흡이라 고통은 없었다.

그렇게 서린이 고통이 없는 가운데 차근히 묵사지에서 흘러 들어오는 기운을 한천빙로에서와 마찬가지로 내부에 갈무리하기 시작했다.

〈『혈왕전서』 제3권에서 계속〉

혈
왕
전
서

1판 1쇄 찍음 2014년 2월 25일
1판 1쇄 펴냄 2014년 2월 28일

지은이 | 미르영
펴낸이 | 정 필
펴낸곳 | 도서출판 뿔미디어

편집장 | 이재권
기획 · 편집 | 윤영상
편집디자인 | 이진선

출판등록 | 2002년 9월 11일 (제1081-1-132호)
주소 | 경기도 부천시 원미구 상동로 117번길 49(상동) 503호 (우)420-861
전화 | 032)651-6513 / 팩스 032)651-6094
E-mail | bbulmedia@hanmail.net
홈페이지 | http://bbulmedia.com

값 8,000원

ISBN 979-11-7003-274-8 04810
ISBN 979-11-7003-272-4 04810 (세트)